사랑에 대해
내가 아는
모든 것

everything I know about ~~parties~~, ~~dates~~, ~~friends~~, ~~jobs~~, ~~life~~, love

사랑에 대해 내가 아는 모든 것

돌리 앨더튼 지음
김미정 옮김

윌북

고 플로렌스 클라이너에게 이 책을 바칩니다

차례

일러두기
주석은 모두 옮긴이 주입니다.

10대에
내가 알던
사랑

세상에서 가장 짜릿하고 중요한 건 로맨틱한 사랑이다.

어른이 돼서도 로맨틱한 사랑을 못 해봤다면? 실패한 인생이다.

섹스는 여러 남자와 많이 해봐야 한다. 그래도 열 명은 넘기지 말자.

나는 런던에 사는 싱글 여성이 될 것이고, 엄청나게 세련되고, 마르고, 검은색 원피스를 입고 마티니를 마시고, 출간 기념회나 전시 오픈 파티에서만 남자들을 만날 것이다.

두 남자가 한 여자를 두고 몸싸움을 벌이는 일보다 더 로맨틱한 것은 세상에 없다. 단, 피는 흘려도 병원에는 가지 않을 정도가 적당하다. 운이 좋으면 언젠가 내게도 이런 일이 생기겠지.

열일곱 살 생일은 반드시 넘기고 첫 섹스를 하자. 열여덟 살 생일은 넘기면 안 된다. 하루 전이라도 괜찮다. 아무 일도 없이 열여덟 살 생일을 맞이한다면 평생 못 해보고 늙어 죽을지도 모른다.

최대한 많은 사람과 진한 키스를 나누자. 의미는 없다. 그저 연습일 뿐.

✧

키 크고 차가 있는 유대인 남자가 언제나 제일 멋있다.

친구들에게 남자 친구가 생기면 지루해진다. 남자 친구가 있는 친구들이 재미있을 때는 내게도 남자 친구가 생겼을 때뿐이다.

결혼은 나이도 좀 들고 인생을 살아본 다음에 하는 게 좋겠다. 대략 스물일곱 살쯤?

팔리와 나는 절대로 같은 남자에게 꽂힐 리 없다. 팔리는 키가 작고 오만한 스타일을, 나는 키가 크고 남성미 넘치는 스타일을 좋아한다. 우리의 우정은 영원하리라.

밸런타인데이에 펍에서 로렌과 공연했을 때처럼 로맨틱한 순간은 내 생에 다시 없을 것이다. 내가 제프 버클리의 〈Lover, You Should've Come Over〉를 부르자 맨 앞줄에 앉은 조 소여가 눈을 감았다. 방금 전에 제프 버클리 얘기를 함께 나눴기 때문이다. 조는 내가 만난 사람 중 나를 완벽하게 이해하는 유일한 남자다.

샘 리먼에게 입을 맞추려다가 그가 떠밀어 넘어졌을 때처럼 민망한 순간은 내 평생 두 번 다신 없을 것이다.

윌 영이 게이라고 커밍아웃했을 때 나는 괜찮은 척해야 했다. 그렇게 가슴 아픈 순간은 내 평생 처음이었다. 나는 다짐의 증표로 우리가 함께할 일들을 적어놓은 가죽 노트를 불태우며 울었다.

남자들은 여자가 무례하게 말하면 환장하지만, 너무 착하면 무시하는 경향이 있다. 그러나 남자 친구만 생긴다면 다른 사사로운 것들은 중요하지 않다.

남자애들

어떤 이는 자신의 10대 시절을 정의하는 소리로 정원에서 형제자매와 신나게 뛰어놀며 지르던 비명을 꼽는다. 애지중지하던 자전거를 타고 언덕과 골짜기를 누빌 때 덜컹거리던 체인 소리를 꼽는 이도 있다. 등굣길에 들리던 새소리, 운동장에서 축구공을 차며 까르르거리던 소리를 떠올리는 사람도 있다. 나는 전화선을 통해 AOL°에 접속하던 소리를 꼽겠다.

지금도 음정 하나하나가 기억난다. 전화를 걸면 삐비빅거리며 거친 소리가 잠시 들린다. 연결 신호를 보내는 소리다. 그러다 높고 날카로운 음으로 바뀌면서 연결이 진행 중임을 알린다. 이어서 어딘가에 쓸리는 듯한 낮은 2중 화음 위에 화이트 노이즈가 섞였다가 사라진다. 가장 힘든 고비를 넘겼다는 뜻이다. "AOL 접속을 환영합니다." 다정한 목소리로 'O'에 강세를 주는 굴절음이 들리고 "이메일

° 아메리칸온라인. 세계 최대의 PC 통신 서비스 회사. 이들이 만든 인스턴트 메신저 프로그램이 가장 널리 쓰인다.

이 왔습니다"라는 음성이 이어진다. 나는 AOL 접속음에 맞춰 방 안을 돌아다니며 춤을 췄다. 이렇게 하면 시간이 훨씬 빨리 갔다. 발레 동작에서 안무를 따와 삑 소리에 무릎을 굽히고, 쿵 소리에 고양이처럼 팔짝 뛰었다. 학교가 끝나고 집에 오면 매일 밤 그렇게 했다. 그 소리가 내 인생의 사운드트랙이었다.

설명을 좀 곁들이자면, 내가 런던 변두리에서 자랐기 때문이다. 이걸로 모든 게 설명된다. 여덟 살 때 부모님은 이즐링턴에 있는 지하 아파트에서 벗어나 스탠모어에 있는 조금 더 큰 집으로 이사를 감행했다. 스탠모어는 북런던 끄트머리에 위치한 지역으로, 아무것도 없는 그저 변두리다. 마치 파티를 먼발치에서 구경만 하는 것 같다고나 할까.

스탠모어에서 자란다는 건 도시도 시골도 아닌 곳에서 성장한다는 뜻이다. 런던에서 워낙 멀리 떨어져 있다 보니 유명한 클럽에 다니거나 맨 끝 철자 'g'를 발음하지 않거나 옥스팜°에서 근사한 빈티지 옷을 골라 입는 멋진 아이들 틈에 섞일 수 없었다. 그렇다고 시골도 아니어서 발그레한 얼굴로 들판을 뛰어다니고 어부들이 입는 낡은 점퍼를 걸친 채 열세 살이 되면 아빠 차로 운전을 배우고 사촌들과 산책하다 숲에서 담배를 피우는 10대 소녀들과 어울릴 수도 없었다. 북런던 변두리는 정체성이 결여된 진공 상태였다. 예술과 문화도, 오래된 건물이나 공원도, 개인 상점이나 식당도 없었다. 골프장과 피자 체인점이 군데군데 있었다. 사립학교와 원형 교차로는

° 영국 옥스퍼드 주민들이 1942년에 설립한 빈민 구제를 위한 국제기구.

있었다. 상점이 밀집한 번화가와 천장이 유리로 된 쇼핑센터도 있긴 했다. 여자들의 외모는 엇비슷했고, 집들도 똑같이 생겼고, 자동차도 거기서 거기였다. 온실을 만들거나, 주방을 확장하거나, 차에 위성 내비게이션을 달거나, 지중해에 있는 마요르카섬으로 휴가를 떠나는 등의 방식으로 다름을 표출했다. 골프도 안 치고, 부분 염색도 안 하고, 폭스바겐 전시장을 둘러보는 일에도 관심이 없으면 할 일이 아예 없는 곳이었다. 엄마 차(폭스바겐 골프 GTI) 조수석에나 앉아야 동네를 한 바퀴 둘러볼 수 있는 10대일 경우에는 더더욱 할 게 없었다.

운이 좋게도 나에겐 가장 친한 친구 팔리가 있었다. 팔리는 우리 집에서 6킬로미터 정도 떨어진 곳에 살았다.

우리는 열한 살 때 학교에서 만났다. 팔리는 나와 완전히 달랐다. 팔리는 피부색이 어둡고, 나는 흰 편이다. 팔리는 살짝 아담하지만, 나는 덩치가 있는 편이다. 팔리는 모든 걸 계획하고 스케줄을 짜지만, 나는 뭐든 막판까지 미룬다. 팔리는 정리 정돈을 좋아하지만, 나는 지저분하다. 팔리는 규칙을 좋아하고, 나는 규칙이라면 질색이다. 팔리는 남을 먼저 생각하지만, 나는 아침에 먹는 토스트 한 쪽도 소중하다. 팔리는 현재를 매우 중시해서 코앞에 닥친 일에 집중한다. 반면 내 머릿속에는 현실과 환상이 늘 반반씩 들어 있다. 그럼에도 우리는 죽이 잘 맞는다. 1999년 수학 시간에 내 옆자리에 팔리가 앉았던 그날이 내 인생에서 가장 운 좋은 날이다.

팔리와 함께하는 하루는 늘 똑같다. 우리는 텔레비전 앞에 앉아 베이글과 과자를 산더미처럼 쌓아놓고 먹으면서 애니메이션부터 10대들에게 인기 많던 시트콤까지 모조리 봤다. 그것들을 죄다 섭렵하고 나면 음악 채널로 돌려 입을 헤벌리고 화면을 응시했다. 10초에 한 번씩 채널을 휘휘 돌리며 유독 어셔의 뮤직비디오를 찾았다. 그러다 지겨워지면 다시 처음으로 돌아가 한 시간 전에 봤던 시트콤 전편을 복습했다.

영국 가수 모리세이는 자신의 10대 시절이 "절대로 오지 않을 버스를 기다리는 것" 같았다고 말했다. 나는 따분하고 서글프고 외로웠다. 어린 시절이 어서 지나가기를 바랐다. 그런데 용맹한 기사가 번쩍거리는 갑옷을 입고 나타난 것처럼, 우리 가족이 쓰던 묵직한 데스크톱 컴퓨터에 전화선으로 접속하는 AOL 인터넷이 개통됐다. 그리고 MSN 인스턴트 메신저°까지 등장했다.

나는 메신저를 다운로드하고 주소록에 이메일을 추가하기 시작했다. 학교 친구들, 친구의 친구들, 한 번도 본 적 없는 인근 학교 친구들 등등. 감방에서 벽을 두드리자 옆방에서 벽을 두드리며 응답해주는 듯한 느낌이었다. 화성에서 손바닥만 한 잔디밭을 발견한 기분이랄까. 라디오 다이얼을 이리저리 돌리다가 지지직거리는 소음을 뚫고 사람 목소리가 나오는 채널을 찾은 것 같았다. 변두리에 산다는 우울감에서 벗어나 마침내 풍요로운 인간의 삶으로 진입한 것이다.

메신저는 10대 시절의 나에겐 친구들과 연락을 이어가는 도구

°   AOL에서 제공하는 인터넷 메시지 프로그램. 2013년 스카이프로 통합됐다.

그 이상이었다. 메신저는 하나의 장소였다. 주말이면 밤마다 몇 시간씩 죽치고 앉아 화면을 보느라 눈이 충혈되는 방이었다. 가족과 함께 프랑스로 휴가를 갔을 때도 나는 매일 메신저라는 방을 차지하고 앉았다. 여행지에서 제일 먼저 하는 것이 컴퓨터가 있는지, 인터넷이 연결되는지 알아보는 것이었다. 주로 컴컴한 지하에 고물 데스크톱이 놓여 있었는데, MSN에 접속한 다음 염치없이 몇 시간씩 내리 인터넷 채팅을 했다. 그럼 10대 프랑스 소년이 떨떠름한 표정으로 내 뒤에 놓인 안락의자에 앉아 차례를 기다렸다. 다른 식구들은 햇살이 쏟아지는 프로방스의 풀장 가에 누워 책을 읽었다. 부모님은 나와 메신저를 두고 실랑이를 해봐야 소용없다는 걸 잘 알았다. MSN이 내 우정의 중심이었고 나만의 사생활이었다. 온전히 내 것이라 부를 수 있는 유일한 것이었다. 다시 말하지만 MSN 메신저는 공간이었다.

나의 첫 이메일은 열두 살 때 학교 컴퓨터실에서 만든 munchkin_1_4@hotmail.com이었다. '먼치킨'이라는 말이 너무 유치해 보이기 전까지 딱 2년만 쓸 생각으로 숫자 14를 넣었다. 새로운 유행이 선사하는 여러 가지 기발함을 누리다가 열네 살이 되는 생일에 폐기할 여지를 남기기 위해서였다. 열네 살 전에는 MSN을 하지 않았다. 그동안에는 2002 〈팝 아이돌〉°°에서 우승하겠다는 새로운 포부를 담은 willyoungisyum@hotmail.com이라는 이메일을 썼다. 학교에서 제작한 〈회전목마〉라는 뮤지컬에 스노우 씨로 열연을 펼

°° 영국 ITV에서 방영한 음악 오디션 프로그램.

15

친 후에는 배우라는 뜻이 담긴 thespian_me@hotmail.com이라는 이메일을 쓰기도 했다.

MSN에 munchkin_1_4@hotmail.com이라는 이메일을 등록하자 그동안 모아둔 학교 친구들의 이메일이 내 MSN 친구 목록에 가득 찼다. 나는 환호했다. 남자애들과 연결된다는 사실이 중요했다. 그때까지는 아는 남자애가 한 명도 없었다. 남동생, 꼬마 사촌, 아빠, 아빠의 크리켓 모임 친구 한두 분을 빼면 내 인생을 통틀어 남자와 같이 있어본 적이 아예 없었다. 진짜로 그랬다. 그런데 MSN 덕분에 실체 없는 남학생들의 아바타와 이메일 주소를 알게 된 것이다. 우리 학교 여자애들이 자애롭게 기부한 주소들이었다. 여자애들은 주말에 남학생들과 어울린 후 자비를 베풀듯 그들의 이메일 주소를 학교에 뿌렸다. 우리 학교 여자애들 모두 그들의 이메일을 저장했다. 그러다 그들과 채팅이라도 하는 날이면 누구든 15분 정도 입방아에 올랐다.

남학생들은 대략 세 부류로 나뉘었다. 첫째, 한 여학생의 어머니가 대모를 서준 대자이거나, 가족끼리 친분이 있어서 어려서부터 어렴풋이 아는 사이였다. 그런 남학생은 대개 우리보다 한두 살 많고 키만 멀대같이 크고 목소리가 굵었다. 옆집 남학생도 이 범주에 들어갔다. 둘째, 누군가의 사촌 혹은 육촌이었다. 끝으로, 가장 색다른 경우로 가족과 떠난 휴가지에서 만난 남학생이었다. 이런 경우는 굉장히 드물었다. 멀고 먼 어느 도시에서 느닷없이 남자를 만나다니 대박이었다. 메신저에 접속하기만 하면 마치 같은 방에서 그와 대화하는 느낌이었다. 세상에, 이런 모험이 가능하다니.

나는 이렇게 떠돌아다니는 남학생들의 연락처를 입력해 따로 분류한 다음 '남자애들'이라고 이름을 붙였다. 나는 그들과 채팅하며 주말을 보냈다. GCSE°나 좋아하는 밴드, 흡연량이나 주량을 묻거나, 이성과 '어디까지 가봤는가(이 순간에는 소설을 쓰는 수고를 늘 곁들였다)'에 대해 얘기했다. 물론, 우리는 서로의 얼굴을 전혀 몰랐다. 그때는 휴대전화 카메라나 소셜 미디어 프로필 사진이 등장하기 전이라 코딱지만 한 MSN 프로필 사진과 본인이 직접 설명한 내용을 토대로 생김새를 가늠했다. 나는 가족 식사나 휴가지에 찍은 사진 중에서 예쁘게 나온 걸 골라 스캐너로 스캔을 뜬 다음 페인트라는 프로그램의 자르기 기능을 사용해 이모나 할아버지를 조심스레 잘라내는 수고를 해야 했다.

우리 학교 여학생들만 있던 세상에 실재하는 남학생들이 유입되자 새로운 갈등과 드라마가 펼쳐졌다. 누가 누구한테 채팅을 신청했다더라 같은 소문이 물레방아 돌듯 돌고 돌았다. 여학생들은 남학생 이름을 자신의 유저 네임 사이에 끼워 넣고 앞뒤에 별이나 하트를 달거나 밑줄을 그어 한 번도 보지 못한 그에게 충성을 다짐했다. 어떤 여자애들은 자신이 특정 남학생과 독점으로 채팅한다고 착각해 이런 유저 네임을 잘라서 올렸다. 그러면 얘기가 조금 다르게 흘러갔다. 한 번도 본 적 없는 인근 학교 여학생들이 갑자기 채팅에 초청해 이 남학생과 네가 대화를 나눈 게 사실이냐고 대놓고 물었다. 구전으로 내려오는 주의사항도 있었다. 남학생에게 보낼 메시지를

° 영국의 16세 학생들이 치는 중등 교육 자격 검정 시험.

다른 채팅창에 잘못 쳐서 엉뚱한 친구에게 보내는 바람에 MSN에서 그와의 관계가 우연히 드러나는 경우가 종종 있었다. 그럼 셰익스피어 4대 비극에 준하는 비극이 발생하기도 했다.

MSN에는 복잡한 에티켓이 존재했다. 좋아하는 남학생과 당신이 동시 접속했는데 그가 말을 걸지 않을 때, 그의 관심을 끌 절대적으로 안전한 방법은 로그오프했다가 다시 로그인하는 것이다. 그러면 당신이 입장했다고 그에게 다시 알려져 당신의 존재가 상기되고 채팅으로 이어질 수 있다. 특정인 말고는 아무하고도 채팅할 마음이 없다면 온라인 상태를 숨기는 꼼수를 부릴 수도 있다. 이런 엉큼한 짓이 가능했다. 나는 현기증을 느끼면서도 거기에 기꺼이 동참했다.

이렇게 주야장천 채팅해도 실제 만남으로는 거의 이어지지 않았다. 그러다 실제로 만날 경우, 남학생들은 거의 매번 속이 뒤집힐 정도로 실망감을 안겼다. 귀족처럼 성 두 개를 나란히 쓰는 맥스라는 남학생이 있었다. 맥스는 '베이비지Baby G'라는 손목시계를 여학생들에게 우편으로 보내는 것으로 이름을 날린 MSN 카사노바였다. 팔리는 몇 달에 걸쳐 맥스와 채팅하다가 어느 토요일 오후 영국 동부에 위치한 부시라는 마을의 가판대 앞에서 맥스와 만나기로 했다. 약속 장소에 도착한 팔리는 맥스를 흘깃 보고는 기겁하며 쓰레기통 뒤로 몸을 숨겼다. 팔리는 맥스가 공중전화에서 팔리의 휴대전화로 연신 전화를 거는 모습을 지켜보면서도 실제로 대면한다는 현실을 감당할 수 없어서 그대로 집으로 내뺐다. 그런데도 두 사람은 매일 밤 몇 시간씩 MSN에서 수다를 이어갔다.

내가 실제로 남자애를 만난 건 딱 두 번이었다. 첫 번째 만남은 쇼핑센터에서 15분도 안 돼서 끝난 끔찍한 데이트였다. 두 번째 만남은 근처 기숙학교에 다니던 남학생과의 데이트였다. 1년 가까이 채팅하던 우리는 스탠모어의 어느 피자 가게에서 드디어 첫 데이트를 했다. 그다음 해 내내 그 애와 온오프라인을 오가며 관계를 이어 갔는데, 주로 오프라인에서 만났다. 그가 학교에 늘 갇혀 있었기 때문이다. 그런데도 나는 그를 만나러 갔다. 립스틱을 바르고 그에게 주려고 산 담배 여러 갑을 핸드백에 가득 넣고 갔다. 기숙사에 살던 그는 인터넷을 전혀 할 수 없으니 MSN도 당연히 불가능했다. 우리는 매주 편지를 주고받으며 장거리 전화로 아쉬움을 달랬다. 그 바람에 매달 수백 파운드에 육박하는 전화 요금 명세서를 받았고 아빠는 분통을 터트렸다.

열다섯 살 무렵 주근깨투성이에 부스스한 머리, 적갈색 눈동자와 아이라인을 두껍게 그리고 다니던 여자애 로렌을 알게 됐다. 어릴 때 볼링장에서 열린 특이한 생일 파티에서 만나 얼굴만 알던 사이였는데, 나중에야 우리를 둘 다 알던 친구 제시를 통해 정식으로 인사했다. 우리의 만남은 그동안 텔레비전에서 보던 로맨스 영화 속 모든 장면을 쏙 빼닮았다. 우리는 입이 바싹 마를 때까지 수다를 떨었다. 상대방이 하려는 말을 끝까지 듣지 않아도 찰떡같이 알아들었고, 테이블이 빙그르르 돌아갈 정도로 박장대소했다. 레스토랑에서 나와 제시가 집에 간 다음에도 우리는 얼어 죽을 것 같은 날씨에 벤치에 앉아 하염없이 떠들었다.

✧

로렌은 기타리스트였는데 밴드에서 노래할 보컬을 찾았다. 나는 누구나 연주할 수 있는 어느 나이트클럽에서 어쩌다 한 번씩 노래를 불렀는데, 내겐 기타리스트가 필요했다. 우리는 그다음 날부터 데드케네디스°의 곡들을 보사노바로 편곡해 연습에 돌입했다. 로렌의 어머니는 우리가 밴드를 결성하고 이름을 '레이징 팽크허스트°°'라고 정한 걸 아시고는 눈물을 흘리셨다. 나중에 우리는 '소피 캔트 플라이'라는 조금 더 애매모호한 이름으로 바꿨다. 우리는 한 터키 레스토랑에서 데뷔 무대에 올랐다. 식당이 북적이긴 했지만 가족과 학교 친구들을 빼면 손님은 딱 한 명뿐이었다. 우리는 유명하다는 곳은 모두 섭렵했다. 극장 로비에서, 어느 버려진 별채에서, 크리켓 경기장에서 연주했다. 경찰이 보이지 않는 거리에서 버스킹을 했다. 우리를 받아주는 바가 있으면 어디든 찾아가 노래했다. 우리는 MSN 콘텐츠를 다각화하기 위해 취미를 공유했다. 우리가 우정을 쌓아나가던 초반에 인스턴트 메신저가 막 태동했기에 우리는 남학생들과 나눈 채팅창을 워드에 복사해 출력한 다음 고리가 달린 바인더에 묶어서 에로 소설을 읽듯 잠자기 전에 읽었다. 우리는 MSN 메신저에서 21세기 2인조 블룸즈버리그룹°°°을 결성했다고 착각했다.

로렌과 우정을 키워나갈 무렵, 나는 런던 변두리를 떠나 스탠

○ 　미국의 전설적인 펑크 록 밴드.

○○ 　에멀린 팽크허스트. 영국의 여성 참정권 운동의 지도자.

○○○ 20세기 초 블룸즈버리에 모여 살던 문인 및 지식인들 모임.

모어에서 북쪽으로 120킬로미터 떨어진 남녀공학 기숙학교로 전학 갔다. MSN은 이성에 대한 나의 호기심을 더는 채워주지 못했다. 나는 남학생의 실체를 깨달아야 했다. 연애편지에 뿌린, 그러나 점차 흐려지는 랄프로렌폴로 향수의 향기로는 더는 만족할 수 없었다. MSN의 새 메시지 알림음도 성에 차지 않았다. 나는 기숙학교를 다니면서 남학생들에게 적응하려고 애썼다. (여담이지만 내가 전학을 갈 수 있었음에 신께 감사드린다. 팔리는 여학생만 득실대는 학교에서 계속 대학 입시를 준비했다. 대학교에 입학하자 남자들과 한 번도 어울린 적 없던 팔리는 도자기 가게에 방치된 황소와 다름없었다. 신입생 주간이 열리는 첫날 저녁에 '신호등 파티'가 열렸다. 이 파티에는 애인이 없으면 파란색 옷을, 애인이 있으면 빨간색 옷을 입는 게 관례였다. 학생들은 대부분 파란 티셔츠를 입고 오라는 얘기로 받아들였다. 그런데 팔리는 파란 스타킹에 파란 구두를 신고 파란 원피스를 입었다. 거기에 파란 헤어스프레이를 머리에 뿌린 다음 큼지막한 파란 리본을 꽂고 기숙사 바에 나타났다. 차라리 '여중 여고 출신'이라고 이마에 문신을 새기는 편이 나았을지도 모르겠다. 나도 2년간 내리막길을 걷긴 했지만 그나마 기숙사에 살면서 남녀공학을 다닌 사실에 지금도 감사한다. 그러지 않았더라면 나 역시 신입생 주간에 파란 헤어스프레이를 한 통 다 뿌리고 등장했을지도 모른다.) 나는 내가 대부분의 남학생과 공통점이 아예 없고, 남자에게 관심이 전혀 없다는 걸 깨달았다. 단, 키스하고 싶을 때는 예외였다. 사실 내가 키스하고 싶은 남학생은 나와 키스하길 원치 않았기에 차라리 스탠모어에 계속 있으면서 비옥한 땅에 상상의 나래를 펼치며 가상의 연애를 줄줄이 맛보는 편이 나았을지도 모르겠다.

나의 사랑에 대한 기대치가 지나치게 높은 건 두 가지 이유에서였다. 하나는 민망할 정도로 서로 죽고 못 사는 부모님 밑에서 자랐기 때문이고, 또 하나는 인성이 형성되는 시절에 본 영화 때문이다. 어려서부터 고전 뮤지컬이라면 사족을 못 썼고, 진 켈리나 록 허드슨이 나오는 영화에 푹 빠져 살았기 때문에 남자들이 영화배우처럼 우아하고 매력적일 거라고 생각했다. 그런데 남녀공학에 다니면서 이런 환상이 순식간에 박살났다.

첫 정치학 수업을 예로 들겠다. 열두 명이 함께 수업을 듣는 교실에 여학생은 단둘이었는데 그중 하나가 나였다. 내 평생 그렇게 많은 남자애들과 같은 공간에 있었던 건 그때가 처음이었다. 거기에서 가장 잘생긴 남학생이 책상 밑으로 내게 쪽지를 건넸다. 나는 그가 여학생들의 심장을 떨리게 하는 이상형이라는 소문을 익히 들어 알고 있었다. 그때 선생님이 비례대표제에 대해 설명하고 있었다. 접힌 쪽지 윗면에 하트가 그려져 있기에 나는 연애편지인 줄 알고 내숭을 떨며 쪽지를 펼쳤다. 그림이 그려져 있고 이해를 돕는 주석이 그 밑에 달려 있었다. 〈반지의 제왕〉에 나오는 오크 그림 아래에 이렇게 적혀 있었다. "너 이렇게 생겼음."

팔리는 주말이면 나를 만나러 와서 스포츠 가방을 들고 어깨에 하키 스틱을 걸친 다양한 얼굴과 체격의 남학생 수백 명에게 추파를 던졌다. 팔리는 매일 아침 채플 시간에 손을 뻗기만 하면 남자애들에게 닿을 거리에 앉는 나의 행운을 부러워했다. 하지만 나는 그들의 실체에 적잖이 실망했다. 기숙학교에서 만난 다른 여학생들과 다르게 남학생들은 재미도 없고 흥미롭지도 않은 데다가 친절하지도 않았기 때문이다. 무슨 이유인지 모르겠지만, 주변에 남자가 한 명이라도 있으면 나는 절대로 마음이 놓이지 않았다.

졸업할 무렵, 한때는 신앙처럼 모시던 MSN 메신저를 더는 하지 않다. 엑서터대학에서의 첫 학기가 정신없이 지나갔다. 그 무렵 페이스북이 등장했다. 페이스북은 온라인에서 남자를 만나는 보고였다. 이번에는 훨씬 개선돼서 남자들의 생생한 정보가 한 페이지에 모두 집약돼 있었다. 나는 대학 동기들의 사진을 일일이 검색하면서 내가 좋아하는 외모의 소유자가 보이면 누구든 추가했다. 이런 식으로 메시지를 신속하게 주고받으면서 만남을 계획했다. 나는 대성당이 있는 데번의 캠퍼스 유니버시티°에 다녔기 때문에 사람을 찾는 건 그리 어렵지 않았다. MSN이 빈 캔버스 위에 환상을 그려 넣는 것이었다면, 페이스북 메시지는 만남의 도구로서 역할을 철저히 수행했다.

대학을 졸업하고 런던으로 돌아올 무렵, 나는 페이스북에서 애인으로 삼고 싶었던 남자들에게 온라인 화장품 사이트 대표라도 된 듯 전화를 걸어 설득력 있게 공략하던 버릇을 단호히 접고 새로운 패턴을 구축했다. 소개를 받거나 파티에서 만난 남자와 몇 주간 이메일과 문자를 주고받으며 관계를 다진 다음 두 번째 만남을 약속했다. 이것이 누군가를 알아가는 유일한 방법이라고 이해했다. 일단 남자와 거리를 두고 나 자신을 거르고 걸러 최고의 모습을 내보

° 모든 건물이 한 캠퍼스 내에 있는 대학교.

일 충분한 공간을 확보하는 방식을 취한 것이다. 내가 아는 가장 웃긴 유머를 섞어서 가장 근사한 문장을 만들고 그가 감동할 법한 노래란 노래는 모조리 동원했다. 대부분 로렌이 보내준 노래였다. 나도 답례로 로렌에게 노래를 보내면 로렌은 그 곡을 문자와 이메일을 주고받는 남자에게 보냈다.

이렇게 문자와 이메일만 주고받는 관계는 거의 매번 실망으로 끝났다. 첫 데이트는 실제로 만나는 게 더 낫다는 것을 서서히 느끼기 시작했다. 실제로 만나지 않으면 상상 속 상대방과 그의 실제 모습 사이의 괴리가 점차 벌어지기 마련이다. 머릿속에서 숱한 인물을 창조한 다음 대본을 쓰듯 우리만의 케미를 창조했기에 나중에 실제로 만나면 처참히 실망할 수밖에 없었다.

오로지 여자들 틈에서 성장기를 보낸 여자라면 누구나 비슷한 말을 들려줄 것이다. 남자란 근사하고 오묘하며 매력적인 존재이지만, 동시에 경멸스럽고 괴상한 생명체이기도 하다고. 그리고 전설 속 괴생명체 사스콰치처럼 위험한 존재일 수 있다고. 이런 얘기를 한다는 건, 당신이 평생 견고한 환상을 품어왔다는 뜻이기도 하다. 하지만, 어떻게 그러지 않을 수 있겠는가? 수년간 내가 한 일이라고는 팔리와 담장에 걸터앉아 두툼한 신발 고무바닥으로 벽을 차며 똑같은 교복을 입고 쉴 새 없이 돌아다니는 여학생 수백 명에게서 벗어나려고 상상의 나래를 펼친 것뿐이었다. 여학교만 내내 다니면 상상력이 올림픽 출전 선수처럼 매일 단련된다. 버릇처럼 현실에서 벗어나 환상의 세계에서 강렬한 판타지의 열기를 느낀다는 게 놀라울 따름이다. 대학을 졸업하고 사회생활을 시작할 무렵, 나는 이성에 대한 나의 환상과 집착이 식은 줄로만 알았다. MSN 인스턴트 메신저에 처음 로그인했을 때와 마찬가지로 20대 후반이 돼서도 남자들과 어울리는 법을 잘 모를 줄은 정말 몰랐다. 남자가 문제였다. 그걸 바로잡기까지 15년이나 걸렸다.

12분

때는 2002년, 열네 살. 나는 미스셀프리지에서 산 체크무늬 치마에 검은색 닥터마틴 신발을 신고 형광 오렌지빛이 감도는 크롭 티를 입는다.

소년의 이름은 베트자렐. 학교 친구 내털리의 지인이다. 두 사람은 유대인 방학 캠프에서 만나 그때부터 줄곧 MSN에서 채팅을 이어왔다. 내털리는 새 친구를 물색하는 중이다. 우리 학년 어떤 여자애가 지독한 습진에 걸렸는데 자해를 했다고 내털리가 헛소문을 퍼트리는 바람에 친구들이 모두 등을 돌렸기 때문이다. 나도 내털리가 친구로 삼으려고 노리는 사람 중 하나다.

내털리는 내가 남자 친구를 사귀고 싶어 하는 걸 알고 MSN으로 베트자렐을 소개시켜 주겠다고 한다. 보답으로 자기와 가끔 점심을 같이 먹자는 제안에 나는 무언의 동의를 하고 뛸 듯이 기뻐한다.

베트자렐과 나는 MSN에서 한 달간 매일 채팅한 후 실제로 만나기로 한다. 그는 자기 또래 애들은 죄다 미성숙하다고 말한다. 나역시 그렇게 생각한다. 게다가 자기가 또래보다 키가 크다고 하는

데 나 역시 그렇다. 우리는 이런 공통된 최고의 경험을 즐긴다.

우리는 쇼핑센터에서 만나기로 한다. 팔리에게 같이 가자고 부탁했다.

베트자렐 도착. 그가 보내준 사진과 조금도 닮지 않았다. 곱슬머리를 완전히 밀어버렸고 캠프 이후 살이 잔뜩 붙었다. 우리는 테이블을 가운데 두고 서로 손을 흔들며 인사한다. 베트자렐은 아무것도 시키지 않는다.

말은 팔리가 도맡아 한다. 베트자렐과 나는 민망해서 입을 다물고 바닥만 내려다본다. 베트자렐이 쇼핑백을 하나 들고 왔다. 〈토이 스토리 2〉 비디오테이프를 샀다고 한다. 나는 그에게 유치하다고 말한다. 그는 스커트를 입은 내게 스코틀랜드 남자 같다고 한다.

나는 그에게 버스를 타야 해서 이만 가보겠다고 한다. 데이트는 12분 만에 끝난다.

집에 도착해 MSN에 로그인하자 베트자렐이 곧바로 장문의 메시지를 보낸다. 그는 내가 괜찮은 여자이긴 한데 아무 감정이 들지 않는다고 한다. 나는 그에게 이렇게 일장 연설을 써놓고 집에 앉아서 내가 로그인하기를 기다리는 건 무례하다고 따진다. 자기가 날 좋아하는 것보다 내가 자기를 덜 좋아한다는 걸 알아차리고 선수를 친 것이다.

베트자렐은 한 달간 나를 차단했다가 결국 용서한다. 우리는 다시는 만나지 않았지만 열일곱 살까지 절친한 친구로 지낸다.

나는 계약상 의무를 저버리고 내털리와 두 번 다시 점심을 같이 먹지 않는다.

팬티 주인 나와!

대학에서 첫 학기를 보내고 집으로 돌아와 맞이한 첫 번째 방학. 로렌도 크리스마스를 맞이해 집으로 돌아왔다. 로렌이 유니버시티칼리지런던UCL 기숙사에서 열리는 송년회에 같이 가자고 한다. 그녀를 초대한 사람은 헤일리. 같은 학교에 다녔지만 졸업식 이후 만나지 못했다.

우리는 한 낡은 건물에 도착한다. 공용 기숙사로 쓰는 꽤 큰 건물이다. 파티 참석자들은 마리화나를 피우는 UCL 학생들과 로렌의 학교 친구들이다. 여기에 행인들까지 섞여 각양각색이다. 로렌과 나는 와인을 한 병씩 들고 플라스틱 컵에 따라 마신다. 특별한 날이니 병째 마시지는 않는다.

나는 방을 샅샅이 스캔하며 남자들을 살핀다. 내 나이 열여덟. 왕성한 성생활에 돌입한 지 6개월째라 남자에 대한 관심이 하늘을 찌른다. 섹스가 가장 중요한 모험이자 발견이었던 덧없는 시절. 섹스가 감자이자 담배이던 시절. 내가 바로 영국에 감자와 담배를 들여온 월터 롤리 경°이었다. 왜 다들 이걸 온종일 하지 않는지 이해가 가지 않았다. 섹스를 주제로 한 책과 영화, 노래를 총동원해도 섹스가 얼마나 짜릿한지 표현하기에는 역부족이었다. 섹스를 하거나 섹스할 대상을 물색하는 일 말고 밤에 다른 걸 할 생각을 하다니, 그게 대체 어떻게 가능하지? (이런 기분은 열아홉 살 생일 무렵 나도 모르는 사이에 사라졌다.)

나는 어딘가 낯익은 얼굴에 어깨가 떡 벌어지고 훤칠한 남자를 본다. 순간 그의 정체가 떠오른다. 내가 GCSE 시험을 마친 후 직업 체험°°으로 시트콤 현장에 나갔을 때 만난 심부름 담당이다. 그때 우리는 스튜디오 뒤에서 몰래 담배를 피고 시시덕거리면서 자기밖에 모르는 여배우들을 씹었다.

우리는 서로에게 다가가 두 팔을 뻗어 안고 거의 동시에 입술을 포갠다. 나는 고농도의 호르몬이 혈관을 타고 빠르게 돌면 이렇게 행동하게 된다. 악수는 진한 키스가 되고, 포옹은 서로의 몸을 만지는 단계로 발전한다.

두 시간가량 와인을 나눠 마시고 몸을 비빈 후라 우리는 화장실로 가서 거사를 치르기로 한다. 청바지와 치마를 더듬더듬 벗기면서 과열돼도 떨어지지 않는 두꺼비집을 손보려는 찰나, 누군가 문을 두드린다.

"이 화장실 고장났어!" 심부름 담당이 내 목을 물고 빠는 사이

° 영국의 작가이자 모험가.

°° 영국에서는 10학년 이상의 학생들이 방학 때 자신이 원하는 미래의 직장을 체험해야 한다.

29

내가 고함친다.

"돌리, 나야. 문 좀 열어줘." 로렌이 속삭인다. 나는 치마 단추를 채우고 문을 살짝 연다.

"무슨 일이야?" 내가 고개를 내밀고 주변을 살피며 묻는다. 로렌이 문틈으로 몸을 들이민다.

"내가 말이야, 핀하고 잘되는 중이거든." 로렌이 화장실 구석에 있는 내 친구를 발견한다. 그가 멋쩍어하며 청바지 지퍼를 올린다. "어머나, 안녕." 로렌이 명랑하게 인사를 건넨다.

"핀하고 키스하는 도중에 걔가 내 속바지를 만질까 봐 걱정이야."

"그게 뭐?"

"보정 속옷이거든." 로렌이 원피스를 들어 올려 연한 주황색 거들을 보여준다. "뱃살하고 궁둥이 살을 이 안에 쑤셔 넣었어."

"그럼 벗어. 안 입은 척해." 난 이렇게 말하며 나가라고 로렌을 민다.

"이걸 벗어서 어디에다 둬? 내가 다 둘러봤는데 빈방이 없어."

"저기에 둬." 나는 지저분한 변기 수조 뒤편을 가리킨다. "아무도 못 찾을걸." 나는 로렌이 거들을 벗는 걸 거든다. 변기 뒤에 거들을 감춘 후 나는 로렌의 등을 떠밀어 내보낸다.

애석하게도, 술을 병째로 퍼마시고 마리화나까지 한 터라 소품 담당의 몸이 말을 듣지 않는다. 우리는 이 상황을 타개하려고 여러 번 시도한다. 그렇게 열렬히 시도하던 도중, 벽에 걸린 샤워기 걸이가 갑자기 뚝 떨어진다. 이 지경까지 됐는데도 실패하자 우리는 이쯤에서 멈추고 원만히 각자 갈 길을 떠나기로 한다. 그가 다른 파티로 향하기 전, 우리는 작별의 포옹을 나눈다. 자정을 막 넘긴 시각.

로렌과 나는 마리화나 연기가 한창 피어오르는 방에서 다시 만났다. 새로운 파트너를 물색한다. 핀도 새해 첫날의 칠흑 같은 새벽에 더 짜릿한 파티를 찾아서 일찌감치 자리를 떴다. 우리는 손발이 척척 맞는 우정을 위해, 한없이 실망스러운 남자들을 위해 건배한다. 그러던 중 런던에서 자유 무대를 순회하다가 만난 이모EMO 밴드°를 발견하고 곧바로 친한 척한다. 로렌은 부스스한 머리를 한 보컬을, 나는 양배추 인형의 뺨을 닮은 베이시스트를 맡는다. 우리 넷은 옷장에 기대어 몸을 숙인 채 담배와 마리화나를 돌려 피우며 차례차례 자신의 아이팟을 스피커에 연결한다. 갑자기 음악이 뚝 끊긴다.

"누가 샤워기 망가뜨렸어." 헤일리가 다급히 외친다. "누구 짓인지 알아야 수리비를 받지. 안 그러면 관리소장한테 우리 큰일 나."

"당연하지. 누군지 찾자. 머리는 길고 키가 작은 남자가 범인일 거야." 내가 꼬인 혀로 이른다.

"누구?"

"방금 나가던데. 그 남자가 확실해. 어떤 여자하고 화장실에서 나오면서 둘이 웃더라. 담배 피우러 나간 것 같아." 내가 둘러댄다.

나는 기숙사에 사는 학생들을 이끌고 밖으로 나가 마녀사냥처럼 가상의 남자를 찾는다. 그런데 파티를 찾아 헤매는 조엘을 보는 순간 바람잡이 노릇에 흥미가 뚝 떨어진다. 조엘은 북런던에서 이름을 날리는 매력남이다. 머리에 젤을 발라 세우고 여드름 자국이 있

°   EMO는 하드코어 펑크에서 파생된 록 음악의 한 장르다.

는 유대인 미남이다. 나는 그에게 담배 한 개비를 내민다. 우리는 인생을 살아가는 팁을 나누듯 곧장 진하게 입을 맞춘다. 조엘과 기숙사로 다시 들어가 대놓고 키스한다. 조금 전 심부름 담당보다 칭찬할 구석이 꽤 많다. 다시 화장실을 차지할 수 없어서 속상하다. 과학수사대 감식반을 흉내 내는 어설픈 무리와 헤일리가 화장실을 차지한 채 누가 샤워기를 어떻게 망가뜨렸는지에 대해 추리 중이다. 나는 숨을 만한 새로운 장소를 물색한다. 그때 금발 미인인 크리스틴이 잠시 조엘과 얘기해도 되냐고 묻는다. 나는 점잖게 자리를 비켜준다. 옛 속담에 뭔가와 엮이고 싶다면 보내주라는 말이 있기 때문이다. 로렌과 다시 만나 담배를 피운다.

"학교 다닐 때 쟤네 둘이 사귀었대. 만났다 헤어졌다 꽤 시끄러웠나 봐." 로렌이 귀띔한다.

"그랬구나."

방 저쪽을 보니 크리스틴과 조엘이 손을 잡고 기숙사를 떠나는 중이다. 그가 미안하다는 듯 내게 손을 흔들면서 밖으로 나간다.

"잘 있어." 그가 입을 벙긋거린다.

이모 밴드 보컬에게 푹 빠진 로렌은 둘이서 코드 진행에 대해 얘기한다. 로렌이 섹스를 위해 총력전을 펼친다는 확실한 신호다. 이제 새벽 4시가 다 됐다. 두 시간 후에 일어나 고급 수제화 상점 판매 보조로 일하러 가야 한다. 판매액의 1퍼센트를 수수료로 받는 놓치기 아까운 자리다. 어둑어둑한 방으로 들어가 눈을 붙일 공간을 찾는다. 기쁘게도 텅 빈 싱글베드가 보인다. 6시에 알람을 맞춘다.

두 시간 후, 내 인생 최악의 숙취에 시달리며 눈을 뜬다. 누가 뇌를 헤집어놓은 듯 머리가 지끈거리고 마스카라가 떡이 져 눈이 떠지지 않는다. 잠든 사이 쥐새끼 한 마리가 입속으로 기어들어 왔다가 죽어서 썩은 듯한 악취가 진동한다. 나는 갈색 미니스커트를 입고 맨 다리에 부츠를 신고 있다. 출근 복장을 챙겨 오지 않았다는 게 떠오른다.

"헤일리." 나는 조용히 헤일리를 부르며 엄지발가락으로 그녀를 꾹 찌른다. 헤일리가 산처럼 쌓인 옷 더미 위에서 자는 중이다. "헤일리, 원피스 좀 빌려줘. 그냥 검정 원피스면 돼."

"너 내 침대에서 자더라. 아무리 깨워도 안 일어나더라고." 헤일리가 맥 빠진 목소리로 말한다.

"미안해."

"로렌이 그러던데 네가 샤워기 망가트렸다며?" 헤일리가 옷 속에 파묻힌 채 웅얼거린다. 나는 조용히 자리를 뜬다.

"몰골이 노숙자군." 출근하자 마녀같이 생긴 상사 매리가 으르렁거린다. "냄새도 노숙자고. 창고로 내려가." 매리는 파리를 쫓듯 손을 휘휘 젓는다. "오늘은 손님 근처에 얼씬거릴 생각도 하지 마."

내 평생 가장 긴 하루를 보내고 집으로 돌아온 그날 밤, 나는 페이스북에 로그인한다. 내 타임라인 맨 위에 포대 자루 같은 로렌의 거들이 클로즈업된 채 보인다. 사진을 올린 사람은 헤일리. '분실물'이라는 제목으로 파티에 온 사람 모두에게 태그를 걸고 이렇게 적었다. "이 팬티 주인 누구?"

새벽의 질주

나는 열 살 때 처음으로 술에 취했다. 학년 대표로 운 좋게 선발된 여학생 넷과 바르미츠바°에 손님으로 초대받았다. 햇살이 쏟아지는 런던 북서부 밀힐의 어느 뒷마당에 대형 천막을 치고 그 아래에서 다들 와인을 마시고 훈제 연어를 즐겼다. 지금도 무슨 이유인지 모르겠지만 서빙하는 직원들이 우리에게 연신 샴페인 잔을 건넸다. 어깨끈 없는 원피스를 입고 나비 모양 머리핀을 꽂은 것만 봐도 우리가 아직 사춘기 전이라는 걸 알았을 텐데 말이다.

처음에는 온몸에 따끈한 파도가 퍼지면서 피가 속도를 내며 달렸다. 살갗이 흥얼거리는 느낌이었다. 온몸의 관절을 조이는 나사가 헐거워지면서 몸이 밀가루 반죽처럼 폭신하게 부풀어 올랐다. 그러더니 수다가 쏟아졌다. 웃긴 얘기로 시작해 선생님과 부모님의 잊지 못할 모습을 털어놓았다. 아슬아슬한 농담에 이어 할 수 있는

○ 율법의 딸이라는 뜻으로, 12세에 성년식을 행한 여성을 일컫는다. 스스로 책임질 나이가 되었음을 축하하는 유대교 행사다.

가장 심한 욕을 뱉었다(처음 만취로 겪은 3단계 변화가 지금까지도 이어진다).

파티는 황급하고 어색하게 막을 내렸다. 그 순간, 우리 일행 중 하나가 살짝 과장하면서 무도회장 바닥에 배를 대고 물 밖에 나온 물고기처럼 두 다리를 미친 듯이 팔딱거렸다. 나도 질세라 몸을 내던졌다. 우리가 못마땅했는지 어떤 아저씨가 우리 둘을 끌어내 야단쳤다. 이건 시작에 불과했다.

새로 찾은 자신감에 충만해진 나는 지금이야말로 첫 키스를 할 타이밍이라고 다짐하고 첫 키스에 이어, 두 번째 키스(첫 키스 상대의 가장 친한 친구), 세 번째 키스(첫 키스 상대의 동생)까지 해치웠다. 다들 아는 사이였으니 같은 테이블에 앉아 푸딩을 나눠 먹듯 키스 파트너를 갈아 치운 것이다. 결국 이 교외 소녀들의 난동은 파투가 났고 우리 다섯 명은 거실로 끌려가 블랙커피를 마셔야 했다. 우리는 거실에 감금됐다. 부모님들이 호출을 받아 왔고 전대미문의 불량한 행실을 한 우리는 월요일에 교장 선생님께 또다시 혼났다. '학교 대표라면서 학교 이름에 먹칠이나 하고 다닌다'며 꾸중을 들었다(졸업할 때까지 이런 꾸지람이 종종 이어졌고, 그러면 나는 늘 주눅이 들었다. 학교 대표로 뽑히지 못할 때면 기가 더욱 죽었다. 내 간판이 되라고 부모님이 이 학교로 보내셨는데 말이다).

그날 이후 나는 완전히 달라졌다. 덕분에 일기장을 채우고도 남을 일화가 쏟아졌다. 너무 어린 나이에 술맛을 알아버린 터라 가족 행사가 있을 때마다 와인 좀 달라고 구걸했다. 크리스마스엔 초콜릿 상자에서 술이 든 초콜릿이 뽑히기를 기대했다. 열네 살에는 부모님이 술 장식장 열쇠를 숨기는 장소를 알아냈다. 부모님이 집을 비우면 나는 숙제는 뒷전으로 하고 후끈하고 몽롱한 술기운을 즐겼다. 빈 병에는 싸구려 프랑스산 브랜디를 채워놓았다. 가끔은 팔리를 초대해서 부모님이 숨겨둔 진을 벌컥벌컥 들이켰고 술병에는 물을 부어놓았다. 술에 취해 책상다리를 하고 앉아 퀴즈쇼를 보며 앞다투어 정답을 맞혔다.

나는 내가 10대라는 사실만큼 싫은 게 없었다. 사춘기라는 게 죽도록 싫었다. 어른이 되기를 간절히 바랐다. 애 취급받는 게 지긋지긋했다. 뭐가 됐든 남에게 기대는 건 질색이었다. 용돈을 받으니 청소를 했고, 부모님 차를 타고 집에 오느니 비를 맞더라도 5킬로미터를 걸었다. 열다섯 살 때는 베이비시터로 일해서 남들보다 한발 앞서 저축했다. 엄마의 조리법대로 저녁 식탁을 차린 다음 프랭크 시나트라의 음악을 틀어놓고 '디너파티'를 열었다. 햄버거를 먹고 볼링을 치러 가려는 친구들에게 로즈메리 로스트 치킨 파스타와 라즈베리 파블로바를 억지로 먹였다. 나만의 친구, 나만의 스케줄, 나만의 집, 나만의 돈, 나만의 생활이 갖고 싶었다. 10대라는 시기는 너무 절망적이고 굴욕적이며 간섭받고 의존할 수밖에 없었다. 이렇게 민망한데도 후딱 지나가지도 않았다.

술은 내가 할 수 있는 소소한 독립적 행동이었던 것 같다. 어른 기분을 낼 유일한 길이었다. 친구들은 술을 마시면 반드시 뒤따르는 키스, 악쓰기, 비밀 폭로, 흡연, 춤과 같은 재미에 푹 빠졌다. 하지만 나는 술이 선사하는 약간의 성숙한 느낌이 좋았다. 어른이 된 나의 평범한 생활을 상상하고 그 장면을 실행에 옮겼다. 동네 주류 판매점에 당당히 들어가 술병 뒤에 붙은 딱지를 살피며 '이번 주 토요일에 가벼운 파티가 있는데'라거나, '오늘 회사에서 끔찍했어' 혹은 '차를 어디에 세워뒀는데' 등등 당시 내가 쓰던 노키아 3310에 대고 통화하는 척했다. 《여성, 거세당하다》°를 들고 다니며 금요일 오후 4시에 학생들이 쏟아져 나오는 복도 한복판에 서서 선생님들 귀에 들리게 팔리에게 소리쳤다. "이제 우리 저녁 약속 가야지? 난 바디감이 묵직한 레드 와인이 좋던데!" 내 앞을 지나가던 선생님들의 약간 당황한 표정을 즐기며 이렇게 생각했다. '흥, 재수 없어. 너희가 하는 거 나도 한다. 나도 술 마시는 어른이야. 우습게 보지 말라고.'

열여섯 살에 기숙학교로 전학 간 후 본격적으로 폭음하는 습관을 키워나갔다. 학생들은 빈 샴푸 통에 보드카를 담아 몰래 들여왔다. 침대 매트리스 밑에서 말보로 담배가 끊임없이 나왔다. 우리는 싸구려 향수를 뿌리고 멘톨 껌을 씹는 방식으로 증거를 인멸했다. 마리화나 때문에 눈이 충혈된 나는 샤워를 막 하고 나온 척 젖은 머리를 하고서 샴푸 핑계를 대곤 했다. 선생님들은 우리가 술을 마신다는 사실을 알고 있었다. 아무도 입 밖으로 꺼내지 않아도 다들 아는 규율이었다. '우리는 너희가 선이 어디까지인지 안다고 믿는다. 그러니 멍청한 짓은 하지 말거라. 술도 좋고 담배도 괜찮아. 대신 나쁜 짓은 안 돼. 대놓고 하지 마라.' 전반적으로 이렇게 굴러갔지만 그럼에도 선을 넘는 학생들은 어김없이 나왔다. 의자를 부수거나 당직을 서는 젊은 수학 교사를 범하려 한 학생도 있었다. 나머지 학생

○   1970년 저메인 그리어가 쓴 페미니즘 도서.

들은 그럭저럭 조용히 지냈다. 선생님들은 대체로 학생들을 존중했고, 우리를 아이가 아닌 예비 성인으로 대했다. 사춘기에 유일하게 즐거웠던 시절이 기숙학교에서 보낸 마지막 2년이었다.

술과 건강한 관계를 맺지 않은 자에게 대학은 절대로 이상적인 장소가 아니다. 내가 엑서터대학에 원서를 낸 날은 상상을 초월하는 최악의 하루라고 생각한다. 데번의 푸르른 구릉지에 위치한 엑서터대학은 반쯤 술에 절어 사는 '후레이 헨리'°로 악명이 높았다. 만일 중년 남자를 만났는데, 그가 라크로스 경기를 즐기고, 술자리 게임 규칙을 모조리 꿰고 있고, 술에 취하면 영어보다 라틴어로 노래를 더 많이 부른다면 엑서터대학 출신일 확률이 다분하다. 내가 엑서터에 원서를 낸 건 팔리가 지원했기 때문이다. 팔리는 엑서터가 고전학으로 유명했고 바닷가 또한 좋아했기에 엑서터에만 원서를 냈다. 나는 정말 가고 싶었던 브리스틀에 합격하지 못해서 엑서터를 선택했다. 부모님이 대학은 꼭 가야 한다고 말했기 때문이기도 하고.

나는 엑서터대학에 막 입학했을 때보다 대학에 다니는 3년간°° 훨씬 멍청해졌다고 확신한다. 닥치는 대로 읽어 치우던 책벌레에서 꼭 읽어야 하는 과제 도서조차 한 줄도 읽지 않는 멍청이가 됐다(과제 도서 중에 다 읽은 게 한 권이라도 있는지 모르겠다).

° 떠들썩하게 유흥을 즐기는 상류층 젊은이를 일컫는 뜻인 동시에 유명한 클럽 이름이기도 하다.
°° 영국의 대학 학부 과정은 보통 3년이다.

2006년 9월부터 2009년 7월까지, 내가 한 거라곤 술 마시고, 섹스하고, 잠시 짬을 내 급히 케밥을 쑤셔 넣고, 퀴즈쇼를 보거나, '여름 와인에 몹시 취하라'라는 주제로 술집 순례를 다니고, 순례를 돌 때 입을 근사한 원피스를 사러 돌아다닌 일뿐이다. 내가 바라던 급진적 사고와 열정적 행동주의의 중심이 되려던 포부와는 아예 거리가 멀었다. 술집은 그동안 다닌 곳 중에 정치에 가장 무심한 장소였다. 내가 엑서터대학에 다니는 동안 항의 집회는 딱 두 번뿐이었다. 한 번은 학생회에서 운영하는 펍에서 동그랗게 말린 컬리프라이를 메뉴에서 빼자 총학생회가 들고 일어났을 때였고, 또 한 번은 한 여학생이 말을 타고 강의실을 오갈 수 있도록 교내에 승마 길을 만들어달라고 건의했을 때였다.

이 모든 아쉬운 경험을 가치 있게 만든 하나가 있다. 바로 여자 친구들을 만난 일이다. 친구들이 없었더라면 엑서터에서 허비한 3년이란 세월 때문에 무척 속상했을 것이다. 입학 첫 주, 팔리와 나는 여학생 무리를 알게 됐다. 큼직한 입에 우아한 금발을 휘날리며 드라마를 전공하는 레이시, 엄격한 여고 출신으로 술 마실 때 찬송가를 부르고 빛나는 흑갈색 머리칼을 지닌 에이제이, 매력적인 금발의 소유자로 눈이 휘둥그렇고 활기차고 열정이 가득한 사브리나, 남런던 출신으로 붉은 머리에 웃기면서도 터프한 소피, 그리고 힉스가 있었다.

힉스는 우리의 리더였다. 잉글랜드 동부 서퍽 출신이며 단발로 자른 머리는 금발로 염색했다. 청록색 펄 셰도를 바른 자유분방한 눈매의 소유자로 키가 크고 활발한 10대처럼 굴곡이 거의 없는 막

대기 몸매라서 사람들 틈에 섞여 있어도 눈에 띈다. 힉스를 싫어하는 사람은 한 명도 보지 못했다. 힉스는 대범하고 눈치가 빠르고 과감했다. 그녀와 같이 있으면 다른 무엇도 중요하게 느껴지지 않았다. 힉스는 자기 왕국을 세우고 자기만의 규율에 따라 그곳을 다스리는 여제 같았다. 그 왕국에서는 밤이 오후 1시에 끝났다. 그다음 날 오후 하루가 다시 시작되는데, 대체로 펍에서 만난 늙은 남자가 놀러 와 임시 숙박하는 것으로 끝을 맺었다. 힉스는 완전히, 전적으로, 완벽하게 현재를 살았다. 매력이 넘쳐흐르고 부러울 정도로 열정적이었다. 즐거운 시간을 위해서라면 무모하면서도 거침없이 욕구를 쫓았다. 3년간 그녀가 대학 생활의 분위기를 주도했다.

엑서터는 꽤 거칠고 남성적인 분위기였다. 이것으로 우리가 대학 시절 했던 행동의 이유를 설명할 수도 있겠다. 우리는 남성적인 분위기에 맞서려고 그렇게 행동했던 게 아닐까. 엑서터는 우리가 자라면서 영화에서 본 미국 남자 대학생들의 사교 문화가 영속되는 가운데 공립학교의 촌스러운 서열 시스템이 그 위에 얹힌 곳이었다.

우리는 쓰레기통 뒤에 다 같이 쭈그리고 앉아 소변을 봤다(팔리와 나는 지나가는 운전자들이 보라고 엉덩이를 까고 노상 방뇨를 하다가 적발된 적이 있었다. 교외 묘지에서 왜 이런 짓을 하느냐고 혼이 났는데, 그때 지나간 차가 하필 경찰차였다). 교통 통제용 고깔을 훔쳐 거실에 쌓아뒀다가 클럽에 하나씩 들고 가서 댄스 플로어에 집어던졌다. 섹스가 무슨 팀 스포츠라도 되는 양 토론했다. 허세에 가득 차 호언장담을 내뱉었다. 친구들과 터놓고 솔직하게 협조했고 경쟁심이라곤 조금도 없었다. 그러다 보니 술에 취해 우리가 얼마나 대단한 친구들인지 눈치도 없이 일장 연설을 늘어놓기도 했다.

나는 금방이라도 무너질 듯한 빨간 대문 집에서 에이제이, 팔리, 레이시와 함께 살았다. 우리는 하룻밤 자고 가는 손님들을 위해 '방문록'을 마련해서 그들이 다음 날 집을 나설 때 작성하게 했다. 지금은 사라진 1980년대 구식 텔레비전이 언제나 뒷마당에 놓여 있었다. 민달팽이가 현관을 뒤덮는 바람에 밤에 놀러 나갈 때면 한 마리씩 집어다 잔디밭 한쪽 구석으로 옮겨놓아야 했다. 한껏 들떠 기이한 방탕 생활에 탐닉하던 시절. 친구 둘이서 황금색 스타킹을 신고 밤새 춤추다가 성당에 가서 주일 미사를 보며 성가를 부르던 세계. 9시 수업을 들으려고 깬 팔리에게 전날 밤 불러들인 중년의 택시 기사와 여태껏 술을 마시던 걸 목격당하는 세상. 우리는 상상할 수 있는 한 최악의 학생이었다. 무모했고 자아에 도취됐으며 유치하면서도 심히 천하태평이었다. '망가진 영국'° 그 자체였다. 사실 그 용어는 우리가 술집으로 걸어가면서 외치던 구호였다. 물론 이제는 과거의 우리처럼 시끌벅적하게 바보같이 제멋에 도취돼 돌아다니는 부류를 보면 길을 피해 간다.

대학 시절 내 친구들이 고주망태 문화를 얼마나 즐기고 있는지 측정하고 싶을 땐, 대학을 방문한 사람들의 눈을 보면 됐다. 내 동생 벤이 열일곱 살 때 엑서터에 와서 이틀간 묵은 적이 있었다. 내가 클럽에 데려가자 벤은 반쯤 헐벗고 정신을 못 차리는 유령들을 보고

° 영국 보수당에서 사용한 용어로 영국에 만연한 사회적 부패 상태를 일컫는다.

경악했다. 남동생은 엑서터에서 지낸 여파로 엑서터대학 대신 드라마스쿨에 지원하기로 결정했다고 나중에 부모님께 털어놓았다.

로렌은 옥스퍼드에서 영문학을 전공했다. 이따금 우리는 대학 학점 교류 프로그램을 들었다. 로렌은 장거리 고속버스를 타고 엑서터로 내려와 나와 함께 며칠을 지냈다. 그동안은 머리에 있는 뇌세포 일부를 빼놓았다. 다시 로렌과 옥스퍼드로 가게 되면 사슴 공원을 거닐며 첨탑이 달린 집에서 텔레비전 없이 독서를 하고 2주에 한 번씩 에세이를 쓰며 완전히 다른 삶을 상상했다.

나는 로렌이 처음 엑서터를 방문했을 때 진짜 학생답게 사는 법을 알려줬다. 어느 날 밤 바에서 5파운드짜리 연분홍색 로제 포도주를 시켰다.

"이거 우리 둘이서 나눠 마실 거지?" 로렌이 물었다.

"아니, 나만 마실 건데." 내 대답에 로렌이 주위를 두리번거렸다. 내 친구들 손에는 이미 술 한 병과 바에서 준 플라스틱 잔이 들려 있었다. "1인 1병이 원칙이야."

다음 날 로렌은 뒹굴뒹굴 소파에 누워 달기만 하고 덜 익은 비싼 피자를 먹으며 〈도전! 슈퍼모델〉 1회를 시청했다. 오후에는 캠퍼스에서 라크로스 선수를 만났다. 로렌은 지적 허세로 진을 빼는 옥스퍼드 생활에서 벗어나 간절했던 휴식을 취했다. 그러고 나면 늘 마음이 편하고 후련하다고 했다. 나는 옥스퍼드에서 고작 며칠만 보내도 기분이 처져 빨리 떠나고 싶은 마음이 들었다.

내가 대학에서 경험한 일들에 대해 말하자면 대책 없이 악행을 저질러도 처벌받지 않던, 잠시나마 화려했던 시절이라 하겠다.

다들 음주를 즐겼지만 나는 유독 술을 좋아했다. 무시무시한 속도로 퍼마셨다. 술맛도 좋았고 취한 기분이 그저 좋았다. 뇌에 술을 들이부으면 얼굴에 물을 들이붓는 듯한 기분이 들었다. 모든 게 희석돼 너그러워졌다. 정신이 말짱할 때는 걱정이 한가득인 여자. 사랑하는 사람이 죽을까 걱정하고, 남들이 하는 모든 말에 마음을 졸이는 여자. 그런데 술만 취하면 사람들을 웃기려고 발가락에 담배를 끼워서 피우거나 클럽에서 옆으로 재주넘기를 했다.

나는 스물한 살 생일을 한 달 남기고 엑서터대학을 졸업했다. 그해 9월에 런던에서 저널리즘 석사 과정을 밟을 예정이었다. 믿거나 말거나, 그해에 나의 파티 생활이 정점을 찍었다. 나는 어이없이 처참하게 남자에게 차인 후 실연을 극복하려고 살 빼기에 몰두했고, 기분 전환을 위해서 음주와 흡연을 즐겼다.

그 버릇을 한동안 버리지 못했다. 11년 전 바르미츠바에서처럼 스물한 살에 즐기는 술과 담배는 여전히 짜릿했다. 그해 새털같이 많은 토요일 밤마다 전철을 타던 때가 기억난다. 말에 올라타 트랙을 따라 느릿느릿 구보하듯, 메트로폴리탄 라인을 타고 센트럴 런던으로 진입할 때면 휘황찬란한 야경이 펼쳐졌다. '런던이 온통 내 거야. 뭐든 할 수 있어.'

나의 향락은 그해에 술과 약에 취하던 모습과 다른 의미의 위기를 맞이했다. 택시를 대절해서 장거리를 뛴 것이다. 변명을 하자면, 먼저 시작한 건 힉스였다. 대학교 3학년의 어느 날 밤, 힉스는 하이스트리트에 있는 바에서 나와 택시를 타고 브라이튼°까지 가는 바람에 엑서터 학생들 사이에서 최고 유명 인사로 떠올랐다. 힉스는 있는 돈을 탈탈 털어 브라이튼까지 간 다음 그곳으로 로맨틱한 휴가를 보내러 온 친구 부부의 호텔 스위트 바닥에서 잠을 잤다. 그리고 그다음 주 엑서터로 귀환해 모험담을 늘어놓았다.

그날 밤은 새로 사귄 친구 헬렌과 같이 모야의 집에 가는 것으로 시작됐다. 구불거리는 헤어스타일에 똑똑한 헬렌은 저널리즘 석사 준비 과정에서 만나 친해진 사이였다. 우리는 모야의 집에서 와인을 마시며 중요한 시험을 준비했다. 해가 지기 전부터 와인을 마시는 바람에 머리에서 김이 모락모락 났다. 자정에 그 집을 나선 나는 그날 밤을 그렇게 끝내기 싫었다. 우리는 웨스트햄프스티드에서 버스를 타고 옥스퍼드서커스°°로 향했다. 그런데 버스를 타자마자 취기가 훅 올랐다. 엎친 데 덮친 격으로 자동차 사고까지 나서 차가 어마어마하게 막혔다. 시간이 더 흘렀고 우리는 옥스퍼드서커스행 버스가 아니라 옥스퍼드행 장거리 버스를 탔다는 확신이 들었다.°°° 로렌은 옥스퍼드를 졸업했기 때문에 전화할 수 없었다. 그래서 옥스퍼드에 갔을 때 만난 로렌의 졸업반 친구들에게 문자를 보냈다. 문자는 완전 헛소리였는데, 대충 이런 내용이었다. "나하고 헬렌이 어쩌다 보니 옥스퍼드행 장거리 버스를 탔어. 이제 거의 다 왔는데 하룻밤 놀기에 어디가 좋아? 우리 만날까?"

° 영국 해협에 면한 행락 도시. 엑서터에서 280킬로미터 떨어진 곳으로, 우리나라로 치면 대략 서울에서 광주까지 거리.

°° 런던 센트럴에 위치한 곳으로 옥스퍼드가와 리전트가가 만나는 복잡한 교차로. 웨스트햄프스티드에서 차로 30분 정도 걸린다.

°°° 웨스트햄프스티드에서 옥스퍼드시까지는 차로 대략 1시간 30분 거리.

옥스퍼드 시내는 마지막으로 봤을 때보다 규모가 훨씬 커졌다. 나는 상점 앞에 서서 옥스퍼드대학에서 만난 아무에게나 연신 전화를 돌렸다. 모두 헛수고였다. 헬렌과 나는 놀러 나온 이유가 없어졌다는 데 동의했다. 하지만 너무 늦어서 교외에 있는 우리 집까지 가는 전철도 끊겼다. 우리는 헬렌이 남자 친구와 동거하는 런던 북부 핀스베리파크에 있는 아파트까지 버스를 타고 가기로 했다. 헬렌이 나더러 소파에서 자면 된다고 했다.

헬렌의 아파트로 들어가는 순간 나는 해롱해롱 만취한 환각을 놓아버리기 싫었는지 우리가 옥스퍼드 기숙사에 도착했다고 착각했다. 헬렌은 잠이 들었다. 나는 전화번호를 훑으며 파티에 갈 사람을 찾았다. 그러다 윌에게 전화했다. 그는 키가 크고 거침없고 강단 있는 캐나다 출신으로 길고 구불구불한 머리칼과 오팔처럼 파리한 눈동자를 지녔다. 나는 윌에게 늘 반해 있었다.

"웬일이야?" 그가 보드카에 취한 목소리로 웅얼거렸다.

"파티에 가고 싶어서."

"그럼 이리로 와."

나는 헬렌의 아파트에서 나와 택시 회사를 찾았다. 술기운이 서서히 내 몸을 빠져나가고 있었다. 그제야 내가 옥스퍼드시가 아니라 런던의 번화가 옥스퍼드서커스에 있음을 깨달았다. 길거리를 10분 정도 헤맨 끝에 작은 나무 간판이 걸린 택시 회사가 눈에 띄었다. 나는 택시 기사에게 금액은 상관없다고 선언했다. 대신 100파운드가 넘으면 안 됐다. 계좌에 있는 돈은 그게 전부였고 초과 인출 제한이 걸린 상태였다. 택시 기사 셋이 어리둥절한 표정을 짓다가 그중 한 명이 유리 파티션 뒤에서 돌아 나와 서랍에서 먼지가 뽀얗게 내려앉은 영국 지도를 꺼냈다. 해적선 습격 작전을 짜는 선장처럼 빨간 펜을 들고 예상 경로를 표시하자 다들 테이블로 몰려들었다. 나는 취한 머리로 저들이 내게 바가지를 씌울 거라고 생각했다.

"250파운드요." 마침내 택시 기사가 요금을 제시했다.

"말도 안 돼요!" 나는 중산층 소비자로서 권리를 외치며 경악하고 분노했다. 택시 기사가 터무니없는 요구를 했다는 듯이 말이다.

"이봐요, 새벽 3시에 자치주 세 군데를 넘어가자고 한 사람은 아가씨예요. 250파운드면 정말 괜찮은 금액이라고."

나는 200파운드로 깎았다. 윌이 나머지 100파운드를 내준다고 했다.

새벽 4시 무렵 M1°을 달리자 술이 점점 깨기 시작했다. 돌아가기엔 너무 늦었다. 이렇게 오밤중에 헛짓하며 돌아다닐 때면 이런 생각이 종종 든다. 이런 것도 다 청춘이니 돈을 쓸 만하지 않은가. 나는 나를 토닥였다. 마거릿 애트우드°°는 술에 취한 청춘 시절이 천장에 매달린 램프 갓 같다고 비유했다.

한창 이야기에 빠져 있을 때에는 그건 이야기가 아니라 그저 혼돈일 뿐이다. 어둠이 으르렁거리고, 앞이 보이지 않고, 깨진

° 영국 최초의 고속도로로 런던, 버밍엄, 혹무어에 이르는 311킬로미터 구간을 남북으로 잇는다.

°° 캐나다 최고의 페미니즘 작가.

유리 파편과 쪼개진 나뭇조각의 잔해가 나뒹군다. 회오리바람 한가운데 있는 집 한 채 혹은 빙하에 부딪히거나 급류에 휘말린 배와 같다. 그 속에 갇히면 막을 길이 없다. 다 지나간 후에야 비로소 이야기를 닮은 무언가가 만들어진다. 그제야 당신은 그것을 당신에게든 다른 사람한테든 이야기한다.

'결국엔 다 돌아오게 돼 있어.' 나는 고속도로를 달리며 창밖으로 고개를 내민 채 생각했다. 동이 트고 있었다. '이 일은 두고두고 얘깃거리가 되겠네.'

새벽 5시 반, 리밍턴스파°°°에 도착했다. 윌이 20파운드 지폐 다섯 장을 들고 문 앞에서 나를 맞이했다. 나는 우여곡절 끝에 도착했다는 승리감에 취했다. 멀고 먼 여정을 거쳐 목적지에 도착했다는 것 자체가 얘깃거리였다. 그러나 이후 벌어진 일들은 거의 무의미했다. 우리는 밤새 술을 마시고 수다를 떨다가 노래를 들으며 침대에 누워 마리화나를 피웠다. 바지를 내리다 말고 키스를 나눴고 오전 11시가 돼서야 곯아떨어졌다.

오후 3시에 눈이 떠졌다. 끔찍한 두통이 밀려왔다. 전날 밤 재미있을 것 같았던 우스갯짓이 급소를 가격했다. 소름이 돋았다. 은행 계좌를 조회했다. 한 푼도 없었다. 휴대전화를 확인했다. 걱정하는 친구들의 문자가 수십 통 와 있었다. 새벽 4시에 고속도로를 질

°°° 런던에서 차로 대략 2시간 30분 거리. 160킬로미터 거리로, 서울에서 대전 정도다.

✧

주하며 화사하게 웃는 셀카를 찍어 팔리에게 보냈다는 사실을 잊고
있었다. "중서부로 급출발!"

핸드폰이 울렸다. 소피였다.

"너 진짜 리밍턴스파까지 갔어?" 내가 전화를 받자마자 소피가
쏘아붙였다.

"응."

"왜?"

"뒤풀이를 즐기고 싶었는데, 내 친구 윌이 파티를 한다기에 왔
지. 윌이 리밍턴스파에 살거든." 윌은 잠이 덜 깬 채 눈을 감고 씩 웃
으며 잘못을 인정한다는 듯이 양쪽 엄지를 세웠다.

"도저히 이해가 안 가지만 그렇다 치고, 집엔 어떻게 올 건데?"

"모르겠어. 나 기차 탈 돈도 없어." 한동안 아무 소리도 들리지
않았다. 소피의 걱정이 짜증으로 바뀌는 소리가 들렸다.

"그럼 내가 집에 오는 버스 예약해줄게. 핸드폰 배터리는 충분
하지?"

"응."

"예약한 다음에 자세한 건 문자로 보낼게."

"고마워, 정말 고마워. 진짜로 고마워. 나중에 꼭 갚을게."

소피는 알아본 노선 중에서 가장 빙빙 도는 장거리 버스로 예
약했다. 내 행동이 낳은 결과에 대해 곱씹으면서 술 깰 시간을 가지
라는 게 그녀의 계획이었다. 그런데 그 버스에서 나는 런던으로 가
는 여자들만의 시끌벅적한 파티를 열었다. 우리는 버스 안에서 데킬
라를 계속 마셨고, 여자들은 내게 챙이 넓은 멕시코 모자를 선물했

다. 그다음 날, 궁지에서 구해줘서 고맙다는 인사를 할 겸 소피에게 전화를 걸어 혹시 나 때문에 짜증이 났었냐고 물었다.

"돌리, 짜증이 난 게 아니라 걱정한 거야."

"왜?"

"너무 취해서 옥스퍼드서커스를 옥스퍼드로 착각했잖아. 사람들이 얼마나 쉽게 당하는 줄 알아? 그렇게 취해서 런던을 돌아다니면 어떡해?"

"미안해. 그냥 재미있었거든." 나는 뾰로통하게 대답했다.

"친구들이 몇이나 더 택시로 영국을 순례해야 이 미친 광란을 멈출까?" (이런 적이 한 번 더 있었다. 몇 달 후 팔리가 사우스웨스트런던에서 엑서터°까지 택시를 탔다. 팔리가 클럽에서 나와 집으로 가려고 택시를 탔는데 좋아하던 남학생이 문자를 보냈다. 그는 아직 졸업 전이었다. 팔리는 기사에게 택시를 돌려서 데번까지 갈 수 있는지 물었다. 팔리는 돈이 썩어 나는 짓을 했다는 핀잔을 들을 때면 지금도 어깨를 으쓱하며 거기까지 가는 데 90파운드밖에 안 들었다면서 그 정도야 껌값 아니냐고 한다. 우리가 캐물을수록 요금이 점점 올라간다.)

좋은 추억이 되었다는 게 중요했다. 20대 초반의 나에게는 그것이 내 존재 이유였다. 나는 앞으로 두고두고 말할 일화의 조각들을 모으고 다니던 신장 180센티미터의 금속 탐지기였다. 뭔가를 찾아서 파헤치겠다며 코를 풀밭에 대고 존재라는 대지를 기어 다녔다.

어느 날 밤, 힉스와 나는 둘이서 20파운드를 들고 런던의 고급

○   데번주의 주도. 대략 320킬로미터 거리.

호텔로 향했다. 힉스는 여기가 '심심한 백만장자들이 술을 양동이째 시켜놓고 재미있는 젊은 애들을 찾는' 소굴이라고 장담했다. 확신에 찬 우리의 눈에 두바이 출신 중년 남성 두 명이 들어왔다. 힉스와 나는 여러 번 연습한 사연을 풀어놓았다.

두 남자가 친구 로드니의 집에 가겠느냐고 물으면서 로드니가 '파티 보이'라고 장담했다. '파티 보이'라 함은 '술과 마약에 관대한 사람'을 대학가에서 완곡하게 부르는 용어다. 우리는 밖에서 대기 중인 그들의 차에 끼어 탔다. 기사는 빌딩 숲으로 우리를 데려갔다. 그런데 그곳은 그들이 우리에게 말한 풍요롭고 화려함이 보장되는 곳과는 거리가 멀었다. 힉스와 나는 안으로 들어가면서 손을 부여잡았다. 나는 엘리베이터에서 만약의 경우를 대비해 팔리에게 우리가 도착한 집 주소를 문자로 찍어 보냈다. 팔리는 이런 소름 끼치는 의식에 이골이 났다.

70대로 보이는 키프로스계 남자가 줄무늬 파자마 차림으로 문을 열었다.

"젠장!" 그가 우리를 훑어보더니 버럭했다. "오밤중에 이게 뭐야?" 그는 낙심한 듯이 두 손을 뚝 떨어뜨렸다. "나 같은 늙은이더러 이 아가씨들을 어찌 감당하라고!"

새로 사귄 두 남자가 간단히 몇 잔만 하겠다고 했다. 로드니가 우아하게 우리를 안으로 들이더니 뭘 하겠느냐고 물었다. 칵테일을 잘 만든다면서 제대로 갖춘 1970년대 풍 술 장식장을 가리켰다. 나는 드라이 마티니를 부탁했다.

나는 로드니가 꽤 마음에 들었다. 벽 여기저기에 수십 개의 손주들 액자를 걸어놓은 모습이 특히 멋졌다. 내가 마티니를 들고 돌아다니자 그가 계속 파자마 차림으로 손주들의 이름과 나이, 성격까지 일일이 설명해줬다. 그사이 힉스는 이런 밤이면 매번 하던 짓을 하고 있었다. 두바이 백만장자와 철학을 주제로 진솔히 대화하며 과장된 몸짓을 섞어 프랑스 실존주의자에 관해 혼자 떠들었다. 갈라진 아스팔트 도로에서 피어난 물망초처럼 그녀의 눈이 툭 튀어나와 보였다.

우리가 소파에 앉자 로드니는 신화 같던 자신의 과거를 늘어놓았다. 비즈니스에 실패한 얘기, 예전에 운영했던 바가 현재 슈퍼마켓 체인점으로 바뀐 사연, 여러 모델과 헤어진 사연을 털어놓았다. 잠시 말을 멈추더니 5파운드짜리 지폐를 말아 커피 테이블 위에 늘어놓은 코카인을 흡입한 후 다시 소파에 앉아 나를 바라보았다.

"이거 재미있는데, 아가씨를 보니 내가 1970년대에 여러 번 봤던 어떤 여자가 생각나네. 긴 금발에 눈이 똑같이 생겼었지. 그 여자가 내 친구하고 잠시 사귀었거든."

"그래요? 누군데요?" 나는 담배에 불을 붙이며 물었다.

"바비. 이름이 바비였던 것 같아." 나는 침을 꼴깍 삼켰다. 엄마가 20대 초반일 때 웃기면서도 지긋지긋한 별명이 있었다는 얘기가 생각났다.

"혹시 바바라 아닌가요? 바바라 레비."

"맞아! 아는 사람이야?" 그가 소리쳤다.

"저희 엄마예요." 나는 집에서 자고 있을 엄마를 떠올렸다. 엄마가 과거에 만났던 키프로스 출신 남자가 일흔다섯이 돼 그녀의 딸과 같이 있다는 걸 어떻게 생각할까. 나는 옆방으로 갔다. 힉스에 게 반했으나 문학에는 무관심한 관객 앞에서 힉스의 문학 살롱을 중단시킨 다음 당장 나가자고 했다.

처음부터 끝까지 전부 비극이라고 할 수는 없다. 그렇지 않았으니까. 친구들과 나는 해방에 이르는 위대한 행동을 했다고 줄곧 믿었다. 엄마는 그게 페미니즘을 잘못 이해한 행동이라고 종종 지적했다. 남성들의 가장 무례한 행동을 모방하는 게 남녀평등의 기준이 아니라는 것이다. 그럼에도 나는 파티를 순례하던 그 시절이 저항과 자축과 강력한 행동의 시기였다고 여전히 믿는다. 나는 누군가가 내게 기대하는 방향으로 내 몸을 사용하기를 거부했다. 우리들의 그 시절은 나름대로 짜릿했다. 나는 경험에 굶주렸기에 마음이 맞는 방랑자들과 갈망을 채워나갔고 그것은 우리 중 아무도 거부하지 않는 집단정신이 됐다.

내가 간직하는 추억 속엔 즐거운 것들도 있고, 슬픈 것들도 있다. 친구들과 얼굴에 미소를 띤 채 새벽까지 춤을 출 때도 있었고, 비 내리는 밤에 야간 버스를 타려고 뛰다가 넘어져 축축한 도로 위에 한참 너부러져 있기도 했다. 걷다가 가로등에 부딪혀 며칠을 멍들어 다니기도 했다. 숙취로 고생하는 여자들이 귀엽게 뒤엉킨 틈에서 눈을 뜨면 그저 편안함과 기쁨만 밀려오는 순간도 있었다. 내가 약간 해롱해롱하던 시절에 만난 사람을 지금 만나는 경우가 가끔 생긴다. 그들이 하우스 파티 구석에서 나와 술을 먹으며 밤을 새웠다고 말하면 공포에 휩싸인다. 기억이 안 나기 때문이다. 대략 1년 전, 혹시 '도니' 아니냐면서 묻는 흑인 택시 기사를 만나 민망함에 몸서리친 적도 있었다. 그는 2009년에 '제정신에' 맨발로 런던 거리를 걷던 나를 태웠다면서 꽤 확신에 차서 얘기했다.

추억은 대부분 근사했고 걱정 없이 즐거웠다. 대부분 모험이었다. 여러 도시, 여러 나라를 돌아다니며 숱한 사연을 만들고 여러 사람을 만났다. 검은색 아이라인을 짙게 그리고 형광 타이즈를 신은 모험가들과 함께한 모험이었다.

숙취 해소용
맥앤드치즈

[4인분]

완전히 몰입하려면 잠옷 차림으로 먹으면서 영화 〈러브 인 맨하탄〉이나 연쇄 살인마 다큐멘터리를 보도록.

- 파스타 350g (마카로니나 펜네도 좋다)
- 버터 35g
- 밀가루 35g
- 우유 500ml
- 강판에 간 체더치즈 250g
- 강판에 간 레드레스터치즈 100g
- 강판에 간 파르메산치즈 100g
- 잉글리시머스터드 1테이블스푼
- 다진 파 잔뜩
- 우스터소스 조금

- 잘게 찢은 모차렐라치즈 조금
- 양념용 소금, 후추
- 살짝 뿌릴 올리브오일

큰 냄비에 물이 끓으면 8분간 파스타를 삶는다. 오븐에서 조금 더 익힐 거라 약간 덜 익힌다. 건져서 옆에 두고 달라붙지 않게 올리브오일을 뿌려둔다.

넓은 팬에 버터를 녹이다가 밀가루를 섞으며 몇 분간 계속 저어 루roux를 만든다. 우유에 넣고 살살 저으면서 낮은 불에서 10-15분 정도 끓인다. 소스에 윤기가 돌면서 조금 뻑뻑해질 때까지 계속 젓는다.

불을 끄고 준비한 분량의 체더치즈, 레드레스터치즈, 파르메산치즈의 4분의 3만 소스에 넣고 잉글리시머스터드를 섞어 소금, 후추 간을 한다. 다진 파와 우스터소스를 넣고 전부 어우러질 때까지 젓는다.

그릴을 최고 온도로 높여 미리 달궈놓는다. 소스를 담은 팬에 파스타를 넣고 골고루 뒤척인 다음 베이킹 그릇에 담아 모차렐라치즈를 섞고 남은 체더치즈, 레드레스터치즈, 파르메산치즈를 그 위에 마저 뿌린다. 그릴에 넣고(혹은 오븐에 넣고 200도에서 15분간 굽는다) 겉면이 바삭해지면서 노랗게 부풀어 오를 때까지 굽는다.

어느 간선도로에 있는
우중충한 호텔에서

대학 졸업 후 처음 맞이하는 크리스마스. 나는 여성 고급 의류 브랜드에서 정식 영업사원으로 일한다. 중요한 데이트가 있다고 하자 의상을 전공한 매력적인 데비가 탈의실에서 빨간 립스틱을 내 입술에 발라준다. 데비는 우리 중에서 커미션을 제일 많이 받는다.

남자의 이름은 그레이슨. 한 달 전 친구를 만나러 요크대학에 갔다가 만났다. 학교 바에서 기다리다 보드카와 다이어트 콜라가 섞인 술 두 잔을 사려는데 누군가 내 손을 움켜잡았다. 큰 키에 파리한 얼굴, 엘비스를 닮은 눈매와 아이라이너가 번져 있는 게 흥미진진했다.

"애가 셋이군요. 아흔 살에 죽고." 그가 날 바라보며 연기하듯 말했다. "그리고 이곳에 왔던 적이 있고요."

내 또래 중 페이스북을 하지 않는 사람은 그레이슨이 처음이다. 사르트르 같다.

우리는 대형 크리스마스트리 아래에서 만난다. 내가 마티니를 제일 좋아한다고 한 얘기를 기억하고 날 마티니 바에 데려간다(사실

나는 아직도 마티니를 좋아하려고 노력 중이다. 첫 모금을 마시고 찡그린 모습을 그에게 들킬까 봐 걱정이지만 끝까지 좋아하는 척한다). 그리고 런던에서 가장 오래된 펍으로 자리를 옮겨 딸기 맥주를 마신다. 그가 나에게 열쇠 꾸러미를 보여준다. 상사가 오늘 밤을 보낼 호텔 방 열쇠를 줬다면서 이유는 설명하지 않는다.

버스 세 대를 보내면서 그가 '런던이 왜 우리 부모님보다 더 부모 같은지'에 대해 설명한다. 우리는 어느 간선도로에 있는 우중충한 호텔에 도착한다.

나는 그와 자고 싶지 않다. 그를 더 알고 싶었기에 밤새 침대에 누워 누런 천장을 바라보며 지금까지 18년 인생을 어떻게 살아왔는지 얘기한다. 그는 나이가 많고 우아한 갑부의 아들이다. 그의 아버지는 마지막 남은 식민지 개척자였는데, 여기저기 돌아다니며 희귀 물고기를 발견해 그것에 관한 책을 냈고, 그 돈으로 여태 먹고살았다고 한다. 나는 궁금해서 안달이 난다. 우리는 새벽 5시에 잠이 든다.

다음 날 아침 일찍 그레이슨이 출근한다. 그가 내게 입을 맞추고 작별 인사를 하더니 침대 옆에 복숭아 페이스트리를 시켜두고 나간다. 그게 우리의 마지막이다.

그 후 5년간 나는 그레이슨이 잘 속아 넘어가는 관객을 찾는 배우였는데 하룻밤 일탈을 한 건 아닌지 늘 궁금해 한다. 그게 다 가짜였을까. 손금, 호텔, 물고기, 아이라이너.

몇 년 후 나는 생물학 박사 과정을 밟는 대학원생과 내 인생 최고의 사랑을 하게 된다. 어느 일요일 밤, 잠이 들기 전 나는 그의 스웨터를 입고 그의 침대에 누워 있고, 그는 물고기에 관한 책을 한 권

꺼내서 읽는다. 나는 그가 보는 책을 뺏어서 표지 안쪽을 살피는데 낯익은 얼굴에 성이 그레이슨인 남자의 사진을 보게 된다. 남자 친구가 나더러 왜 웃냐고 묻는다. "이게 다 진짜라니. 정말 말도 안 돼."

2007년의 마지막 날
콥햄에서

"무슨 일이든 일어나야 해." 2007년의 마지막 날 오후 5시, 엄마 집 소파에 파묻혀 드라마 〈프렌즈〉 13회를 보던 내가 팔리에게 말한다. "우리 열아홉 살이잖아. 아무 파티에나 반드시 가야 해."

나는 휴대전화에 저장된 사람들에게 문자를 날린다. 내 친구 댄이 어느 창고에서 광란의 파티가 열린다고 알려준다. 그런데 팔리는 사람들이 잔뜩 모여 미친 파티를 하는 걸 겁내는 데다가 그 동네에는 가본 적이 아예 없다.

우리의 희망이 꺼져갈 무렵, 누군가 관심을 보인다. 펠릭스. 펠릭스는 학교에서 만난 친구로 나보다 한 학년 아래였다. 나는 펠릭스를 늘 괜찮게 여겼다. 그는 '콥햄에서 파티가 크게 열린다'면서 놓치고 싶지 않을 파티일 테니 여자 친구들을 데려오라고 한다. 이것이 우리의 유일한 대안이기도 하고 내가 얼마나 펠릭스를 마음에 들어 하는지 알고 있기에 팔리도 가겠다고 한다. 팔리가 우리 팀 윙맨을 맡기로 한다. 나의 성생활을 위해 파티에 가는 것이다. 서로 주거니 받거니 하는 공평하고 성공적인 시스템이다. 둘 다 애인이 없을 때 예전부터 해오던 방식이다. 내가 하룻밤을 희생해 팔리가 남자를 꼬실 수 있게 거드는 착한 짓을 하나 적립하면 내가 했던 대로 해달라고 팔리에게 언제든 요구할 수 있다. 한 번 도와주고 한 번 도움을 받는 민주적인 섹스 추구권이다.

외진 저택에 도착한다. 와서 보니 광란과는 동떨어진, 열 커플이 대체로 앉아서 피자를 먹으며 뒤엉켜 있다. 럭비 셔츠를 입은 건장한 남자가 이 집 주인이 키우는 래브라도 리트리버와 놀고 있다.

"안녕하세요?" 내가 머뭇거리며 인사한다. "펠릭스 있죠?"

"지금 보드카 사러 갔어요." 럭비 선수가 덤덤하게 말하면서 개에게서 시선을 떼지 않는다.

"혹시 우리 학교 한 학년 선배 맞죠?" 코르크 오프너처럼 머리가 고불고불한 말상의 여자가 묻는다.

"맞아요." 나는 조심스레 페퍼로니피자를 베어 물며 대답한다. "오늘 밤 다른 친구분들은 바쁘신가 봐요?"

펠릭스가 쇼핑백을 달랑거리며 등장한다.

"왔네!" 펠릭스가 소리치더니 포옹하려고 두 팔을 쭉 뻗는다.

"안녕!" 나도 펠릭스를 안는다. "이쪽은 팔리야. 커플 천지잖아, 여기." 나는 입술을 삐죽거린다.

"그러게. 커플 말고도 많이들 올 줄 알았는데, 온다고 한 사람들이 아직 안 왔어. 그래도 재미있게 놀자!" 그가 이렇게 말하며 두 팔을 우리에게 두른다. "삼총사 등장!"

그 후 몇 시간은 술에 취해 편안하고 푸근하게 흘러간다. 콥햄까지 먼 길을 오길 잘했다는 생각이 든다. 펠릭스, 팔리, 나, 이렇게 셋이 온실로 가서 술 마시기 게임을 하고 웃고 떠든다. 그때 그가 내게 두 팔을 두르는 게 아닌가! 찰나의 순간, 팔리와 나는 스치듯 눈빛을 교환한다. 팔리가 전화를 받는 척하며 2층으로 올라가자 우리 둘만 남는다. 어쩜 저렇게 사랑스러울 수가.

"우리 어디 조용한 데에 가서 얘기 좀 할까?" 펠릭스가 청한다.

"물론이지." 나는 웃으면서 대답한다. 펠릭스가 내 손을 잡더니 정원으로 데려간다.

"좀 어색하네." 그가 말을 꺼낸다. 나는 플라스틱 의자에 앉는다. 펠릭스가 발을 이리저리 동동거린다.

"뭔데? 말해봐."

"네 친구 팔리 있잖아, 정말 마음에 드는데 사귀는 사람 없지?" 1초도 안 되는 순간에 나는 내가 얼마나 착한 사람인지 깨닫는다.

"있어." 내가 개인적으로 성장할 시간은 앞으로 아주 많이 있다고 믿는다. "있어, 남친."

"젠장, 있다고?"

"응, 진지한 사이야." 나는 고개를 끄덕이며 심각하게 말한다. "데이브라고 있어."

"말하는 거 보니까 없는 것 같던데?"

"공식적으로는 헤어지긴 했지." 내가 둘러댄다. "그런데 아직은 그렇고 그런 사이야. 매우 진지해. 지금 그 남자 전화를 받으러 나갔잖아? 네가 섭섭할까 봐 자세히 얘기 안 했을 거야. 아무튼 지금으로선 다른 사람을 만날 준비가 전혀 안 돼 있어."

팔리가 와인병을 손에 들고 발랄하게 테이블로 돌아온다. 풀이 죽은 펠릭스가 잠시 화장실에 가겠다고 한다.

"찐하게 키스라도 했어?" 팔리가 신나서 묻는다. "내가 방해한 거야?"

"아니, 펠릭스가 네가 좋다면서 남친 있냐기에 내가 있다고 했어. 나는 나쁜 사람이라서 네가 펠릭스하고 눈 맞는 꼴은 못 보겠어. 네가 데이브라는 남자와 복잡한 상황이라서 다른 남자를 만날 준비가 전혀 안 됐다고 했더니 저렇게 속상해하네."

"괜찮아."

"괜찮다고?"

"물론 괜찮지. 쟤 내 타입 아니야." 펠릭스의 발소리가 들린다.

"방금 네가 데이브랑 통화했다고 했어." 내가 속삭인다.

"알았어." 펠릭스가 자리에 앉자 팔리가 목소리를 드높인다. "아무튼, 방금 데이브가 전화했더라." 팔리가 로봇처럼 말한다.

"뭐래?"

"뭐, 뻔한 소리지 뭐. 다시 돌아와라, 잘 지내보자, 그러기에 '데이브, 우리 전에도 그랬어'라고 했어. 우리가 떨어져 있는데도 뭔가 느낌이 오더라. 내가 아직은 다른 남자 만날 준비가 전혀 안 됐다는 게 더더욱 확실히 느껴졌어." 팔리가 앵무새처럼 지껄인다.

펠릭스가 입술을 꽉 깨물더니 남은 와인을 한입에 털어 넣는다. "자정이 다 됐네." 그가 말하며 테이블에서 일어나 집 안으로 들어간다.

다 같이 새해맞이 카운트다운을 한다. 나는 한 번도 본 적 없는 이 집 가족의 웅장하고 따분하고 누런 거실에 서서 다시는 미래

62

의 파트너를 찾으러 돌아다니지 않으리라 다짐한다. 우리는 평면 텔레비전을 노려보며 목도리를 두르고 술에 취해 벌건 얼굴로 카운트다운 중계를 본다. 나도 저기에 있었으면. 빅벤이 자정을 알린다. 〈Auld Lang Syne〉이 흐른다. 내가 앞으로도 도통 모를 어떤 이유로 안에 있는 사람들이 모두 음악에 맞춰 몸을 흔들기 시작한다. 펠릭스만 빼고. 그는 거실 반대편 구석에 앉아 뚱하니 게임만 하고 있다. 나는 술 장식장에서 위스키 한 병을 꺼낸다. 저쪽에 팔리가 보인다. 팔리는 이 집 주인이 키우는 검은 래브라도 리트리버의 앞발을 잡고 일으킨다. 팔리도 뒷다리로 선 개도 음악에 맞춰 장례식장에서 비틀거리듯 느릿느릿 춤을 춘다.

런던행 마지막 기차가 끊긴다. 우리는 집 밖에 서서 인근 택시 회사에 전화를 건다. 요금을 흥정한다. 죄다 너무 비싸게 부른다. 커플들이 득실거리는 이 저택에 최소 여덟 시간은 갇혀 있어야 한다. 나는 반했지만 내게 반하지 않은 남자와 함께. 커플들은 죄다 나보다 한 학년 아래다. 팔리가 아까 혼자 있던 럭비 선수와 냉장고에 기댄 채 서로의 몸을 더듬는다. 곧 장롱식 건조기 안으로 들어간다. 나는 정원으로 나와 남은 담배를 줄줄이 피운다.

"팔리 어디 갔어?" 펠릭스가 묻는다. 그도 나와 같은 생각을 하고 있다. 나는 힘들어서 더는 가식을 떨지 못한다.

"지금 럭비 선수하고 장롱식 건조기 안으로 들어갔어." 나는 덤덤히 말한 후 위스키를 병째 들이켠다.

"뭐? 데이브는 어쩌고?"

"글쎄." 나는 담배에 불을 붙여 아직도 캄캄하고 차가운 하늘에

63

대고 연기를 내뿜는다. "팔리하고 데이브는 굉장히 복잡한 사이야, 펠릭스. 네가 한시라도 빨리 깨닫는 편이 나아. 뜨거웠다 식었다, 만났다 헤어졌다."

"한 시간 전까진 만난다며?" 펠릭스가 격분하며 따진다.

"그러게. 데이브랑 전화로 또 싸웠겠지. 그래서 팔리가 이제는 진짜 끝이라고 생각한 거 아닐까?"

"얼씨구." 펠릭스가 내 옆에 있는 정원 의자에 주저앉으며 담배를 꺼낸다. "내 평생 이렇게 끔찍한 마지막 날은 처음이야."

"그러게." 나도 대답한다. 우리는 입을 꾹 다문 채 연말 불꽃놀이를 끝까지 구경한다.

실연 그리고
몸무게

"아직도 날 사랑하긴 하니?" 내가 물었다.

"아니. 이젠 아닌 것 같아." 그가 대답했다.

"내가 좋긴 해?" 침묵이 흘렀다.

"아니."

나는 전화를 끊었다.

(이 일을 겪은 후 나는 사람들에게 혹시나 누군가를 차야 할 경우엔 거짓말하는 게 제일 낫다고 권한다. '더 이상 사랑하지 않아'라는 말은 진짜 나쁘다. '너에게 끌리지 않아'는 상대방을 죽이는 말이다.)

내 나이 고작 스물하나, 대학을 졸업한 지 한 달 만이었다. 내가 처음으로 진지하게 사귄 남자 친구가 전화로 나를 찼다.

해리와 나는 서로 맞는 구석이 전혀 없었는데도 1년 정도 사귀었다. 그는 보수적이었고 스포츠광이라 매일 밤 자기 전에 팔굽혀펴기를 백 번씩 했다. 엑서터대학 라크로스 클럽 총무였다. 감정을 격하게 드러내는 것도, 키가 큰 여자가 힐을 신는 것도, 목소리가 큰 것도 싫어했다. 나라는 사람이 지닌 개성이란 개성은 죄다 싫어했다. 그는 내가 끔찍하다고 했고, 나는 그가 따분하다고 했다.

우리는 사귀는 내내 언쟁이 끊이지 않았다. 내내 붙어 있다 보니 특히나 그랬다. 나는 대학 졸업반 때 레이시, 에이제이, 팔리와 한 아파트에서 같이 살았는데 해리가 사실상 그 집에서 나와 같이 살다시피 했고, 인턴 생활을 하던 여름에는 우리 부모님 집에 들어와 살았다.

지루하고 푹푹 쪄서 짜증스러운 8월 말, 우리에게 최악의 순간이 닥쳤다. 우리는 옥스퍼드행 기차를 타고 레이시의 스물한 번째 생일 파티에 갔다. 나는 메인 코스를 먹은 후 자리에서 일어났다가 우연히 발견한 풀장에 마음을 빼앗겼다. 곧장 옷을 홀딱 벗고 그리로 뛰어들었다. 그때 친구들이 나를 찾으러 왔다. 나는 다들 들어오라고 부추겼다. 그날 밤 파티가 대대적인 풀 파티로 변해버렸고 어쩌다 보니 내가 풀장 옆에서 알몸으로 사회를 보게 됐다. 해리는 잔뜩 화가 났다. 다음 날 아침, 팔리와 에이제이는 나무 뒤에서 낄낄거리며 해리가 호통치는 모습을 구경했다. "두 번 다시 그런 꼴로 나 쪽팔리게 하지 마!" 한술 더 떠서, 풀장에 염소계 소독제를 너무 많이 풀었는지 탈색한 내 머리카락이 암녹색으로 변색되는 바람에 나는 민망해서 고개를 들지도 못했다.

우리는 닮은 구석이라곤 전혀 없었다. 그런데도 해리는 나의 첫 번째 정식 남자 친구가 되고 싶어 했다. 그때 내가 열아홉 살이었으니 그런 마음만으로도 그와 사귀어야 할 타당한 이유가 되고도 남았다.

해리가 전화로 이별을 통보하던 밤, 나는 친구 아파트에서 신세를 지고 있었다. 저널리즘 석사 과정을 막 밟기 시작한 터라 스탠모어까지 오가는 장거리 통학을 피하고 싶어서였다. 전화를 끊고 새벽 1시에 팔리가 달려왔다. 엄마 차를 가져왔다며 날 집에 데려다 주겠다고 했다.

나는 집으로 가는 동안 슬픔을 가누지 못했다. 팔리에게 우리가 전화로 한 얘기를 해주려고 했지만 잘 기억나지 않았다. 그때 휴대전화가 울렸다. 해리였다. 내가 통화를 못 하겠다고 하자 팔리가 차를 세우더니 전화를 받아 들었다.

"해리, 너 이게 무슨 짓이야?" 팔리가 소리쳤다. 해리가 수화기 너머로 뭐라고 하는지 내 귀에는 들리지 않았다. "그렇다 치고, 어떻게 돌리한테 전화로 이럴 수 있어? 직접 와서 얼굴 보고 말은 왜 못 하는데?" 팔리가 또다시 소리를 꽥 질렀다. 해리가 뭐라고 더 지껄였지만 잘 들리지 않았다. 듣고만 있던 팔리가, "그러셔? 개소리 그만해!"라고 일갈하더니 휴대전화를 뒷좌석으로 집어 던졌다.

"뭐래?"

"별말 안 했어."

그날 밤 팔리는 내 옆에서 잤다. 그다음 날도 그랬다. 거의 보름 가까이 팔리가 같이 잠을 자주었다. 나는 친구 아파트로 다시 돌아가지 않았다. 처음 경험한 이별이었다. 벅차오르던 감정이 가슴을 후벼 파는 아픔으로 변할 줄은 상상도 못 했다. 누가 됐든 두 번 다시 남자를 믿을 수 없을 것 같았다. 무슨 일이 벌어졌는지, 이유가 뭔지 도통 감을 잡을 수 없었다. 내가 아는 거라곤 그동안 내가 충분히 괜찮지 않았다는 것뿐이었다.

먹지도 못했다. 이별의 끝이 이렇다는 얘기는 들어보긴 했지만 내가 당하리라곤 생각조차 못 했다. 나는 식욕이 왕성하던 소녀였다. 친구들 중에 가장 잘 먹었다. 다이어트를 해봐야 이틀을 넘기지 못했다. 우리 집 식구들은 다들 먹는 걸 좋아했다. 이탈리아계 할아버지 밑에서 자라서 손맛을 타고난 엄마는 내가 다섯 살이 되자 의자 위에 날 세워놓고 요리를 가르쳐줬다. 나는 싱크대에서 반죽 치대는 법과 달걀 거품 내는 법을 배웠다. 청소년기에는 내가 먹을 요리를 직접 했고 대학 때는 모두를 위해 요리했다. 여섯 살 때 처음으로 식단 일지를 작성했는데 그날 뭘 먹었는지 정성껏 기록했다. 내 인생의 단계는 내가 먹은 음식으로 기억됐다. 데번 해변에서 휴가를 보내며 바삭한 감자튀김을 먹었고, 열 번째 생일에는 빨갛고 쫀득한 잼이 올라간 타르트를 맛보았으며, 주중 학교생활의 두려움을 그레이비소스로 씻어냈다. 인생이 아무리 끔찍하다 해도, 고통으로 물집이 잡힌다 해도, 한 접시 더 먹을 배가 아직 남아 있다고 늘 믿었다.

내가 뚱뚱하다고 생각해본 적도 없지만, 나 같은 체형은 종종 나쁘게 말해 '떡대 있는 여자'라고 불렸다. 우리 집은 유전적으로 키도 크고 덩치도 컸다. 신의 총애를 받았는지 남동생은 사춘기에 이미 2미터에 육박했기에 빅 사이즈 가게에서 옷을 사야 했다. 나는 열네 살 때 키가 177센티미터였다. 귀엽고 여리고 사슴 같은 10대 소녀가 아니었다. 나는 어깨가 떡 벌어지고 가슴도 풍만하고 엉덩이도 커서 소녀 잡지에 실리는 여자 스타일과 정반대였다. 어른이 되고 싶어 안달하던 내 마음이 사춘기와 어울리지 않았듯이, 내 몸도 사춘기 소녀답지 않았다.

나는 키가 지나치게 큰 사춘기 소녀로 산다는 게 쉽지 않다는 걸 깨달았다. 내 적정 체중이 얼마인지 몰랐다. 내 키의 절반밖에 되지 않는 애들이 '뚱뚱한 몸무게'에 대해 재잘거리는데, 난 아주 어릴 때를 빼곤 그런 몸무게 근처에 가본 적도 없었다. 수치심이 들었다. 게다가 입이 심심해서 계속 뭘 주워 먹느라 젖살이 빠지지 않았다. 내가 친구들보다 덩치가 크다는 이유로 이따금 뚱보라고 불리는 건 알았지만, 어른이 되면 내 몸매가 지금보다 각광받을 거라고 굳게 믿었다.

기숙학교로 전학 간 이후 살이 슬금슬금 빠지다가 대학에 입학할 무렵엔 L 사이즈가 낙낙히 맞았다. 사실 난 깡마르지 않은 내 몸이 조금도 거슬리지 않았다. 뚱뚱해도 좋아하는 남자와 키스할 수 있었고, 옷도 대충 맞았다. 게다가 요리해서 먹는 걸 좋아하니 살이 좀 붙을 수밖에 없다고 생각했다.

그러던 내가 이 지경이 된 것이다. 마침내 아무것도 먹지 못했다. 머리부터 발끝까지 역겨운 똥물을 뒤집어쓴 것 같아 나의 가장 눈부신 자산이던 식욕이 사라졌다. 속이 뒤집히고 목이 꽉 막혔다. 엄마가 매일 저녁 수프를 가져다주시면서 술술 넘기라고 했지만, 나는 간신히 몇 숟가락 떴다가 엄마가 안 볼 때 싱크대에 쏟아버렸다.

2주 후 체중계에 올라갔다. 6킬로그램이 넘게 빠졌다. 알몸으로 거울 앞에 서서 나를 바라보았다. 여성스러움의 진정한 자질이라고 믿어온 모습이 난생처음 보이기 시작했다. 허리가 가늘어지고, 엉덩이뼈와 쇄골, 어깨뼈가 드러나기 시작했다. 마침내 뭔가 돼가고 있었다. 몸이 변하고 있었다. 효과가 있었다. 제정신이 아닌 상황에서 간단한 공식을 발견하고 터득한 것이다. 계속 이렇게만 하면 새로운 곳에 도달해 다른 사람이 될 것만 같았다. 곰곰이 생각한 끝에 해답을 찾았다. 그만 먹자.

나는 새로운 미션을 계획했다. 매일 몸무게를 달고 계단을 세면서 오르고 칼로리를 따지고 아침저녁으로 침실에서 스쾃을 하고 매주 몸 치수를 재기로 했다. 다이어트 콜라와 당근 스틱만 먹고 살았다. 입이 심심하면 잠을 청하거나 뜨거운 물로 목욕했다. 살이 더 빠졌다. 매일 조금씩 조금씩 빠졌다. 정체기 따위는 오지 않을 것 같았다. 신이 나서 뭘 먹지 않아도 배가 불렀다. 연료통이 텅 비었는데도 고속으로 질주하는 열차가 된 것 같았다.

한 달이 더 흘렀다. 6킬로그램이 더 빠졌다. 생리가 끊기자 겁이 났지만 기운도 났다. 이런 현상이 일어났다는 건 적어도 내 몸 안팎으로 뭔가 변하고 있다는 뜻이었기 때문이다. 새로이 태어나는 내 모습에 조금 더 가까워진 것만 같았다.

강의가 없으면 집에서 쭈그리고만 있었다. 이별의 상처로 아직도 휘청거렸다. 누굴 만나고 싶지 않았다. 뭔가 잘못됐다는 걸 제일 먼저 눈치 챈 사람은 해리의 누나 알렉스였다. 해리와 사귀는 동안 우리는 굉장히 친해졌다. 우리가 결별했는데도 알렉스는 내 곁을 떠나지 않았다. 그녀가 뉴욕에 막 이민 갔을 때 우리는 매일 영상 통화를 했다. 그러던 어느 날, 한창 수다를 떨다가 내가 일어섰다. 몇 달 만에 처음으로 알렉스가 내 전신을 보게 되었다.

"너, 가슴 어디 갔어?" 알렉스가 눈이 휘둥그레져서 카메라를 향해 고개를 바싹 붙였다.

"있긴 있어."

"없는데. 배가 무슨 다리미판이 됐잖아. 돌리, 무슨 일이야?"

"아무 일도 없어, 그냥 살이 좀 빠졌어."

"세상에, 너 안 먹는구나, 맞지?"

남들은 거의 눈치 채지 못했다. 나는 조금씩 외출을 늘리고 대학 친구들도 만나러 다녔다. 다들 해리 소식을 들었다면서 안타까워했다. 해리에게 새 여자 친구가 생겼다는 얘기도 들려줬다. 다들 나더러 정말 근사해졌다며 귀가 아프도록 칭찬했다. 그런 말을 들으면 점심을 먹은 것처럼 배가 두둑했다.

나는 공복의 고통을 잊으려고 밖에 나가 술만 계속 마셨다. 엄마가 점점 더 걱정했다. 내가 밤에 외출했다가 집에 들어오면 먹으라고 식탁 위에 음식을 차려놓았다. 그렇게 하면 내가 조금이라도 먹을 줄 알고. 나는 집에 들어오면 침실로 직행했다.

12월이 되자 무려 20킬로그램 가까이 빠졌다. 3개월 만에 무려 20킬로그램이라니. 그쯤 되자 음식을 엄격히 제한하기가 예전보다 버거웠다. 나는 지쳤다. 머리카락이 가늘어지고 시도 때도 없이 추웠다. 몸을 데우려고 샤워 부스 안에 앉아 뜨거운 물을 틀었다가 등에 화상을 입기도 했다. 부모님 등쌀에 오늘은 이만큼 먹었다거나, 언제 먹을 거라고 계속 거짓말을 했다. 산처럼 음식을 쌓아놓고 먹는 꿈을 꾸다가 울면서 잠에서 깨곤 했다.

친구들은 거의 다 졸업했지만, 힉스는 엑서터에서 1년을 더 다녔다. 나는 소피와 팔리에게 힉스를 보러 가자고 했다. 그러면 해리와 마주칠 수 있었다. 해리도 졸업하려면 1년을 더 다녀야 했다. 해리를 만나면 모든 걸 매듭지을 수 있을 것 같았다. 서로의 물건을 주고받자고 해리에게 제안했다. 해리도 그러겠다고 했다.

친구들이 토요일 초저녁에 해리 집에 날 데려다주고 밖에서 기다렸다.

"여기서 기다릴게, 친구." 힉스가 크게 외치더니 자동차 창밖으로 두 다리를 쭉 빼고 담배를 피웠다. 나는 해리의 집 현관으로 올라가 초인종을 눌렀다.

"이게 누구야!" 그가 문을 열면서 감탄했다. "너 진짜……"

"잘 있었어, 해리?" 나는 인사한 다음 그를 지나쳐 2층으로 올라갔다. 해리가 뒤따라왔다. 우리는 그의 침실에서 마주 보고 서서 눈을 맞췄다.

"너 진짜 예뻐졌어."

"고마워. 내 물건 가져가도 되지?"

"그럼, 물론이지." 그가 멍하니 말했다. 그는 내 옷과 책이 담긴 비닐봉지를 건넸다. 나는 가방에서 그의 롤업 점퍼를 꺼내 침대 위로 내던졌다.

"우리 집에 있는 네 물건은 이게 다야."

"어, 그래, 고마워. 여기 얼마나 있을 거야?"

"주말에만. 힉스 보러 팔리랑 소피랑 왔어."

"어, 그래, 잘했네." 그는 평소답지 않게 조용히 말했다. "친구들한테 안부 전해줘. 내 안부는 듣고 싶지 않겠지만." 짧은 침묵이 흐르는 동안 우리는 서로 쳐다보고 있었다. "내가 미안……"

"그런 소리 마." 내가 말을 잘랐다.

"미안해. 그런 식으로 끝내서 미안해."

"뭐가 미안해? 네가 날 최고로 배려해준 거야. 이거 봐, 나 손톱도 기르고 이젠 물어뜯지 않아. 처음으로 매니큐어도 발랐어. 믿을지 모르겠지만, 이거 5파운드밖에 안 해." 나는 보란 듯이 손을 쭉 내밀었다. 밖에서 자동차 경적이 들렸다. 소피와 힉스가 캔 맥주를 마시면서 클랙슨을 누르자 팔리가 둘을 말리려고 안달했다.

"갈게."

"그럼, 그래야지." 우리는 아무 말 없이 계단에서 내려왔다.

"괜찮지? 너 정말……"

"말랐다고?"

"응."

"나 괜찮아, 해리." 나는 해리를 건성으로 안아준 다음 작별 인사를 했다. "잘 있어."

친구들이 커리 가게로 날 데려갔다. 안쓰럽기 짝이 없던 이 혼돈이 화려하게 막을 내렸으니 자축하자고 했다. 나는 밥 대신 맥주를 퍼마셨다. 그 어느 때보다 더 불안했고, 더 굴욕적이었고, 더 화가 났고, 더 자제가 되지 않았다. 해리를 만나서 뭘 얻으려 했든지 간에 소용이 없었다. 내가 손에 쥔 건 아무것도 없었다.

나는 살 빼기에 더더욱 매진했다. 분노가 불을 질렀다. 체중이 정체기를 맞이했다. 톱니바퀴처럼 맞물려 돌아가던 신진대사가 혼동을 일으켜 점점 떨어졌다. 그래서 식사량을 더 줄였다. 친구들이

다이어트를 슬슬 말렸다. 팔리는 내가 강박에 사로잡혔다면서 마음을 터놓을 수 있게 돕겠다고 했지만, 나는 팔리의 말을 농담으로 넘겼다. 잔소리에서 벗어나기에 가장 좋은 방법은 나를 농담거리로 만드는 것임을 터득했다. 다른 사람보다 먼저 그 얘기를 꺼내면 그들은 내게 문제가 있는 게 아니라 그저 다이어트 중이라고 받아들였다. 게다가 나는 여전히 M 사이즈를 입었다. 나는 표준 미달이 아니라 처음부터 크게 태어난 사람이었다.

다이어트를 멈추지 않았다. 그것이 내가 내 맘대로 할 수 있는 유일한 일이었기 때문이다. 그저 행복해지고 싶었고 살이 빠진 모습을 남들이 알아주면 더 행복했기 때문이다. 내가 자초한 고통을 사회가 보상해줬기 때문이다. 나는 찬사를 들었고 유혹을 받았다. 모르는 사람들도 나를 더욱 인정해주는 것 같았다. 뭘 걸치든 근사했다. 이제야 내가 여자로서 남들에게 제대로 대접받을 권리가 생긴 것 같았다. 다른 것들은 모두 불필요해 보였다. 내게 사랑을 받을 자격이 생겼다고 믿었다. 나는 날씬함과 사랑을 동일 선상에 놓았다. 소름 끼치게도 이런 굳은 믿음이 도처에 널려 있었다. 내 건강이 곤두박질치자, 내 주가가 하늘로 치솟았다.

여자라면 자기 성에 찰 만큼 마르기란 절대로 불가능하다는 걸 안다. 그게 문제다. 쫄쫄 굶고 모든 식품군을 철저히 제한하고 피트니스 센터에서 일주일에 나흘 밤을 보내는 게 그리 큰 희생 같지가 않다. 경험에 의하면, 매력적인 청년이 되려면 멋진 미소를 머금고 살이 쪘든 말랐든 대충 평균적인 체구에 약간 털이 있고 괜찮은 스웨터를 입으면 된다. 바람직한 여자가 되기 위한 방법에는 한계가 없다. 몸에 있는 털이란 털은 몽땅 제모하고 매주 매니큐어를 새로 바르고 매일 하이힐을 신어야 한다. 사무실에서 일할 때도 빅토리아 시크릿 모델처럼 보여야 한다. 괜찮은 스웨터를 입고 털이 약간 있는 평균 체형으론 부족하다. 그 정도론 어림없다. 여자들은 돈 받고 일하는 프로 모델처럼 보여야 한다는 소리를 듣는다.

나는 더 완벽해지려고 버둥거릴수록 내 완벽하지 않은 모습이 점점 더 거슬렸다. 20킬로그램을 감량했을 때보다 감량하기 전이 훨씬 자신 있었다. 새로 사귄 남자 앞에서 옷을 벗으면 나는 내가 이것밖에 안 되니 앞으로 이러저러하게 바꾸겠다고 주절거리며 사과했다. 중산층 부인이 집에 손님을 불러놓고 "어머나, 카펫은 보지 마세요. 정말 추해요. 싹 다 바꿀 거예요"라고 말하는 것과 비슷했다.

친구 중에 몇 명이 내뱉는 걱정이 짜증과 결합되기 시작했다. 나는 파티에 반쯤 헐벗고 가려고 며칠째 아무것도 먹지 않았고, 최면에 걸린 듯 돌아다녔다. 말을 거의 할 수 없었다. 내 생활을 밀어냈더니 나 자신이 완전히 어긋난 자제심 속으로 빨려 들어가는 것 같았다.

그러다가 처음으로 사랑에 빠졌다.

어느 우울한 하우스 파티에서 레오를 처음 만났다. 이보다 더 완벽한 남자는 본 적이 없었다. 훤칠한 키에 호리호리한 체구, 늘어진 갈색 머리, 다부진 턱선에 반짝이는 눈동자, 살짝 들린 코, 70년대 스타일로 기른 콧수염. 마치 영화배우 같았다. 최고로 좋았던 건, 자기가 미남이란 사실을 전혀 모른다는 점이었다. 그는 박사 과정을 밟는 히피였고, 일자 눈썹에 편집광적으로 집착했다.

우리는 곧장 연애에 돌입했다. 만난 지 두 달이나 됐는데도 잠자리를 하지 않았으니 내가 그를 진지하게 생각한 것 같다. 제대로 된 사랑을 하고 싶었다. 그와 같이 있는 모든 순간을 그저 흘려보내는 게 아니라 음미하고 싶었다. 그는 캠던에 살았다. 그날도 우리 둘이 같이 지샌 밤이 끝나가고 있었다. 보통 새벽 4시에 헤어졌는데 그가 역 앞 버스 정류장까지 걸어서 날 데려다줬다. 나는 북쪽으로 16킬로미터 떨어진 곳까지 타고 갈 버스를 기다렸다. 역에서 내려 45분 정도 걷다 보면 스탠모어가 나왔다. 폭스바겐이 늘어선 인적 없는 길을 굽이굽이 걷다 보면 빨간 벽돌 집 너머로 동이 트는 모습이 펼쳐졌다. 상상 이상으로 행복했다.

어느 날 밤에도 어김없이 함께 캠던까지 걸어가는데 그가 발걸음을 멈추고 내게 입을 맞추더니 손으로 내 머리를 훑었다. 그의 손에 내 헤어피스가 걸렸는지 그걸 얼굴 뒤로 확 넘기더니 머리 뒤에서 움켜쥐었다.

"넌 짧은 머리가 정말 어울릴 것 같아."

"무슨 소리야. 나 학교 때 내내 단발이었는데 수도사 같았어."

"단발 말고 쇼트커트. 잘 어울릴 거야, 꼭 잘라봐."

"말도 안 돼. 내 얼굴로 무슨 쇼트커트."

"해봐! 겁쟁이. 그냥 머리카락이잖아."

'그냥 머리카락'이라니, 내가 그걸 전부라고 생각하고 있음을 그는 몰랐다. 그냥 머리카락, 그냥 쇄골, 그냥 윗몸일으키기. 그가 말한 '그냥'이 내가 1년 중 절반 이상 기운을 쏟아붓는 전부였다. '그냥'이 내가 가치 있다고 생각한 전부였다.

한 달 후 보드카를 한 잔 마시고 미용실에 가서 40센티미터를 싹둑 잘라버렸다. 머리를 자르자 내 모습이 이래야 한다는 집착이 어느 정도 사라졌다. 싹둑 잘린 머리카락이 바닥에 툭 떨어졌다.

레오는 내 비밀을 알지 못했다. 그가 나를 미친 사람으로 보는 게 싫었기 때문이다. 데이트한 지 몇 달이 지나자, 그가 이런저런 일들을 더 하자고 했다. 나는 식사해야 하는 자리면 기를 쓰고 피했다. 아침에 헤어질 때면 아침은 늦게 먹겠다고 늘 둘러댔다. 결국 어떤 친구가 내가 아픈 것 같다며 그에게 얘기했다.

"정말 문제 있는 거야?" 그가 물었다.

"괜찮다니까." 나는 내가 만난 가장 괜찮은 사람을 잃을까 봐 겁이 났다.

"우리 둘이 문제를 해결하면 돼. 내가 도울게. 나한테 털어놓지 못하면 널 사랑할 수 없어."

"좋아. 문제가 있었지만, 앞으로 변할게. 약속해." 결국 털어놓았다.

평생 이 남자만 가질 수 있다면 뭐든 하리라. 난 공격적이면서도 위험한 사랑에 빠졌다. 두려움과 뜨거움을 동시에 품고 그를 사랑했다. 나는 사랑에 빠진 게 아니었다. 사랑이 날 덮쳤다. 까마득히 높은 곳에서 벽돌이 와르르 쏟아지듯 말이다. 나는 어쩔 수 없이 나를 끌고 가던 집착을 놓아버릴 수밖에 없었다.

그래서 놓아버렸다. 좋은 책들을 섭렵했다. 병원에 갔다. 몸무게가 서서히 돌아왔다. 제대로 된 식사에 점차 적응했다. 센터에 가서 집단치료도 받았다.

　나는 다시 요리를 사랑하게 됐다. 먹는 것도 다시 즐기게 됐다. 주말이면 레오와 요리를 해서 먹었다. 만나는 사람마다 내게 '건강해졌다'고 했고, 나는 그 말을 다시 살쪘다는 뜻으로 해석하지 않으려고 노력했다. 전쟁이 끝났다. 회복을 하면서 내 인생을 되찾았다.

　완벽해지려고 노예 생활을 자처하던 나를 히피 남자 친구가 해방시켰다. 내가 식탁에 앉아 맥주에 라임을 꽉꽉 짜는 걸 보더니 그가 주방 가위를 들고 와 머리를 뭉텅이로 서걱서걱 잘랐다. 결국 양쪽 옆머리까지 밀어서 덥수룩한 모히칸 스타일이 됐다. 나는 단화를 신고 그의 스웨터를 걸치고 다녔다. 화장품이나 면도기는 며칠 건드리지 않고 그와 같이 지냈다. 모든 게 처음이었다. 주말이면 해변에 가서 바닷물에 세수하고 몸을 담그고 설거지를 했다. 따분해진 일요일 밤이면 그의 침실에 텐트를 쳤다. 순수하고 자유롭고 완벽했다.

　그러나 나는 여전히 남자들이 명령하는 대로 내 모습을 바꾸고 있었다. 가슴 깊은 곳에서는 그 사실을 알고 있었다. 여성스러움을 추구하던 방향과 정반대로 가버린 것뿐이다. 파티가 끝나면 그의 집으로 가는 버스 안에서 화장을 지우고 힐을 하이탑 운동화로 갈아 신었다.

　살을 다시 찌운 건 나를 위해 한 일이 아니었다. 레오를 만나지 않았더라면 나는 지금까지도 계속 살을 빼고 있었을 것이다. 그러나 운이 좋은 건지 그가 날 이끌었다. 나는 회복했다. 나이가 들면서 건강하게 움직이는 몸이 있다는 게 얼마나 값진 선물인지 서서히 자각했다. 내 몸을 혹독하게 몰아붙였다는 게 부끄럽다. 그 일에서 완전히 자유로워질 거라고 말하는 건 거짓말이다. 몸은 건강을 되찾을 수 있다. 매일 좋은 버릇을 들이듯 체중을 이성적이고 안정적으로 살피는 태도도 키울 수 있다. 그런데 삶은 달걀이 몇 칼로리인지, 계단을 몇 개나 올라야 몇 칼로리가 소비되는지는 쉽게 잊히지 않는다. 매주 얼마를 빼야 다음 달 정확히 몇 킬로그램이 되는지도 지워지지 않는다. 그런 생각을 차단하려고 노력은 할 수 있다. 그러나 때때로 아주 힘든 시기가 닥치면, 열 살 때 손가락에 묻은 잼을 아무 생각 없이 핥아먹었던 때처럼 행복해지지 못할 것 같은 기분이 든다. 두 번 다시는.

스물하나에
내가 알던
사랑

남자는 자유분방하고 문란한 여자를 사랑한다. 첫 데이트에 섹스하고 밤새 그들을 재우지 말라. 아침에 침대에서 담배를 피우고 두 번 다시 전화하지 말라. 그들에게 싫다고 말한 다음 성인 용품 판매점에서 파는 간호사 복장을 입고 그들의 현관 앞에 나타나라. 틀에 박히지 않은 어떤 모습이든 돼라. 이것이 남자의 관심을 끄는 법이다.

당신이 가장 친한 친구의 남자 친구를 꾸준히 무시하면, 그들은 결국 떠날 것이다. 가능하다면 감기나 가벼운 구내염 대하듯 그들을 대하라.

첫 이별이 가장 어렵다. 이별한 후 몇 달간은 아이처럼 길을 잃고 혼란스럽다. 진실이라고 믿었던 모든 것이 정말 진실인지 의심스러워서 처음부터 끝까지 다시 배워야 할까 고심하게 된다.

무슨 일이 있어도 남자 집에 가서 자라. 그래야 아침에 나오고 싶을 때 언제든 나올 수 있다.

완벽한 남자는 올리브색 피부, 갈색 혹은 녹색 눈동자, 크고 오뚝한 코, 짙은 턱수염, 곱슬곱슬한 검은 머리를 지녔다. 몸에 민망하지 않을 정도의 문신이 있고, 빈티지 리바이스 청바지는 다섯 벌 정도 갖고 있다.

섹스할 일이 없으면 들판의 덩굴 식물처럼 우거진 음모를 그대로 둬라. 봐줄 사람도 없는데 돈 들여 제모 크림을 바르고 씩씩거리며 시간을 낭비할 이유가 전혀 없다.

깡말라야 내 모습에 행복해지고 사랑받을 자격이 생긴다.

당신이 취하지 못하게 말리거나, 남하고 시시덕거리는 꼴을 보지 못하는 남자와는 사귀지 마라. 당신을 있는 그대로 받아들이는 사람이어야 한다.

오르가슴을 연기하는 건 쉬우니 서로 기분이 더 좋아지는 편이 낫다. 오늘은 착한 짓을 하자.

제대로 된 남자를 만나 사랑에 빠지면 마음에 중심이 서고 안정되고 차분해진다.

남자에게 차이는 게 세상에서 제일 기분이 더럽다.

대체로 남자들은 믿을 만하지 않다.

연애에서 가장 좋을 때는 처음 3개월이다.

좋은 친구는 늘 남자보다 당신을 먼저 생각한다.

잠이 오지 않으면 장차 만나게 될 올리브색 피부와 곱슬머리를 지닌 남자와 연애하는 상상을 하라.

들러리 서는
바보

시작은 기차 여행이었다. 나는 기차에서 로맨틱하고 마술 같은 일이 벌어질 거라고 늘 생각했다. 긴 여정의 전환기를 맞이할 것만 같았다. 생각에 아득히 잠긴 채 비행 중이거나, 한 챕터가 끝나고 다음 챕터로 넘어가는 사이, 고요하고 텅 빈 페이지를 넘기듯 말이다. 휴대전화를 깊숙한 곳에 넣어두고 멍하니 있으면 나만의 생각에 파묻혀 시간을 보내게 된다. 나는 기차를 타고 가면서 큰 꿈을 꾸었다. 어딘지 모를 풍경을 스쳐 지나가며 내가 무엇을 뒤로했는지, 그리고 앞으로 어디로 향할지 생각했다. 그러면 에피파니를 맞이하거나 감사하게 되는 순간이 찾아오곤 했다.

2008년, 패딩턴에서 기차를 탔다. 이 여행이 내 인생을 완전히 바꿔놓았다. 내가 예상했던 모습과는 딴판이었지만. 내 여행은 영화 〈비포 선라이즈〉나 〈뜨거운 것이 좋아〉, 혹은 〈오리엔탈 특급 살인 사건〉과 완전히 달랐다. 나는 사랑에 빠지지 않았고, 술에 취해 우쿨렐레 연주를 하며 난동을 부리지 않았으며, 미제 살인 사건에 휘말리지도 않았다. 대신, 차후 5년간 서서히 펼쳐질 꼬리에 꼬리를 무는 사건의 발단이 됐다. 결국 이 일은 내게 되돌릴 수 없는 엄청난 좌절감을 안겼다. 그해 겨울은 내가 기억하는 겨울 중에 가장 추웠다(몸매가 드러나는 원피스를 즐겨 입던 시기여서 그랬던 것 같다). 나는 일요일 밤 런던에서 엑서터대학으로 향하는 마지막 기차를 탔다. 눈이 폴폴 날리기 시작했다. 기차가 중간에서 고장이 났고, 다들 투덜거리고 한숨을 내쉬고 발을 동동 굴렀지만, 나는 이 모든 상황이 너무나 로맨틱했다. 나는 카트에서 싸구려 레드 와인을 한 병 사서 자리로 돌아와 잉크색으로 번진 하늘을 내다봤다. 크리스마스 케이크에 발린 크림처럼 고요한 시골 풍경 위에 도톰하게 내린 눈이 곱게 얼어붙어 있었다.

건너편에 내 또래 남자가 앉아 있었다. 그렇게 귀여운 얼굴은 내 평생 처음이었다. 그는 창밖을 내다보던 나와 눈을 맞추려고 애를 썼다. 마침내 눈이 마주치자 그가 헥터라고 자신을 소개하며 같이 한잔해도 되냐고 물었다.

그는 흔들리지 않는 자신감의 소유자였다. 사립 기숙학교에서 다져진 자신감이 분명했다. 유서 깊은 교복 재킷을 입어본 사람에게서 나오는 자신감이다. 토론 클럽을 거쳐 종국엔 정부의 수장까지 오를 거라는 사실에 기인한 자신감이다. 다행히 천사 같은 외모 덕분에 그런 오만함이 상쇄됐다. 반짝거리는 파란 눈동자에 수레국화 같은 동공, 1950년대 비누 광고에 나오는 꼬마처럼 살짝 들린 콧방울, 젊은 시절의 휴 그랜트가 연상되는 구불구불 늘어진 머리칼, 장난기 많은 상류 부유층의 음색. 기차가 선 두 시간 내내 우리는 수다를 떨고, 웃고, 술을 마시고, 엄마가 싸준 파이를 나눠 먹었다.

이쯤에서 여러분이 무슨 생각을 하는지 안다. '이 만남이 조금 더 완벽할 수도 있었을 텐데.' 열아홉 살이던 나도 그런 생각을 했다. 일요일 밤마다 숱한 시트콤을 보면서 영감을 받은 나는 전화번호를 교환하지 않고 우연히 다시 만나 뜻밖의 일이 벌어지기를 상상했다. 그는 쌀쌀한 밤에 브리스틀역에서 내렸다. 이로써 내가 '싱글 걸의 모험'이라고 대충 써서 올리는 익명의 블로그에 최소 세 편은 포스팅할 소재가 생겼다.

그로부터 2년 후, 그러니까 해리와 헤어진 지 몇 달 후, 어느 펍의 문을 열고 그가 들어왔다. 천사 같은 얼굴로 어른스러운 정장 위에 코트를 걸치고 살짝 머리를 다듬은 모습이 역설적으로 섹시해 보였다.

"세상에 많고 많은 술집 중에서 하필 여기에서 만나다니." 그가 이렇게 말하더니 내게 다가와 양쪽 뺨에 입을 맞췄다. 역사가 우리를 지배하듯 우리는 싸구려 레드 와인을 마시며 밤을 보냈다. 창밖에 눈이 펑펑 내렸다. 마지막 주문 시간을 넘겼고 우리는 또다시 갇히고 말았다. 폭설이 내려 정거장까지 걸어갈 수도 없었다. 게다가 너무 취해서 열심히 놀 힘도 끌어모을 수 없었다. 힐을 신고 기우뚱한 걸음새로 걷자 그가 러그를 짊어지듯 나를 어깨에 들쳐 메더니 자신의 아파트로 데려갔다.

우리는 새벽 4시까지 잠을 자지 않고 알몸으로 바닥에 누워 줄 담배를 피웠다. 내 배 위에 넘어지지 않게 올려둔 컵에 재를 털었다. 그가 내 핸드백에서 아이라이너를 꺼냈다. 그리고 벽에 테드 휴즈의 시 한 구절을 적었다.

그녀의 눈동자가 어떤 것도 놓치지 않으려 하네
그녀의 시선이 그의 손과 손목과 팔꿈치에 박혔네

알몸을 한 여인을 목탄으로 여러 장 스케치해놓은 그림 옆에
아이라이너로 적힌 시가 뭉개지고 번졌다.

"이거 내가 그린 거야. 전 여친." 그가 자랑하듯 말했다. 나는 알
몸으로 누워서 그의 성생활이 남긴 유적을 올려다보았다. "괜찮은
여자였어. 유부녀라 아쉽긴 했지만."

침대 옆에 검은색 주소록이 놓여 있었다. 앞면엔 "금발, 흑갈색,
적모" 이렇게 세 단어가 금실로 수놓여 있었다. 나는 그냥 받아들일
수밖에 없었다. 그는 상상력이 풍부한 선수임이 분명했다.

헥터는 재치 있고, 장난스럽고, 소년 같고, 비열하고, 세련되면
서도, 짓궂었다. 헥터 같은 남자는 처음 봤다. 그와 관계된 모든 것
이 예스러웠다. 그의 가족은 다들 직함이 있었다. 헥터는 바닥까지
끌리는 러시아산 늑대 털 코트를 입고 다녔는데, 원래는 할아버지
거였다. 그가 입는 셔츠에는 그가 졸업한 사립 기숙학교 마크가 붙
어 있었다. 그의 방에 있는 것들은 죄다 손때가 묻을 대로 묻은 물건
이거나 가족으로부터 받은 것들이었다. 그의 커리어도 덤으로 딸려
온 것이었다. 그의 상사는 소싯적 사교계 명사였던 그의 어머니가
데리고 놀던 연하의 애인이었다. 헥터의 어머니를 흠모하던 그가 이
끔찍한 대학원생에게 런던 시청에 일자리를 알선해준 것이다. 내 속
옷을 입고 사무실에 앉아 온종일 회사 계정으로 지저분한 이메일을
보내는 헥터가 대체 일은 하는지 궁금했다.

85

우리 연애는 전적으로 밤에만 이루어졌다. 그는 완전히 야행성 인간이었다. 신화에 등장하는 밤의 괴물 같기도 했고, 가죽이 벗겨진 채 자신의 털가죽을 찾아 돌아다니는 늑대 같기도 했다. 우리는 어두운 바에 가서 술에 취했다. 우리의 데이트는 자정에 시작됐다. 알몸에 트렌치코트를 걸치고 그의 집에 간 적도 있었다.

헥터는 내 친구들과 한 번도 만나지 않았고, 나도 그의 친구들을 보지 못했다. 그래도 우린 죽이 잘 맞았다. 나는 그에게 하우스메이트가 있는지 몰랐다. 어느 날 새벽 6시에 실오라기 하나 걸치지 않은 채 술에 취해 비틀거리며 주방에 갔다가 스콧이란 남자와 맞닥뜨렸다. 스콧은 출근하기 전 양복 차림으로 식탁에 앉아 시리얼을 먹으며 신문을 보고 있었다. 헥터는 그게 재미있다고 생각했다. 자기 하우스메이트가 내 알몸을 정면에서 보면 재미를 뛰어넘어 짜릿할 거라고 여긴 것이다. 그날 처음으로 말다툼을 했다.

며칠 후, 헥터의 주방에서 스크램블드에그를 만들고 있는데 스콧이 가운 차림으로 다시 나타났다. 그가 미안한 미소를 지었다.

"안녕하세요." 그가 어색하게 손을 흔들었다.

"안녕하세요. 지난번 아침엔 정말 죄송했어요. 헥터가 올 사람이 아무도 없다고 했거든요. 헥터한테 진짜 화 많이 냈어요."

"괜찮습니다. 전 정말 괜찮아요."

"괜찮긴요. 끔찍하셨겠죠. 정말 죄송했어요. 출근하기 전에 그런 못 볼 꼴을 보셨으니."

"놀라긴 했는데 근사했어요." 그가 말했다. 나는 화해의 의미로 그에게 달걀 요리와 토스트를 만들어줬다.

같이 앉아 정중히 대화하다 보니 마음이 풀렸고 데이트가 주제로 올라왔다. 누구 만나는 사람 있어요? 아뇨. 혹시 소개시켜줄 괜찮은 친구 있어요? 있어요. 딱 맞는 여자가 있어요. 저랑 제일 친한 팔리라고.

"그런데 팔리가 현재로선 연애할 마음이 없어요. 혼자가 좋다고 하니 가볍게 만나면 될 것 같아요." 내가 미리 귀띔했다.

"완벽한데요."

"좋아요! 그럼 전화번호 알려드릴게요. 이 정도야 해드릴 수 있죠." 나는 그의 휴대전화에 팔리의 번호를 찍었다. 안 될 거 뭐 있나? 괜찮은 남자로 보였다. 매력적이고 예의 발랐다. 팔리도 짜릿함을 원할지 모른다. 나는 지나가는 말로 팔리에게 말하고 그 일을 두 번 다시 생각하지 않았다.

이쯤에서 잠시 이야기를 멈추고 제대로 설명해야 할 필요가 있겠다. 그래야 내가 위험한 독신녀로서 이 이야기를 끝까지 털어놓는 이유를 알 수 있기 때문이다.

팔리와 내가 처음 만나자마자 곧장 우정을 쌓은 건 아니었다. 팔리는 기숙학교에서 처음 1년간 '파워 프린세스' 무리와 친하게 지냈다. '파워 프린세스'란 북런던 교외에 사는 여학생들이 좋아하던 여성 스포츠 의류 브랜드다. 다들 금발로 부분 염색을 하고 티파니 보석을 달고 유대인 10대를 위한 사교 스포츠클럽에 다녔다. 반면에 나는 주말이면 주로 시커먼 옷을 입고 학교 연극부에서 하는 창작 연극을 보며 시간을 때웠다. 우리는 프랑스어와 수학 수업을 같이 들었다. 서로 유머 코드가 맞았고 〈사운드 오브 뮤직〉의 열렬한 팬이며 수박색 립밤을 좋아한다는 걸 이내 파악했다.

수업 시간에 옆자리에 앉은 지 몇 달이 지났다. 우리는 방과 후에도 우정을 쌓아나가기 시작했다. 내가 팔리를 처음 우리 집으로 초대하자 엄마는 로스트치킨을 만들어줬다. 아빠는 내 친구들이 올 때마다 친구들이 난감해할 만한 특징을 잡아 공감할 수 있는 얘기를 억지로 엮었는데 매번 다르게 물었다. 팔리에겐 유대인이나 유대교에 대해 물으며 10년째 우려먹는 중이다. 곧 우리 사이에 불이 서서히 붙더니 떼려야 뗄 수 없는 사이가 됐다. 우리는 학교에서 최대한 붙어 다녔다. 집에 오면 저녁 식사를 허겁지겁 먹어치운 다음 전화기를 붙들고 그날 학교에서 미처 다하지 못한 얘기를 미주알고주알 떠들었다. 이런 의식이 몸에 배었는지 지금도 내 신용카드 핀 번호보다 2000년에서 2006년 사이에 건 팔리네 전화번호가 먼저 떠오른다.

나는 학교에서 종종 문제를 일으켰다. 열두 살 때 정학을 당하기도 하고, 방과 후에 남는 벌을 받기도 했다. 나는 뭐든 깜빡했고 엉망진창이었다. 매년 크리스마스 파티에서 '정리정돈 꼴찌 상'을 수상하며 쓰레기봉투를 부상으로 받았다. 지명된 학생은 학교를 돌아다니면서 흘리고 다닌 자기 소지품을 몽땅 수거해야 했다. 정말 싫었다. 한번은 나를 유독 미워하던 교사의 지리학 수업에 깜빡하고 연습장을 가져가지 못했다.

"연습장 어디 있니?" 선생님이 내 책상을 내려다보며 물었다. 커피와 담배 냄새가 뒤섞인 선생님의 시큼한 입냄새에 가슴이 서늘

해졌다.

"까먹었어요." 내가 머뭇거리며 변명했다.

"어머나, 놀라워라." 선생님이 목소리를 높이더니 반 전체가 들으라는 듯이 외치며 교실을 돌아다녔다. "돌리가 까먹었구나. 네가 뭘 까먹지 않는 날이 인생에 단 하루라도 있니? 연습장 하나 챙기는 게 그렇게 어려워?" 선생님이 교단 위에 칠판지우개를 던졌다.

나는 홍당무가 됐다. 왈칵 올라오는 뜨거운 눈물을 참느라 구역질이 날 것 같았다. 그때 팔리가 책상 밑에서 내 손을 재빨리 두 번 꽉 쥐었다. 나는 그게 무슨 뜻인지 알았다. 보편적으로 통용되는 묵음의 모스 부호로 '내가 여기에 있어, 널 사랑해'란 뜻이었다. 그 순간 모든 게 바뀌는 것 같았다. 우리 사이가 변했다. 우리는 서로를 선택했다. 가족이 됐다.

팔리와 나는 항상 원 플러스 원이었다. 가족 식사 자리에도 매번 참석했고, 휴일마다 파티에 따라다녔다. 밤에 나가 머리에 김이 날 정도로 취했을 때를 제외하곤 제대로 싸운 적이 한 번도 없었다. 서로 거짓말은 아예 하지 않았다. 지난 15년간, 내가 팔리를 생각하지 않고 보낸 시간을 다 더해도 고작 몇 시간이 안 된다. 나는 팔리를 돋보이게 해주고, 팔리는 나를 돋보이게 해주는 존재다. 팔리의 사랑이 없다면 나는 그저 초라하고 어설픈 생각을 짊어진 존재에 지나지 않는다. 피와 근육과 피부와 뼈가 뭉쳐진 고깃덩어리일 뿐, 허황된 꿈만 꾸고 침대 밑에 감춰둔 10대 시절의 형편없는 시 같은 존재.

우리는 서로의 조부모님 성함까지 꿰고 있고, 어린 시절 가지고 놀던 장난감이 뭔지 알고 있으며, 어떤 타이밍에 끼어들어 정확히 무슨 말을 해야 하는지 안다. 서로 웃게 할 수도, 울거나 소리치게 할 수도 있다. 내 인생에 팔리의 손길이 닿지 않은 곳은 하나도 없다. 팔리는 내 속을 속속들이 알고 있으며, 나 역시 그렇다. 간단히 말해 팔리는 나의 가장 친한 친구다.

2010년 밸런타인데이. 스콧과 팔리가 처음 데이트를 하기로 했다. 유치하게 누가 이런 날 데이트를 한다는 건지 이해가 안 됐다. 술은 핑계고 둘이 진짜로 원하는 건 하룻밤 섹스라고 생각했다.

"이상해 보인다는 거 알아. 그래도 꽤 오래 문자를 주고받았는데 둘 다 시간이 되는 날이 밸런타인데이밖에 없어." 팔리가 설명했다.

"어디 갈 거야?"

"몰라. 스콧이 퇴근하고 데리러 온대. 노팅힐에 저녁 먹을 만한 근사한 곳이 있대."

"저녁?" 내가 소리쳤다. "젠장, 저녁은 뭐 하러 먹어? 그냥 호텔에나 가!"

"먼저 대화는 좀 해야지."

"저녁은 무슨 저녁, 우리가 마흔 살이야? 돈 낭비야. 하필 왜 밸런타인데이에 만나?"

"말했잖아. 이때가 아니면 천년만년 기다려야 할지도 몰라. 우리 둘 다 너무 바빠."

"우리 둘 다 너무 배빠." 내가 말투를 흉내 냈다. "무슨 유부녀

90

처럼 군다, 너."

"제발, 그만해."

"이상하지 않아? 처음 보는 남자가 네가 일하는 곳까지 와서 커플들이 득실거리는 밸런타인데이에 저녁을 먹으러 간다는 게? 정말 그 남자가 괜찮은지 네 판단력이 흐려지지 않을까?"

"그냥 가볍게 만날 거야."

저녁은 근사했고, 전혀 가볍지 않았다. 비를 뚫고 스콧이 백화점 주얼리샵에서 일하는 팔리를 데리러 왔다(비라니, 젠장, 안 그래도 완벽한데 한술 더 뜬다). 두 사람은 택시를 타고 노팅힐의 어느 레스토랑으로 가서 팔리 인생 최고의 데이트를 즐겼다. 나는 그날이 팔리 인생 최고의 데이트임을 알았다. 어떻게 이딴 게 내 인생 최고의 데이트일 수가 있냐며 팔리가 평소처럼 투덜대지 않았기 때문이다. 내가 스콧에 대해 묻자 팔리가 수줍어했다. 감이 왔다.

팔리와 스콧이 성숙하게 연애하는 것을 보며 나는 헥터와의 연애가 얼마나 시답잖았는지 깨달았다. 헥터 앞에 붙은 수식어들이 유통기한이 지난 우유처럼 상해버렸다. 이기적, 멍청한, 악몽 같은. 헥터는 정말 끔찍했고 그 특유의 유머가 더는 재미있지 않았다. 나는 더 이상 아침 식사에 싸구려 화이트 와인을 곁들이고 싶지 않았다. 장난으로 싸우면서 그의 머리를 로퍼로 때리고 싶지도 않았다. 게다가 그의 성적 판타지 속의 변덕스럽고 복잡하고 되바라진 여자를 연기하고 싶지도 않았다. 헥터는 일주일에 두 번 술에 취해 필름이 끊겼다. 비가 내리는 밤이면 자기 집에 나를 가뒀다. 남들이 선망하던 학교 대표의 뻔뻔함에는 다른 속내가 들어 있었다. 그는 양호 교

91

사를 찾고 있었다. 그건 내 자리가 아니었다.

"돌리, 부탁이야." 팔리가 금요일 밤에 데이트를 하고 싶다고 내게 애원했다. "헥터 한 번만 더 만나, 제발."

"싫어. 나 헥터가 싫어졌어." 내가 단호히 잘랐다.

"지금은 내가 스콧의 집에 갈 사이는 아니잖아. 스토커처럼 보일 거야."

"전엔 그런 거 상관 안 했잖아."(팔리는 어떤 남자에게 휴대전화로 20파운드를 결제해준 적이 있었다. 그 남자가 팔리에게 문자하겠다고 했지만 연락이 오지 않았다.)

"그랬지, 그런데 스콧하고는 제대로 사귀고 싶어." 팔리가 애원했다. "스콧하고 있으면 내가 멀쩡해지는데 그게 정말 좋아. 제발 헥터한테 문자해. 우리 다 같이 만나자. 어색하지 않게. 응?" 나는 고민에 빠졌다. "제발, 내가 너한테 이렇게 해준 적 있잖아."

팔리, 지옥에나 떨어져라.

나는 헥터에게 문자를 보내 팔리하고 같이 간다고 전했다. 우리는 심야 버스를 타고 노팅힐로 향했다.

아니나 다를까, 넷이 거실에서 술을 마시자 헥터는 짜증나는 목소리로 유두 집게 놀이°의 역사에 대해 떠들었다. 팔리는 스콧을 보며 수줍게 미소를 짓더니 둘이 자리를 떴다. 헥터는 '뭔가를 보여주겠다'며 나를 침실로 데려갔다. 그는 평소답지 않게 다정한 척, 내 사랑에 굶주린 척했지만, 이런 모습은 헥터 같은 남자가 마음이 뜬 여

○   유두를 집게로 집는 섹스 토이의 일종.

자에게 보이는 행동이었다(나는 그가 보낸 노골적인 5행시에 2주가 넘도록 답장하지 않았다). 나는 그의 침대에 걸터앉아 미적지근한 화이트 와인을 병째 들이켰다.

"뭔데?" 내가 덤덤히 물었다. 헥터가 기타를 집어 들었다. 안 돼, 다른 건 다 돼도 이것만은 제발. 내가 몇 달간 꿈꾸며 지낸 이 침실이, 내가 머물기 바랐던 이 침실이 순식간에 악몽으로 변했다. 엉망인 침실 상태가 눈에 들어왔다. 바닥에 더러운 양말이 뒹굴고, 축축한 날이면 낡은 건물에서 나는 곰팡내 비슷한 냄새를 은근히 풍기면서, 혼수상태에서 줄담배를 피우느라 담배빵이 여기저기 난 이불 커버가 보였다. 알몸의 여인을 그린 아름다운 목탄화가 다 안다는 듯 나를 내려다보았다. '우리도 당했어. 너도 한번 당해봐.'

"들려주고 싶은 노래가 있어." 그가 웅얼거리면서 기타를 튜닝하며 코드 두 개를 거칠게 잡았다.

"괜찮아, 됐어."

"돌리 앨더튼." 그가 무대 위 사회자처럼 외쳤다. "제가 굉장히 많이 취했는데요, 당신을 위해 이 노래를 만들었어요." 그가 전에도 여러 차례 내 앞에서 들려줬던 코드 세 개가 반복됐다.

"기차에서 만난 그녀," 그가 미국 스타일로 개골개골 노래했다. "인생이 달라졌다네, 우리가 처음 만난 그날 밤 이후⋯⋯"

"헥터." 와인을 마셔 취기가 잔뜩 오른 내가 시무룩하게 말했다. "우리 그만 만나."

나는 다음 날 아침 일찍 팔리와 집을 나섰다. 그게 끝이었다. 나는 두 번 다시 헥터를 만나지 않았다. 팔리와 스콧은 내가 헥터의 가슴에 대못을 박았다고 했다.

(현재 헥터는 기업가로 성공해 할리우드 여배우와 결혼했다. 나는 파자마 차림으로 크리스마스 롤 케이크 한 통을 혼자 퍼먹으며 〈데일리 메일〉 인터넷판을 훑다가 기사를 봤다. 직접 검색해보시든가.)

내가
두려워하는 것들

- 죽음
- 사랑하는 사람의 죽음
- 미워하는 사람이 죽어 내가 그에게 험담했던 것에 죄책감을 느끼는 일
- 길거리에서 나더러 키가 크다고 하는 취한 사람들
- 길거리에서 나더러 뚱뚱하다고 하는 취한 사람들
- 길거리에서 나더러 섹시하다고 하는 취한 사람들
- 길거리에서 나더러 못생겼다고 하는 취한 사람들
- 길거리에서 나더러 힘내라고 하는 취한 사람들
- 길거리에서 나랑 섹스하고 싶다는 취한 사람들
- 길거리에서 나랑은 절대로 섹스하지 않겠다고 하는 취한 사람들
- 파티에서 내 모자를 빼앗으려고 하는 취한 사람들
- 액세서리 잃어버리기
- 창밖으로 추락하기
- 우발적으로 아이를 죽이는 일

- 실내 게임
- 미국 정치 역사에 대한 토론
- 어디서든 불을 지피는 일
- 세탁기를 이해하지 못하는 것
- 암
- 성병
- 딱딱해진 그것을 베어 무는 것
- 비행기 추락 사고
- 기내 음식
- 사무실 근무
- 신을 믿느냐는 질문(약간)
- 별자리를 믿느냐는 질문(약간)
- 위 두 질문에 대해 왜 믿느냐는 질문
- 정리 안 한 마이너스 통장 들여다보기
- 절대로 개 키우지 않기

정신분석과
어른의 연애

✧

 헥터와 헤어진 후, 나는 팔리와 스콧이 시들해지는 건 그저 시간문제라고 생각했다. 두 사람에게 다리를 놓아준 게 나였고 내가 노팅힐의 그 음침한 동네에 발길을 끊었으니 둘에게 공통점이 거의 없을 줄 알았다. 그런데 몇 주도 안 돼 팔리가 스콧하고 케임브리지로 짧게 여행을 다녀올 거라고 불쑥 얘기했다. 질투심이 내 혈관을 타고 돌더니 식초를 들이부은 듯 온몸이 따끔거렸다. 남자가 늘 있던 건 나였는데, 이제 팔리에게 버젓한 연상의 진짜 남자 친구가 생기다니. 여자 친구 속옷을 입고 출근하지도 않고, 그녀에게 망사 보디스타킹을 입히지도 않았다. 그녀의 성이 뭔지도 모르거나, 일주일에 간신히 문자 한 번 날리는 남자가 아니었다. 술에 취하지 않은 맑은 정신으로 함께 더 많은 시간을 보내고, 짧게라도 함께 여행을 떠나고, 문자 대신 전화를 걸어 목소리를 듣고 싶어 하는 남자 친구가 팔리에게 생긴 것이다.
 "케임브리지에 뭐 볼 게 있나?" 내가 씁쓸하게 에이제이에게 투덜거렸다. "이탈리아 레스토랑 같은 거? 잘됐네, 재미있겠지."

"어떤 남자야?" 에이제이가 물었다. 사실 나도 별로 아는 게 없었다.

"단점이 있어." 내가 심각하게 말했다. "팔리에 비해 나이도 너무 많고 너무 진지해."

사귄 지 정확히 석 달째로 돌입하자, 스콧이 팔리에게 사랑한다고 말했다. 팔리는 친구들과 저녁을 먹는 자리에서 그 얘기를 털어놓았다. 우리는 모두 건배하면서 기쁨에 소리를 질렀다. 그날 밤 나는 집으로 돌아오는 버스 안에서 아이폰 메모장에 서글픈 독백을 끼적였다.

나는 팔리가 바보 같은 10대 남자애들에게 오랫동안 함부로 대접받는 모습이 보기가 싫었다. 이리저리 끌려다니고 무시당하다가 버림받았다. 한편으로는 그런 모습에 안도감을 느꼈다. 남자들이 팔리를 진지하게 여기지 않는 한 내가 계속 팔리를 독차지할 수 있었다. 똑똑한 성인 남자가 발걸음을 멈추고 팔리에게 관심을 보인 그 순간, 나는 완전히 망했다. 어찌 팔리를 사랑하지 않을 수 있을까. 팔리는 아름답고 재미있는 여자다. 내가 아는 가장 친절한 사람이다. 팔리는 수년간 내가 난처한 상황에서 벗어날 수 있도록 돈도 빌려주고, 집에 가는 버스가 끊기면 새벽 3시에도 데리러 왔다. 팔리는 완벽한 파트너가 될 자질을 갖춘 사람이었다. 남을 먼저 배려하고, 귀 기울여 들어주고, 잘 챙겨주는 사람이었다. 내가 출근하기 전에 정말 자랑스럽다고 카드에 써서 그걸 내 점심 가방 안에 넣어두는 사람이었다.

내가 남자들을 꼬시는 방법은 언제나 담배와 거울, 과장과 허세였다. 진하게 화장하고 술을 퍼마셨다. 팔리는 연기도, 거짓말도 하지 않았다. 팔리는 내 비밀을 가장 잘 지켜주는 사람이었는데, 이제 다 끝나버렸다.

그다음 해 친구 다이애나의 집에서 열린 크리스마스 파티에서 우리는 사춘기 이후 처음으로 말다툼했다. 내가 레오와 먼저 파티에 가 있었고, 팔리와 스콧이 뒤늦게 도착했다. 한 달 만에 보는 팔리였지만 나는 인사를 건네지 않고 둘을 곁눈질만 했다. 전혀 웃기지 않은데도 애써 박장대소했다. 팔리 없이도 재미있게 잘 지낸다는 걸 보란 듯이 과시했다.

팔리가 다가왔다. 부자연스럽고 퉁명스러운 대화가 이어졌다.

"왜 계속 못 본 척해?"

"그럼 넌 왜 1년이나 날 무시했는데?" 내가 쏘아붙였다.

"무슨 소리 하는 거야, 내가 어제도 문자 보냈잖아?"

"아, 그러셔, 문자. 너 문자 잘하지. 문자가 무슨 면죄부라도 돼? 나하고는 몇 달씩 안 만나주면서 스콧 집에는 매일 밤 들락거리잖아. 그러면서 누가 물으면, '나 돌리하고 문자해. 어제도 문자했는걸' 이러면서."

"우리 2층에 가서 얘기 좀 하자." 팔리가 목소리를 낮췄다.

나는 플라스틱 잔에 보드카와 콜라를 붓고 다이애나의 침실로 쿵쿵 올라갔다. 두 시간 동안 우리는 서로를 향해 고래고래 소리쳤다. 호통으로 시작했다가 점점 목소리가 작아졌고 너무 화가 나고 진이 빠져서 더는 싸울 수 없어 결국 화해했다. 나는 팔리에게 왜 날 버렸느냐고 따졌다. 나를 늘 오프닝 밴드로 여긴다는 복잡한 은유를 급조했다.

"대체 그게 무슨 소리야?" 팔리가 고함쳤다.

"뷔른어게인이라는 오프닝 밴드가 있어. 우리가 갔던 스파이스 걸스 공연장에서 본 밴드야. 너무 별로여서 대체 언제 끝나나 했잖아. 나는 주인공인 네가 등장하기 전까지 11년간 네 오프닝 밴드를 해줬는데, 너는 단 한 번도 내 오프닝 밴드를 해준 적이 없었어. 넌 언제나 스파이스걸스였어. 내가 조금 일찍 깨달았더라면 널 오프닝 밴드로 세웠을 텐데."

팔리는 나에게 감정적으로 군다면서 자기가 남자를 처음 사귀는 거라고 했다. 나는 팔리가 아무리 처음 남자를 사귄다 해도 스콧을 나보다 우선순위에 둘 줄 몰랐다고 했다. 우리는 잭슨 폴록 그림처럼 마스카라가 잔뜩 번진 얼굴로 아래층으로 내려갔다. 스콧과 레오가 아무 말 없이 멋쩍게 계단 밑에 서 있었다. 축구나 일반 시사에 관해 떠들다가 얘깃거리가 바닥난 게 분명했다. 우리는 남자 친구와 코트를 각각 움켜쥐고 그 집을 나왔다. 몇 년 후 다이애나가 말하길, 아래층 음악 소리를 줄이는 바람에 파티에 온 사람들 모두 우리가 싸우는 소리를 들었다고 했다.

"그 남잔 팔리 남자 친구잖아." 나와 레오는 캔 맥주를 마시며 그의 집으로 한창 걸어가고 있었다. 레오는 학구적인 성격이라 격앙되어도 이성적으로 말했다. "둘이 사랑에 빠졌으니 팔리가 변했지. 그게 뭐 어때, 성장하는 과정이잖아."

"넌 내 남자 친구야." 내가 말을 잘랐다. "나도 사랑에 빠졌지만 변하지 않았어. 팔리는 여전히 내 인생에서 가장 중요한 사람이고, 내가 제일 보고 싶은 사람도 팔리야. 나는 내 연애가 먼저가 아니야."

레오가 캔 맥주를 벌컥벌컥 들이켰다.

"글쎄, 그게 정상은 아닌 것 같은데."

나와 레오는 2년간의 연애를 끝냈다. 나는 온 힘을 다해 잘해보려고 했다. 하우스파티를 돌아다니다 학생 신분으로 만난 이후 워낙 많은 것들이 변했다. 우리 둘 다 어른이 됐고, 아주 다른 사람으로 성장했다.

나는 저널리즘 연수를 마친 후 장장 9개월 동안 직업 경험 실습이라는 미명 하에 잡지사에서 신문사로 자리를 옮겨가며 무급 인턴으로 일했다. 〈태틀러〉 인턴, 〈웨이트 와처스〉의 편집 보조, 동네 피자 가게의 여직원 자리까지 모조리 거절당했다. 생계를 위해 예전에 했던 홍보 걸로 다시 일하며 백수 댄서들과 레스토랑의 전단지를 돌렸다. 레스토랑에서 내게 돼지 복장을 입힌 날 백화점 앞에서 모피 반대 운동가들의 공격을 받았다. 그날 바로 그만뒀다.

나는 간절히 일자리를 찾았다. 눈을 뜨는 순간부터 어린 시절을 보낸 내 침실에서 잠이 드는 순간까지 머릿속을 내내 떠나지 않은 게 바로 일 생각이었다. 열셋, 열네 살 무렵 처음 사귄 남자 친구 때문에 일자리가 필요했듯이, 20대 초반에도 여전히 일자리가 고팠다. 아는 사람 중에 일자리를 구한 사람만 계속 생각했다. 그들에게 어떻게 일자리를 얻었는지 꼬치꼬치 캐물었다. 밤마다 침대에 누워 앞으로 몇 년이나 이렇게 살아야 하는지 궁금해했다.

$\diamondsuit$

그러던 어느 초저녁, 기차 플랫폼에 서 있는데 모르는 번호로 전화가 왔다. 새로운 형식의 리얼리티 쇼에서 스토리 프로듀서를 맡고 있는 팀이라는 사람이었다. 나는 그 프로그램의 첫 번째 시리즈에 대해 온라인 리뷰를 연재했다. 제작사에서 내 포스팅에 흥미를 보인 것이다. 팀은 E4라는 텔레비전 방송국에서 크리에이티브 작가 자리를 두고 얘기하자고 했다.

나는 팀과 딜리 앞에서 면접을 봤다. 딜리는 30대임에도 10대 같은 동안으로, 바프타° 상을 받은 총괄 프로듀서였다. 두 사람은 내가 쓴 마지막 회 리뷰를 봤다고 했다. 내용 중에는 시리즈를 더 잘 만드는 법에 대한 조롱 섞인 조언이 담겨 있었다. 제작사 사장 댄은 대히트를 친 심야 토크쇼의 프로듀서이자 공동 사회자로 1990년대에 이름을 날리던 인물이었다. 그가 인터넷에 올라온 리뷰를 샅샅이 뒤지다가 회의를 하러 가던 길에 내가 쓴 리뷰를 보고 프린트해서 프로듀서 전원에게 회람시켰는데, 놀랍게도 다들 내 의견에 동의했다고 했다.

나는 30분가량 팀과 딜리 앞에서 면접을 봤다. 마음이 느긋했다. 그들이 내게 두 번 다시 연락하지 않을 소지가 다분했기 때문이다. 나는 두 사람이 무엇을 추구하는지 전혀 감을 잡지 못했다. 우리는 인터뷰 내내 상류층의 버릇을 분석하고 출연진의 정신분석에 대해 논했을 뿐, 내가 가진 자질이나 근무 경력, 이 일에 어떤 자격이 있어야 하는지에 대해서는 일절 얘기하지 않았다. 정확한 정신분석

○   영국 영화 및 텔레비전 예술상.

이 리얼리티 방송의 성공에 90퍼센트를 좌우한다는 사실을 그때는 몰랐다. 기숙학교 매점이나 나이트클럽 흡연 구역에 있을 때 상류층 무리에 속하지 못하고 겉도는 기분을 느끼며 그들의 습관을 수년간 분석한 덕분에 이번만큼은 내가 이 일을 맡을 자격이 넘치고도 남았다.

사흘 후, 시리즈 프로듀서가 다시 전화했다. 그때 나는 레오와 뮤직 페스티벌에 가 있었다. 우리는 캠핑장에서 사람들에게 공식 반짝이를 붙여주는 일을 덤덤히 하고 있었다. 한 남자가 호들갑을 떨면서 내 텐트에서 계속 전화벨이 울린다고 했다. 전화의 주인공은 딜리였다. 딜리는 내게 리얼리티 쇼의 스토리 프로듀서를 맡기고 싶다며 다음 날 있을 회의에 참석하라고 통보했다.

나는 페스티벌에서 방송국으로 직행했다. 사흘간 샤워도 못 하고 콧등은 화상으로 벗겨지고 백금발의 짧은 머리는 부스스했다. 깨끗한 옷이 다 떨어져서 레오의 오버사이즈 티셔츠를 원피스처럼 입고 그의 데님 재킷을 걸친 다음 올이 나간 스타킹에 토슈즈를 신었다. 배웅하기에 적절한 복장이었다. 아이로서의 마지막 날을 떠나보내고 성인으로서의 첫날을 기념하기에 제격이었다.

나는 새 직장, 새로 만난 동료, 새로운 상사들의 창의력과 재미, 그들의 끈질김과 사랑에 빠졌다. 레오와 사랑에 빠질 때처럼 강렬했다. 방송국이나 현장에 나가지 않을 때는 프리랜서 작가 일을 구해서 밤이나 주말에 글을 썼다. 다른 일을 할 짬이 거의 없었다. 그 바람에 레오가 굉장히 섭섭해했다. 그는 원하는 것 없이 가방에 단화와 청바지만 집어넣고 그가 가자면 어떤 모험이든 따라나서던 정처 없는 여자를 사랑했다. 그의 이니셜을 스웨터에 수놓고 그와 텅 빈 욕조에 앉아 왕방울 같은 눈망울로 그의 얼굴을 뚫어져라 보던 여자를 사랑했다. 그런 그가 자신만의 성숙한 정체성을 지니고 자기 일에 몰두하는 여자를 사귀게 된 것이다.

나는 우리의 연애가 내 평생 가장 풍성한 경험이었다고 생각했다. 나는 그가 나라는 사람의 중요한 부분을 여전히 차지할 줄 알았다. 우리는 어긋났다. 나는 그가 마땅히 받아야 할 사랑과 헌신을 바칠 수 있고 그런 그와 사귀고 싶어 하는 누군가에게 그를 보내야 한다는 걸 깨달았다.

팔리, 에이제이, 나는 마침내 부모님의 집을 나와 우리의 첫 번째 아파트를 런던에 얻었다. 에이제이도 최근에 혼자가 됐다. 팔리는 여전히 스콧과 사귀고 있었다.

나는 애인이 없는 여자 두 명과 함께 살다 보면 팔리가 20대 내내 무엇을 놓치고 있는지 깨닫고 스콧과 헤어질지도 모른다는 일말의 희망을 품었다. 그런데 오히려 팔리가 스콧을 더욱 소중히 여기게 됐다. 첫 번째 데이트를 나가려고 분주히 준비하는 내 모습을 팔리가 본 적이 있었다. 나는 새로 산 인조 속눈썹을 다듬어 눈에 붙였다가 고통에 신음했다. 전날 밤 칠리를 주방 가위로 잘라 피자 위에 뿌렸는데 그 가위를 그대로 쓴 것이다. 팔리는 스마일리 모양의 냉동 감자 봉지를 찾아서 내 눈가에 대줬고, 그사이 나는 그 남자에게 약속을 취소하는 문자를 보냈다. "이런 모습까지 보다니." 그녀가 한숨을 쉬었다.

어느 날 밤, 스콧이 출장을 갔을 때, 팔리, 에이제이, 나는 우리가 좋아하던 캠던의 어느 허름한 술집에서 춤을 췄다. 집으로 돌아와 유통기한이 지난 술을 한 병 땄다. 밤에 외출했다가 들어와 여운이 남을 때면 종종 이렇게 고백하는 분위기로 흘렀다.

"스콧이 보고 싶네." 팔리가 남은 술을 한입에 털어 넣으며 말했다.

"뭐 하러?" 내가 악을 쓰자 에이제이가 날 노려봤다. "내 말은…… 고작 며칠 떨어져 있는 거잖아."

"알아, 그런데 멀리 있으니 그리워. 스콧을 만날 때마다 떨려. 스콧이 잠시 모퉁이에 있는 가게에 가도 현관문이 다시 열리는 소리가 기대돼." 팔리가 일그러진 내 얼굴을 봤다. "가식처럼 들리겠지만, 진심이야."

"팔리 말이야. 스콧을 진짜 사랑하나 봐." 그다음 날 내가 말했다.

"당연하지." 에이제이가 소파에 누워 베이컨 샌드위치를 먹으며 대답했다. "둘이 3년이나 사귄 이유가 뭘 것 같아?"

"글쎄, 난 팔리가 연애가 뭔지 알고 싶어 하는 줄 알았어."

에이제이가 믿을 수 없다는 듯이 고개를 저었다. "왜 이래, 친구."

그걸 깨달은 후, 비로소 곳곳에 있던 작은 신호가 눈에 들어왔다. 스콧과 팔리의 양가 부모가 만났다. 팔리는 스콧의 어른스러운 친구들과 주말을 보내는 시간이 점점 길어졌고, '코츠월드 언덕°에

° 영국 잉글랜드 서남부에 있는 언덕. 양 방목지.

서 맞이하는 서른 번째 생일' 같은 어른스러운 행사에 참석했고, 주
말 밤이면 와인 시음회에 다녔다. 나는 스콧을 자주 보는 게 싫었고,
그가 보이지 않는 것도 싫었다. 스콧이 이겨서는 안 됐다. 나는 그가
이기는 꼴을 보고 싶지 않았다.

남들이 하는
짜증 나는 말들

- 난 애피타이저 안 먹을 건데, 넌?
- 난 남자들이 좋아하는 여자에 가까워.
- 난 타고난 영업자야.
- 나 약혼했어!
- 넌 항상 늦네.
- 너 어젯밤에 엄청 취했던데.
- 너 전에도 이 얘기 했거든.
- 그 남자가 그러는데, 그게 이런 거래.
- 그 여자 참 잘생겼다.
- 너 물 좀 한잔 마셔야겠다.
- 내가 강박장애가 심해서 말이지.
- 우리 관계는 좀 설명하기 복잡해.
- 같이 갑시다! 제니(별로 안 친한 친구)생일 카드에 메시지 남길래?
- 자, 밀린 이야기를 해볼까?
- 너 제대로 이해는 하니?

- 마릴린 먼로가 L 사이즈를 입었대.
- 다음 치과 진료 예약이 잡혀 있습니다.
- 마지막으로 백업한 게 언제야?
- 그렇게 트위터할 시간은 대체 어디서 나니?
- 미안, 제정신이 아니었어.
- 나 '흙아' 간다.

쿨하지 못한 캠던의
쿨하지 못한 여자들

스물네 살, 팔리와 에이제이와 런던에서 처음 같이 살 때였다. 화요일 퇴근 후 한 친구와 술잔을 기울였다. 주문 마감 시간까지 친구를 붙들어둘 생각이었지만, 친구는 다음 날 아침 일찍 회의가 있다며 8시 반에 작별을 고했다. 나는 휴대전화에 저장된 지인들에게 문자를 돌려 근처에 있으면 밤을 이어가자고 했지만, 다들 바쁘다거나 잔다거나 피곤하다고 했다. 나는 김이 새서 버스를 타고 집으로 돌아왔다. 고작 한 시간 더 와인을 같이 마실 사람이 없다니 속상했다. 자라면서 익히 느낀 감정이다. 착잡한 마음에 목까지 잠겼다. 이 도시의 사람들 모두 나보다 즐거운 것 같은 기분, 모퉁이마다 몸으로 경험할 수 있는 보물단지가 숨겨져 있는데 나만 못 찾는 느낌, 죽음을 앞둔 어느 날 완벽하고 찬란할 수도 있었을 날들을 왜 초저녁에 끝냈을까 후회하는 마음이랄까.

우리 집 앞 도로 맨 끝에 있는 펍 앞에 도착했을 때 나는 샐쭉한 마음을 털어버렸다. 이 펍은 왕년에 이름을 날리던 공연장이었으나 지금은 으스스한 술집으로 변신해 오전 9시부터 술을 찾는 캠던 사람들을 맞이했다. 나는 버스에서 내려 펍으로 들어갔다. 이사 온 날 들르고 처음이었다. 처음 들렀을 때 팔리가 40년 만에 처음으로 이 집에서 커피를 시켜 역사를 새로 썼다고 했다. 술집 주인은 길 건너 가게에 가서 캔 커피와 우유를 사와 팔리에게 26파운드를 청구했다.

나는 맥주를 시키고 바텐더와 잠시 수다를 떨었다. 60대로 보이는 옆자리 남자가 설인처럼 희끄무레한 턱수염을 자랑하며 오늘 하루는 어땠냐고 내게 물었다. 나는 밤새워 술 마실 친구 하나 없다며 신세를 한탄했다. 그는 그런 일엔 자기가 제격이라고 했다. 그는 같이 술을 마시면서 이 동네 토박이 인생사를 늘어놓았다. 학교를 무단결석한 이야기, 동네 변천사, 문 닫은 술집 이야기, 내가 태어나기도 전에 열린 공연에 대해. 내가 미친 듯이 듣던 곡들이 이때 녹음된 실황 앨범이었다. 자정에 술집을 나서면서 나는 맥주잔 받침 뒤에 그의 전화번호를 받아 적고 언제 한번 오후에 만나서 같이 앨범이나 듣자고 했다. 그러나 나는 그에게 두 번 다시 연락하지 않으리란 걸 알았다. 그는 내가 무수히 원했던 밤들 중 '하룻밤'을 보낸 상대였을 뿐이다. 그란 사람은 내가 취해서 제정신이 아닌 마음속에 충고나 가십, 혹은 화젯거리로 머물다가 어느 날 문득 끌려 나와 되새김질될 것이다. '그런 얘긴 어디서 들었어?' 누군가 물으면, '전혀 모르겠는데,' 내가 대답하겠지.

다음 날 저녁, 풀리지 않는 숙취에 시달리며 퇴근 후 집에 오니 팔리와 에이제이가 소파에 웅크리고 앉아 있었다. 나는 둘에게 전날 밤 도로 끝에 있는 우중충한 펍에 갔던 얘기를 털어놓았다.

♦

"대체 왜 그랬어?" 에이제이가 어리벙벙한 표정으로 물었다.

"화요일 밤이잖아. 그래서 그랬지." 내가 대답했다.

　10대 시절에 어른이 되면 이건 이렇게, 저건 저렇게 하겠다고 미래를 생생하게 그려뒀던 내가 정말로 고맙다. 어른이 되고 안도감이 든다는 건 어른이라는 생활에 별로 부담을 느끼지 않는다는 뜻이기 때문이다. 내 손으로 집세를 낸다는 게 뿌듯했고, 매일 직접 음식을 해 먹는 것도 좋았다. 남의 도움을 받지 않고 혼자 병원에 가서 대기실에 앉아 있을 때 느끼는 떨림조차 익숙했다. 독립한 첫해에는 수도 요금 고지서만 봐도 무릎이 후들거렸다. 나는 성인이 되고 책임감이라는 행정적 무게를 짊어진 대가로 혼자 술집에 갈 수 있고 주중 언제든 늙은이와 친구가 될 자유를 얻었음을 기꺼이 받아들였다.

　다 쓴 샴푸 통에 술을 담아 마실 필요가 더는 없다는 사실도, 소등 시간이 사라진 현실도, 주말 밤 내키는 대로 새벽 4시까지 영화를 보거나 글을 써도 된다는 상황이 지금까지도 납득되지 않는다. 아침 메뉴를 저녁에 먹어도 되고, 음악을 아주 크게 틀어도 되고, 내 방 창밖으로 담배 연기를 내뿜어도 된다는 사실에 마음이 놓이고 힘이 솟고 활기가 돈다. 이런 행운이 여전히 믿기지 않는다. 대학이 성인으로서의 판타지가 펼쳐진 놀이터였다면, 독립해 런던에 살면서 손수 돈을 버는 생활은 진정한 열반에 오른 것이다.

　우리는 3개월을 헤맨 끝에 런던에서 성인으로서 생활할 첫 번째 집을 구했다. 예산은 빠듯한데 더블 침대를 놓을 방이 세 개는 돼야 했다. 집을 구하기가 만만치 않았다. 런던 북서부 핀스베리파크에 있는 어느 집은 노팅힐 스타일로 보이도록 마구간을 개조한 작은 집처럼 사진을 교묘히 손봤다. 런던 남부 브릭스턴에 있는 어느 아파트는 집을 구경하는 것조차 힘들었다. 부동산 중개인이 깜빡하고 열쇠를 가져오지 않은 바람에 30분이나 기다렸다가 쓰레기장 같은 집을 달랑 3분 만에 둘러보고 떠밀리듯 나와야 했다. 우리가 희망을 잃어갈 무렵, 팔리가 검트리°에서 우리 예산 안에 들어오는 방세 개짜리 아파트를 드디어 발견했다.

캠던타운과 켄티시타운이 만나는 초크팜 끝에 초승달처럼 생긴 우범지대 바로 옆이었다. 일주일에 두 번 열리는 괜찮은 재래시장에서 5파운드짜리 슬리퍼와 만화가 그려진 침대보를 팔았다. 가판대에서는 매일 과일과 채소를 팔고, 샌드위치 카운터 밑에서 마리화나를 꺼내 현찰만 받고 파는 마트도 있었다. 볼품없으면서도 현란하고 근사한 곳이었다.

집은 보기 좋게 엉망이었다. 레고 같은 노란색 벽돌집으로 창문과 문의 배치가 독특하고 비율도 특이해서 시뮬레이션 게임 '심즈'에서 서둘러 지은 집과 흡사했다. 정원에는 웃자란 관목이 양쪽에서 있어서 여름이면 양팔을 힘차게 휘저어야 썩어가는 나무를 헤치고 정문을 통과할 수 있었다. 주방에는 영국의 시골 풍경이 그려진 타일이 있었다. 뒤뜰에는 잡초가 숲처럼 무성했다. 복도 벽을 타고 물이 흐른 묘한 얼룩이 있었는데 유심히 살펴보니 소변 자국이었다.

○   영국 최대의 지역 광고 사이트. 영국판 중고나라.

습한 냄새가 사방에 진동했고 2층에는 불법 체류자들이 살았다.

집주인 고든은 40대 미남으로 중년의 위기를 겪는 사람들이 입을 법한 헐렁한 가죽 재킷을 걸치고 짙은 머리칼을 수상쩍게 늘어뜨렸다. BBC 기자인 자신을 남들이 알아봐주기를 바랐다. 음성은 우아하고 우렁찼고, 태도는 유별나게 무뚝뚝하고 격이 없었다.

"자, 여기가 복도예요." 고든이 힘차게 설명했다. "보시다시피 수납공간이 많습니다." 우리는 먼지가 뽀얗게 내려앉은 큼직한 문을 열었다. 검은 상자가 선반에 놓여 있고, 그 위에 노란색으로 "쥐 박멸!"이라고 진하게 적혀 있었다. "상자는 못 본 걸로 치고," 그가 상자를 재빨리 들어 올리며 말했다. "이제 정리가 다 됐네요." 우리가 눈빛을 주고받자 그가 코를 살짝 찡긋하더니 말했다. "자, 이러는 게 좋겠네요. 자리를 비켜줄 테니 마음껏 구경들 하시고, 다 본 다음에 말해줘요."

충격적이고 쓰러지기 직전의 별난 집이었지만, 이 집이 우리뿐 아니라 주말마다 초대할 친구들에게도 완벽한 첫 집이 되리라는 느낌이 왔다. 아래층으로 내려가 고든에게 계약하겠다고 했다. 고든은 통화 중이었다.

"아, 네, 그럼요. 그게 최악의 시나리오죠." 그가 통화하면서 우리에게 저리 가라며 손을 휘저었다. "네, 알겠습니다. 그럼 당분간 법정 밖에서 해결해봅시다. 거긴 다시는 가고 싶지 않다고요." 그는 우리를 바라보며 눈을 굴렸다. "좋습니다. 내일 10시에 만나서 상한선을 알아보죠. 네, 알겠습니다. 아, 그럼요, 그럼요. 좋습니다. 그럼 이만." 그가 핸드폰을 청바지 뒷주머니에 쑤셔 넣었다. "빌어먹을 세입자 때문에요. 자, 그래서 하실 건가요, 말 건가요?"

우리는 아끼고 아껴 보증금을 마련했다. 덕분에 첫 달엔 미친 듯이 아끼고 살았다. 집에 살림살이가 거의 없어서 팔리는 포스트잇을 사와 다음과 같이 적어서 여기저기 붙였다.

"텔레비전 자리", "토스터기는 여기".

매일 밤 마마이트를 바른 오이 샌드위치만 먹고 살았다. 새집에서 맞이하는 둘째 날 저녁, 퇴근해서 집에 오니 두 친구가 쥐를 잡겠다며 장화를 신고 거실을 뛰어다니고 있었다. 팔리가 마트에서 체더치즈를 한 봉지 사와서 쥐를 유혹하려고 난리를 피웠다.

우리는 동네 가게 매니저와 금방 친해졌다. 중년의 이반은 무슨 해병대 군인처럼 몸이 좋았다. 우리가 처음 가게에 들른 날, 그가 섬뜩한 소리를 했다. "혹시 갱단하고 무슨 곤란한 일이 생기면 내가 해결해줄 테니 당장 달려오라"는 것이다. 그때 팔리는 진주 목걸이를 하고 있었다. 그래도 이반이 우리 집에서 10초 거리에 늘 있다고 생각하니 마음이 든든했다. 쥐 때문에 곤란을 겪을 때마다 이반이 우리를 구하러 달려왔다. 내가 파자마에 맨발로 집 밖으로 뛰쳐나가 곧장 가게로 뛰어 들어가 외쳤다. "또 나왔어요, 이반! 또 나왔다니까요!"

"괜찮아요, 걱정 마요. 내가 지금 갈 테니. 총 들고 갈까요?" 그를 만류하고 대신 횃불이나 들고 오라고 했다. 이반은 몸을 숙이고 침대 밑과 냉장고 밑, 소파 밑을 살피며 쥐를 찾았다.

보다 못한 고든이 해충 구제업자를 불렀다. 그가 쥐덫을 여기저기 놓았다. 나는 이 문제를 해결할 조금 더 인도적인 방법은 없냐고 물었다.

"없는데요." 그가 당황하며 팔짱을 낀 채 대답했다.

"그런가요. 사실 제가 채식주의자라서요."

"그걸 꼭 먹을 필요는 없죠."

캠던은 우리가 살기에 딱 좋았다. 중심가였고, 근처에 근사한 공원이 많았다. 가장 좋은 건 절망적일 정도로 쿨하지 않다는 점이었다. 친구 중 캠던에 사는 사람은 아무도 없었다. 사실 우리 또래에 이 동네에 사는 사람은 없었다. 캠던 번화가에 나가면 수학여행을 온 스페인의 10대들이나, 캠던에 팝 전성기가 다시 찾아오기를 꿈꾸는 40대 남자들과 마주쳤다. 에이제이는 '바보들 구경'이라고 불렀다. 토요일 밤에 시내를 걸을 때면 에이제이가 내 귀에 대고 행인을 가리키며 "바보 지나간다, 또 한 명 지나가네"라고 숙덕거렸다. 캠던에 살기 시작한 처음 몇 달간 나는 화려하지만 감당하지 못할 만큼 자아에 도취된 채 음악을 하던 남자 친구와 교제했다. 그는 우리 동네로 오지 않으려고 했다. 캠던으로 가는 게 '너무나 촌스럽다'고 하면서.

그 동네에 사는 동안에는 일부러 밤에 외출하고 파티하러 다니며 쿨하고 우아한 젊은이들과 어울렸다. 우리 나이라면 마땅히 그렇게 살아야 하는 게 아닌가 생각했다. 그러다 그곳에서 겪은 일들로 진이 다 빠지면 원래 모습보다 쿨한 척할 필요가 전혀 없는 동네에 산다는 게 고마웠다. 캠던은 전혀 쿨하지 않았다. 우리가 레깅스에 노 브라에 후드를 뒤집어쓰고 가게에 가도 아는 사람을 만날 일

115

이 아예 없었다. 무도회장을 점령한 채 말도 안 되는 캉캉을 춰도 술집에서 우리가 가장 쿨한 사람이 될 수 있었다. 우리는 흠뻑 취해 밤늦게까지 싸돌아다녔고 남에게 좋은 인상을 주려고 애쓸 필요가 없었다. 캠던에는 잘 보여야 할 사람이 아무도 없었기 때문이다.

내가 이 집에 제일 먼저 사들인 살림살이는 무료 급식소를 차려도 좋을 만한 영업용 냄비였다. 친구들은 다들 먹성이 좋았다. 나는 나만의 것이라고 부를 수 있는 스토브와 식탁이 생기자 신이 났다. 같이 살던 처음 몇 년간 우리는 일주일에 세 번 친구들을 저녁에 초대했다. 나는 비싸지 않은 요리를 준비했다. 여름이면 풀이 무섭게 자란 정원에 양초를 켜고 저녁을 먹었다. 어느 날 밤엔 너무 웃자란 나무에 불이 붙는 바람에 소스 냄비째 물을 퍼붓고 이반의 가게에서 산 5파운드짜리 싸구려 캘리포니아산 화이트 와인을 뿌리기도 했다.

우리가 세 든 집이 원체 망가질 대로 망가져 손을 댈 수 없는 지경이라는 것도 심적으로 홀가분했다. 고든도 그런 쪽으로 예민하지 않아서 벽에 밝은색 페인트를 발라도 된다고 허락했다. 페인트가 부족해 계단 벽면에 삐뚤빼뚤 페인트칠을 하다 말았는데도 그는 별말 하지 않았다. 이곳이야말로 우리 집이었다. 애지중지할 데가 없는 집이었다. 토요일 밤에 엉망으로 어질러놓아도 다음 날 아침 드나들 정도만 싹 치웠다. 10분이면 됐다. 볼륨을 끝까지 올려 음악을 틀고 새벽 6시까지 밤을 새워도 불평하는 이웃도 없었다. 1970년대에 지어진 집들은 디스코 방음 설비가 돼 있다고 자신 있게 말하겠다. 우리가 그 집에 사는 동안 시끄럽다고 항의를 받은 적이 한 번도 없었기 때문이다. 이웃 사람들은 우리 목소리를 들은 적이 아예 없다고 했다. 그런 이유로 우리 집은 아무나 와서 신나게 흥분해도 되는 장소이기도 했다.

런던에서 처음 2년을 살면서 마약을 향한 갈증이 대부분 해소됐다. 일단, 나는 친하게 지내던 마약 딜러 퍼거스와 가족처럼 끈끈한 관계를 맺었다. 퍼거스는 차 안에 무뚝뚝하게 앉아 있다가 대시보드 밑에서 물건을 꺼내주는 스타일이 아니었다. 오히려 금요일 밤 늦게까지 나와 같이 어울리곤 했다. 내가 친구들과 저녁을 먹는 자리에 찾아와 식탁에서 마리화나를 열심히 말고 주절주절 농담을 던지며 남은 음식을 열심히 먹어 치웠다. 나는 그에게 음식을 싸서 들려 보내기까지 했다. 팔리는 나보다 항상 분별 있는 사람이라서 다들 저녁을 먹겠다고 모여도 자정이면 잠자리에 들었고, 퍼거스를 만나는 기쁨을 아예 누리지 않았다. 내가 퍼거스를 사촌이나 가족끼리 아는 친구라도 되는 양 얘기하면 팔리는 늘 당황했다. 어느 날 밤, 내가 부동산 중개인처럼 돌아다니며 그에게 집 구경을 시켜주는 소리에 팔리가 새벽 4시에 잠에서 깼다. 다음 날, 내가 씩씩거리며 침대를 반대편 벽으로 옮기고 있는데 팔리가 내 방으로 들어왔다.

"뭐 해?"

"침대 옮겨. 퍼거스가 그러는데 지금 침대 위치가 별로래."

"왜?"

"침대 머리가 라디에이터에 너무 가깝대. 머리 근처에 열기가 있는 게 안 좋다네. 부비강에 특히 나쁘대."

"그 사람이 너한테 A급 약을 파나 보다, 돌리. 그 남자가 건강에 대해 조언을 해줄 위치가 아니잖아."

퍼거스가 갑자기 연락이 두절됐다. 딜러들이 종종 그런다는 건 알고 있었기에 나는 CJ로 방향을 틀었다. 그는 예나 지금이나 끔찍했다. CJ는 런던에서 활동하는 마약 딜러 중 최악이라고 알려진 자였다. 시간 개념도 없고, '다른 손님'에게 '다른 물건'을 건네고는 30분 후 다시 나타나 '물건'을 돌려달라고 하는 사람이었다. 휴대전화는 늘 꺼져 있고 내비게이션은 고장이었다. 그가 날 90분이나 세워둬서 전화했더니 그는 풀 죽은 교사처럼 가장 큰 적이 자기 자신이라고 자책했다. 나는 한 페스티벌에 가기 전에 엑스터시를 구할 수 있는지 목요일에 전화했다가 폭발했다.

"그게 뭐죠?"

"엑스터시요. 맨디° 말이에요."

"맨디가 누군데요?"

"아니, 엑스터시 몰라요? MDMA 말이에요."

"처음 듣는데."

마약을 어디서 누구한테 구하든 약을 소지한다는 사실이 약을 하는 행위보다 훨씬 짜릿했다. 마약을 구하려면 전화를 건 다음 돈을 부쳐야 한다. 그럼 누군가 풀이나 가루가 든 작은 봉지를 들고 온다. 그다음에는 그것이 주는 느낌을 누리면 된다. 팔리는 예전에 내가 코카인을 사서 흡입하려고 온갖 공을 들이는 걸 보더니 이게 무

ㅇ   영국에서 부르는 엑스터시의 별칭, 미국에서는 몰리라고 한다.

슨 시간 낭비냐며 도저히 이해하지 못했다. "파이 만드는 것 같아." 팔리가 말했다. 하지만 밤이 절대로 끝나지 않기를 바라는 누군가에게는 가루를 한 줄로 늘어놓고 종이에 마는 수고 그 자체가 즐거움이다. 그것 자체가 오락이자 긴 밤을 보장받는 길이다. 내게 코카인은 기운이 다 떨어져도 계속 술을 마시며 늦게까지 버티게 하는 유일한 도구였다. 나는 결코 약이 선사하는 그 느낌에 사족을 못 쓰며 빠진 것이 아니다.

나는 작가가 되려면 경험을 수집해야 한다고 여겼다. 모든 경험은 겪을 만한 가치가 있으며, 날이 어두워진 후에 사람들을 만나야 한다고 믿었다. 대학 시절 힉스의 방 창가에 달린 깜박이는 꼬마전구 아래에서 힉스가 한 말을 늘 떠올렸다.

"언젠가 우리가 양로원에 가서 무릎 위에 놓인 퀼트만 보고 살면 얼마나 갑갑하겠어. 우리를 웃게 할 건 이런 추억밖에 없어."

이런 밤들이 반복되자 나는 추억을 수집하는 사람이 아니라 이런 일화에 의해 내가 정의되고 있음을 깨달았다. 새벽까지 놀다 보니 내가 추구하던 모습이 사라졌다. 밤새 쾌락을 좇는 일과 밤마실이 점점 동의어가 되어갔다. 설상가상, 남들도 내게 그런 모습을 기대했다. 친구들은 내게 한결같이 유흥을 기대했고, 나와 밤새워 놀면 그다음 날은 망친다는 걸 의미했다. 나의 에너지, 은행 잔고, 정신 상태 또한 감당이 안 됐다. 나는 자신을 부풀려 신격화하는 처량한 동네 주당이 되기는 싫었다. 밤을 새우다가 다음 날 동트는 걸 볼까 봐 아무도 나에게 커피 한잔 마시자는 말도 못 꺼내게 될 것만 같았다.

　술과 관련해 아무도 해주지 않는 얘기가 하나 있다. 20대 중반에는 그다음 날 술에서 깨면, 숙취가 아니라 살을 파고드는 피해망상과 두려움에 휩싸인다. 토요일 밤, 돼지 멱따는 소리로 고래고래 고함을 지르며 술집 앞마당을 독점하고는 최소 3회 분량의 시트콤 대본을 쏟아낸 당신. 일요일 오후, 죽음에 대해 생각하다 말고 잘생긴 택배 기사가 혹시 날 좋아하는 건 아닌지 궁금해하는 당신. 이 둘의 간극이 너무 현격하다. 어른이 된다는 건 자아를 각성하는 일이다. 자아 각성은 파티 걸에게 제정신을 선사한다.

　나는 어쩌다 보니 TV 방송국 직원 겸 프리랜서 작가라는 전혀 관계없는 두 가지 일을 병행하게 됐다. 양쪽을 다 하자니 시간과 집중력이 배로 필요했다. 필름이 끊길 정도로 술을 진탕 마시고 숙취에 시달리는 일이 정기적으로 벌어지자 생산성과 창의력에 도움이 되지 않았다. "넌 지금 두 갈래 길을 모두 걸으려는 거야." 고갈되기 직전의 나를 본 친구가 말했다. "어느 쪽이 더 되고 싶은지 정해야 해. 누구보다 열심히 파티를 즐기는 여자가 되든가, 아니면 누구보다 열심히 일하는 여자가 되든가."

　나는 후자가 되기로 했다. 낮의 삶이 점점 풍성해지자 밤으로 도피할 이유가 사라졌다. 그런데도 나는 모험을 즐기려면 늦은 밤 근사한 술집에서 차가운 와인을 마시다가 낯선 이의 집으로 가거나, 라이트를 켠 차에서 가루가 든 작은 봉지를 받는 것이 꼭 필요한 건 아니라는 사실을 깨닫기까지 시간이 꽤 걸렸다. 나는 늘 술이라는 수단을 통해야 경험에 이른다고 믿었다. 그런데 20대를 통과하면서 술 때문에 경험을 더하는 만큼, 그만큼 방해도 받는다는 걸 깨달았다. 물론 술집 화장실 안에서 동공이 풀린 사람들이 풀어놓는 흥미진진한 고백도 있었고, 술을 마시지 않았다면 절대로 만나지 못할 나이 많은 사람들이 해주는 괜찮은 이야기도 있긴 했다. 술 때문에 알게 된 장소도 많았다. 술김에 키스한 사람들도 생겼다. 그러나 숙취에 시달리느라 마무리하지 못한 일들도 많았다. 너무 취해서 혀가 꼬이는 바람에 친구가 될 수도 있었을 사람에게 나쁜 인상을 주기도 했다. 누가 정말 중요한 얘기를 했는데, 다음 날 아침에 아무도 기억하지 못해 모든 대화가 의미를 잃기도 했다. 새벽 5시에 침대에 누워 천장을 바라보는데 심장은 쿵쾅거리고 땀은 삐질삐질 흐르고 공포에 시달리며 간절히 잠을 청하던 그 모든 시간들. 헛소리를 지껄이고 헛짓하는 바람에 그 후 며칠간 자괴감에 스스로를 고문하며 벼랑으로 몰고 갔던 그 모든 세월들.

몇 년이 지나 나를 부끄럽게 하는 행동을 계속하는 건 자신을 귀하게 대하지 않아 자존감이 떨어지는 길임을 깨달았다. 아이러니하게도 10대 때 술을 진탕 마셔서 어른이 되려던 여자로서의 도전이 내가 평생 해온 그 어떤 행동보다 가장 유치했음을 깨달았다. 20대로 몇 년 살다 보니 끔찍한 일로 고소당할 것 같은 기분에 마음이 심란했다. 누군가 쓱 다가와 "우리 집 파티에 와서 조말론 목욕 오일을 술잔에 부어 마신 여자가 당신이군. 42파운드 물어내!"라거나 "정말 재수 없어! 네가 마트 앞에서 내 남친하고 눈 맞았다는 게 지금도 믿기지 않아!"라고 따질 것만 같았다. 그럼 나는 공손히 고개를 끄덕이며 "네, 자세히 기억은 안 나지만, 무슨 말씀이신지 잘 알아들었습니다. 죄송해요"라고 사과할 것이다. 누군가 당신을 욕할 것 같고, 당신은 그들의 말에 전적으로 동의할 각오를 한 채 이 세상을 산다고 상상해보라. 그게 무슨 재미가 있을까?

누군가는 내가 앞으로도 죽는 날까지 화요일 밤마다 캠던의 음침한 펍에서 맥주를 홀짝이며 낯선 이와 얘기하는 걸 제일 좋아할 거라고 확언할지도 모른다. 하지만 나는 시계태엽을 감듯 주기적인 폭음과 초토화되던 그다음 날을 마침내 탈출했다. 쓰러지기 직전의 노란 벽돌집에서 가까스로 빠져나온 것 같았다. 그러나, 잡초가 무성한 나만의 에덴동산에 앉아 내가 사랑하는 여인들과 시큼한 소비뇽을 마시고 음악을 크게 틀고 싱크대에 설거짓거리를 잔뜩 쌓아두던 그 기간은, 짧았지만 세상에서 가장 좋은 집에 산 것 같았다. 지금도 그렇게 생각한다.

나와 사랑에 빠지게 만드는
생선 뫼니에르

[2인분]

앞서 말했지만 나는 스물네 살 때 음악을 하는 남자와 사귀었다.
연애 초반에 이 요리를 만들어 그가 나를 사랑하게 만들었다.
효과는 대략 일주일 정도 갔다. 그 뒤로 시간과 갈색 버터를 투자할
만한 남자들에게 이 요리를 만들어줬다. 결과는 성공. 우리의
연애는 더욱 길게 이어졌다.

- 밀가루 4테이블스푼
- 서대기 살코기 2장
- 유채씨 기름 1테이블스푼(해바라기씨 기름도 가능)
- 버터 50g
- 작은 새우 익힌 것 2테이블스푼
- 레몬즙 반 개
- 케이퍼 1테이블스푼

- 플랫파슬리 1줌, 잘게 다진다
- 소금, 후추 약간

접시에 밀가루와 양념을 섞은 다음 서대기 살코기 2장을 넣어 골고루 옷을 입힌다. 많이 묻은 가루는 털어낸다.

기름을 뜨겁게 달군 다음 바삭하고 노릇노릇해질 때까지 한쪽 면당 2분씩 기름에 튀긴다.

튀긴 살코기를 꺼내 포일로 덮어 온도를 유지한다.

팬의 온도를 낮추고 버터를 넣어 갈색이 나올 때까지 녹인다. 불을 끄고 버터에 새우를 넣고 레몬즙을 첨가한다.

접시에 살코기를 올린 다음 버터와 레몬즙이 섞인 소스를 뿌린다.

파슬리와 케이퍼를 올려 마무리한 후 소금, 후추로 간을 한다.

옆에 채소를 두거나 그린빈과 갓 구운 감자를 곁들인다(당신의 활짝 열린 마음은 곁들이지 말 것).

"아무것도
바뀌지 않아"

◇

　팔리가 스콧과 사귄 뒤 팔리의 가족과 만나지 못하는 게 제일 싫었다. 팔리의 부모님도 보고 싶었고 새어머니와 형제자매도 그리웠다. 꽤 오랫동안 한 주 걸러 한 번씩 만나거나, 함께 휴가를 다녔기에 그들이 내 가족처럼 느껴졌다. 팔리가 스콧을 만나고 날 초대하는 전화가 끊겼다. 우린 1년에 고작 한두 번 만나는 게 전부였다. 생일과 일요일 만찬에 내가 앉던 식탁 의자를 스콧이 차지했다. 그가 팔리와 선선하고 아늑한 가을 방학을 콘월에서 같이 보내면 나는 인스타그램에 올라온 사진으로 그들을 보았다.

　우리가 런던에 새집을 구해 같이 산 지 몇 달 되지 않았을 때였다. 토요일 오후 팔리가 자기 식구와 함께 산책하자며 나를 불렀다. 우리는 펍에 들러 점심을 먹었다. 나는 팔리네 가족과 늘 해오던 푸근한 익숙함에 젖어들었다. 별명을 부르고 농담을 건네며 팔리와 나의 10대 시절을 되새겼다. 기분이 우쭐했다. 스콧이 최근 몇 년간 차지한 자리가 어떻든 내 자리와는 달랐다. 아무것도 바뀌지 않았다.

　산책이 거의 끝나갈 무렵, 우리 둘이 가족과 강아지 뒤로 빠졌다. 학창 시절처럼 점심에 둘이 경쟁적으로 너무 많이 먹었기 때문이다.

"스콧이 같이 살재."

"그래서 뭐랬어?"

"그러자고 했지." 팔리는 굉장히 미안해하며 말을 꺼냈다. 머뭇거리며 건넨 말들이 쌀쌀한 대기 속을 둥둥 떠다녔다. "스콧이 그 말을 하는데 나도 그러고 싶더라."

"언제부터?"

"너희들하고 캠던에서 1년은 채운 다음에." 나는 '1년은 채운 다음'이란 말에 화가 났다. 내가 무슨 갭이어°에 끊은 스키 시즌권인가?

"그렇군."

"진짜 미안해. 정말 힘들다는 거 알아."

"아냐, 네가 좋다니 나도 좋아." 나는 대답했다. 우리는 산책을 마칠 때까지 아무 말도 하지 않았다.

"초코칩 쿠키 구워줄래?" 우리가 집에 도착하자 팔리가 물었다.

"좋지."

"그럼, 필요한 재료 쭉 적어줘. 내가 가서 사올게. 선반에 몇 년째 꽂아만 둔 다큐멘터리 DVD도 보자."

"그러지 뭐." 내가 대답했다. 내가 여덟 살 때 키우던 금붕어가

° 한 해 동안 학업을 중단하고 자신을 돌아보는 시간을 갖는 것.

죽자 엄마가 나를 맥도날드에 데려갔던 때가 떠올랐다.

우리는 소파에 앉아 서로 다리를 엇갈리게 두고 쿠키를 먹었다. 잠옷 사이로 똥배가 볼록 튀어나왔다. 그레이엄 내시°°가 심금을 토로한 〈Blue〉의 가사에 대해 얘기하고 있었다.

"저 앨범 가사 하나하나 다 기억나." 내가 말했다. 팔리가 열일곱 살 때 운전면허를 따고 여름 3주 동안 자동차 여행을 하는 내내 저 앨범만 들었었는데.

"나도 그래. 〈Carey〉가 제일 좋지."

"〈All I Want〉가 최고지." 나는 마지막 하나 남은 쿠키를 마저 먹고 입가에 묻은 부스러기를 털었다. "우리 다시는 자동차 여행 못 하겠네."

"왜?"

"남자 친구와 같이 사는 순간 너는 그 남자하고만 자동차 여행을 다니게 될 거야."

"바보 같은 소리. 아무것도 바뀌지 않아."

이쯤에서 이야기를 잠시 접고 '아무것도 바뀌지 않아'라는 말에 대해 얘기해야겠다. 20대를 함께 보낸 사랑하는 친구들이 내게 이런 말을 여러 번 했다. 그녀들은 애인과 동거를 시작할 때, 약혼할 때, 이민 갈 때, 결혼할 때, 임신했을 때 '아무것도 바뀌지 않는다'라고 했다. 나는 이 말을 들으면 화가 난다. 모든 건 바뀐다. 우리가 서

°° 영국의 싱어송라이터.

로 나눈 사랑이 그대로라고 해도 그 모습과 색조, 우정의 패턴과 친밀함은 끝없이 변화한다.

10대 시절, 엄마가 친한 친구분들과 만나는 모습을 보면 친하긴 하나 우리의 모습과는 뭔가 달라 보였다. 이상하게도 그분들은 격식을 차리면서 처음 만나면 약간 어색해하는 것 같았다. 친구들이 오기 전에 어머니는 집을 싹 정리했다. 그리고 친구들과 아이들이 감기에 걸렸다는 둥, 미용실에 언제 갈 거라는 둥 얘기하곤 했다. 어릴 적 팔리가 내게 이런 말을 했다. "약속해, 우리는 저러지 말자. 쉰 살이 돼도 딱 지금처럼 지내자. 나는 너희들이 소파에 앉아서 입에 과자 부스러기를 잔뜩 묻히고 질염 얘기나 했으면 좋겠어. 공예품 전시회 보러 두 달에 한 번 얼굴 보는 여자들은 되지 말았으면." 나는 약속했다. 그때는 나이가 들어서도 친구끼리 그런 친밀함을 유지하려면 얼마나 공들여야 하는지 몰랐다. 그런 건 거저 유지되는 게 아니다.

나는 이런 경우를 여러 번 목격했다. 남자가 여자의 생활에 녹아드는 경우보다 여자가 남자의 생활에 맞추는 경우가 훨씬 많다. 애인의 집에서 시간을 보내는 쪽도 여자, 애인의 친구들이나 그들의 애인들과 친하게 지내는 쪽도 여자, 애인의 어머니 생신에 꽃다발을 보내는 쪽도 여자다. 여자가 남자보다 이런 복잡한 절차를 좋아하는 건 아니다. 여자가 더 잘하니 그냥 그렇게 하는 것뿐이다.

내 또래 여자가 남자와 사랑에 빠지면 인생의 우선순위가 다음과 같이 바뀐다.

◆

1. 가족
2. 친구

이랬던 것이

1. 가족
2. 남자 친구
3. 남자 친구의 가족
4. 남자 친구의 친구들
5. 남자 친구 친구들의 여자 친구들
6. 내 친구들

이 말인즉, 매주 만나던 친구를 평균 6주에 한 번 보게 된다는 뜻이다. 그녀가 바통이라면 당신은 트랙 마지막 주자가 된다. 당신 생일 같은 날 당신 차례가 돌아오면 그녀라는 바통을 잠시 받았다가 그녀의 남자 친구에게 다시 건네야 한다. 그리고 다시 처음부터 차례가 돌아오기를 기다려야 한다.

각자의 생활에 이런 간극이 생기면 우정 한가운데에 슬금슬금, 그러나 확실한 금이 간다. 여전히 서로를 아끼지만 친밀도가 달라진다. 이런 사실을 깨닫지 못한 채 친구와 더는 생활을 공유하지 않는다. 남자 친구와 각자 따로 생활하다가 6주에 한 번 저녁을 먹을 때에야 어떻게 지냈는지 대화한다. 나는 우리 어머니들이 집 청소를 싹 해놓고 가장 친한 친구들을 집으로 불러 유쾌하게 호들갑을 떨면서 "그동안 어떻게 지냈어?"라고 묻는 이유를 이제야 깨달았다. 그래서 그런 거였다.

남자 친구와 동거에 들어가면서 아무것도 바뀌지 않을 거라는 말은 내게 하지 말길. 자동차 여행도, 휴가 때마다 매번 하던 일도 앞으론 하지 못할 것이다. 6년에 한 번 친구를 보게 될 것이며 그것도 그녀가 임신하지 않아야 가능한 일이다. 임신했다면 18년은 지나야 자동차 여행을 떠날 수 있다. 일은 계속 생긴다. 세상에 변하지 않는 건 없다.

나의 스물다섯 번째 생일날, 팔리가 이사를 갔다. 팔리와 스콧은 런던 북서부 킬번에 있는 루프 테라스가 딸린 방 하나짜리 아파트를 구했다. 둘이 배드민턴을 좋아해 건너편에 체육관이 있는 게 좋다고 했다. 팔리는 킬번에서 캠던까지 한 번에 오는 버스가 있다며 호들갑을 떨었다. 나는 꽁한 마음으로 그 버스를 타고 두 사람의 집들이에 갔다.

나는 루프 테라스에서 담배를 연신 태우며 시간을 때웠다. 팔리의 여동생 플로렌스가 내 무릎에 앉더니 졸업 앨범을 보여줬다. 나는 나중에 취기가 올라서 플로렌스에게 속내를 털어놓았다. 둘 중 누구라도 바람을 피우거나 스콧이 게이라서 팔리가 우리 집으로 다시 들어와 살았으면 좋겠다고. 플로렌스가 씩 웃더니 나를 안아줬다.

"저거 진짜 싫어." 팔리가 복도에 걸린 맨체스터 유나이티드 유니폼 셔츠를 가리키며 투덜댔다. 셔츠 위에는 소속 선수들의 사인이

빼곡히 적혀 있었다. 바로 그 순간, 나는 고통을 쏟아낼 대상을 찾아야만 했다.

"그러게, 정말 흉하네." 내가 맞장구쳤다.

"저게 뭐야, 애랑 사는 것 같아, 어휴."

"같이 살기에 여자들이 낫지."

"최고지." 팔리가 웃었다. "이 집 괜찮지?"

"정말 좋아. 너희 둘 여기에서 정말 행복하게 살 거 같아." 그런데 짜증스럽게도 결국 나는 이 말을 믿게 됐다.

주말 내내 춤추러 가고 싶다는 욕망을 품고 사는 대학 동창 벨이 기타를 들고 팔리가 살던 방으로 이사를 왔다. 생활은 예전 그대로였다. 냉장고에선 계속 물이 샜고, 화장실은 여전히 고장나 있었다. 고든이 토요일 오전에 불쑥 집에 찾아와 '선물'이라며 흉측한 가구를 두고 가려 했다. 굳이 힘들게 쓰레기 수거함까지 가구를 끌고 가지 않아도 됐기 때문이다. 처음에는 같이 살 때보다 팔리를 더 자주 봤다. 팔리가 '아무것도 바뀌지 않았다'라는 걸 증명하려고 과하게 의식했기 때문이다. 그러다 결국 팔리와 만나는 횟수가 점점 줄었다. 모든 게 변했다.

*

두 사람이 같이 산 지 3개월쯤 지났을 때였다. 책상에 앉아 일을 하고 있는데 스콧이 와츠앱°에 '희소식'이라는 단체 톡방을 만들어 우리를 초대했다.

나는 무슨 내용인지 짐작이 갔기에 굳이 열어보지 않았다. 팔리에게 같이 살기로 했다는 애기를 들은 뒤 이런 순간이 오리라 늘 각오하고 있었다. 알 준비가 되지 않아서 계속 일만 했다. 이 상황이 그저 보류된 꿈처럼, 임시 보관함 속에 넣어둔 미발송 메일처럼 느껴졌다. 한 시간가량 휴대전화를 책상 위에 그대로 뒀다. 알림이 나를 노려봤다.

결국 에이제이가 전화했다. 내게 메시지를 열어보라고 했다. 스콧이 첫 데이트를 한 지 4년 만이라면서 밸런타인데이에 프러포즈를 한다는 애기였다. 친구들이 다 같이 술집에 모여 있다가 자기가 프러포즈한 다음 팔리를 놀라게 해줄 수 있냐고 부탁했다. 나는 기꺼이 그러겠다고, 너무 기대된다고, 정말 황홀하다고 답을 보냈다.

내가 졌음을 깨달았다. 울음이 터졌다.

딜리가 지나갔다.

"돌리, 무슨 일이야?"

"아무것도 아니야." 내가 웅얼거렸다.

"따라와." 딜리가 내 손을 잡고 회의실로 데려갔다. "무슨 일인지 말해봐." 나는 프러포즈에 대해 털어놓았다. 딜리는 일련의 사건을 순식간에 파악했다. 예전에 팔리를 여러 번 본 적도 있고 스콧, 팔리, 돌리의 삼각관계를 수년간 신기하게 여기며 '리얼리티 쇼로 찍기에 완벽한 구성'이라고 했기 때문이다.

"이상하게 들리겠지만 지금 나 멜로드라마 찍는 것 같아." 내가

○   페이스북에서 운영하는 인스턴트 메신저.

울음을 잠시 멈추고 털어놓았다. "어른이 되면 상황이 변한다는 건 알지만, 고작 스물다섯에 이렇게 모든 게 변할 줄은 꿈에도 몰랐어." 딜리가 나를 보며 한숨을 내쉬더니 심각하게 고개를 저었다.

나는 친구들을 불러 모아 스콧의 계획을 설명했다. 우리는 선물을 정하고 언제 어디에서 모일지 약속을 잡았다. 나는 이런 상황을 결코 원치 않았다. 팔리가 스콧의 친구 부부들과 매주 빌어먹을 바비큐 파티를 하며 시간을 보내길 결코 바라지 않았다. 밀린 저녁 식사 자리에서 팔리를 보고 싶지 않았다. 1년 만에 팔리가 이사 나가 스콧과 함께 사는 꼴을 보기가 싫었다. 팔리가 결혼하는 게 싫었다. 최악은, 이게 다 나 때문이라는 것이었다. 시간을 되돌려 내가 둘을 소개해주지 않았더라면. 헥터와 사귀지 않았더라면. 눈이 펑펑 내리던 날 밤 노팅힐에 있는 헥터의 아파트에 가지 않았더라면. 시간을 되돌려 기차에서 말을 걸던 헥터를 못 본 척했더라면. 그 망할 기차를 아예 타지 않았더라면.

스콧이 등장하기 전까지 우리는 계획대로 착착 살고 있었다. 같은 대학을 다니고 같은 기숙사를 선택해 2년 동안 같은 건물에서 살았다. 졸업한 후 '런던에서 몇 년'은 같이 살 줄 알았다. 고작 '런던에서 1년'으로 끝날 줄은 몰랐다. 여러 집을 거치며 살 줄 알았다. 첫 집에서 끝날 줄은 몰랐다. 해가 떠야 막이 내리는 밤을 수백 번은 보낼 줄 알았다. 같이 공연을 보고 더블데이트를 하고 유럽 여행을 가고 몇 주씩 해변에 나란히 누워 휴가를 보낼 줄 알았다. 서로 20대의 소유권을 주장하다가 한쪽이 어쩔 수 없이 포기해야 할 때가 오리라는 건 알지만, 나는 스콧에게 우리의 이야기를 빼앗긴 기분이 들었다. 그가 내 것이었던 10년을 빼앗아갔다.

스콧이 프러포즈하기 한 달 전인 어느 토요일 밤, 친구들과 팔리와 함께 술 한잔하러 나갔다.

"스콧이 이번 주에 묘한 말을 하더라." 팔리의 말에 우리는 서로 눈빛을 교환했다. 이미 돈을 모아 밸런타인데이 준비를 끝내놓았기에 다들 휘둥그레진 눈을 끔쩍였다.

"계속해봐." 내가 침울하게 말했다.

"스콧이 밸런타인데이에 깜짝 선물을 준비했다는데 작지만 진짜 큰 거래. 정신 나간 소리처럼 들리겠지만, 혹시 약혼반지 아닐까, 이런 생각이 들어."

"그럴 리가." 레이시가 다급히 말을 자르며 우리 눈에서 튀어나오는 강렬한 눈빛을 확실히 막았다. 우리는 이러다가 비밀이 탄로날지도 모른다며 찰나의 회의를 열었다.

"그러게. 네 말이 맞아, 그럴 리가." 팔리가 서둘러 대답하더니 자기가 한 말을 거두며 씩 웃었다.

"그렇겠지. 그 말에 너무 큰 의미를 부여한 거 같은데, 친구." 에이제이가 말했다.

"작지만 진짜 큰 게 뭘까? 모르겠어." 팔리가 덧붙였다.

"글쎄, 나야 모르지. 휴가 가자고 비행기표 끊어놓은 거 아닐까?" 레이시가 말했다.

"로만 칼라°일지도 몰라." 내가 김빠지게 말했다.

°   신부가 착용하는 사제복 목에 댄 하얀 칼라.

“뭐?” 팔리가 되물었다.

“작지만 진짜 크잖아. 스콧이 성직자가 되겠다고 너희 기념일에 선언하고 싶었을지도 모르고.”

“그만해, 돌리.” 팔리가 한숨을 쉬었다.

“어쩌면…… 혹시,” 나는 여기까지 말한 다음 마시다 만 1리터짜리 화이트 와인 한 병을 마저 비웠다. “얼굴에 맨유 문신을 하겠다고 하는 거 아닐까? 사소하지만 얼마나 큰일이냐, 안 그래? 그 일로 스콧에 대한 네 감정이 변할 수도 있잖아.” 에이제이가 손으로 목을 긋는 동작을 하며 그만하라고 눈치를 줬다. “보트 열쇠 아닐까? 템스강에서 타려고 배를 샀을지도 모르지. 그럼 라이프스타일이 확 바뀌잖아. 스콧이 유독 주말마다 보트를 타고 싶어 한다면 말이야. 유지비가 꽤 나올 텐데. 스콧이 배를 좋아하는데 네게 털어놓을 타이밍을 못 잡았을지도 모르지.”

“그게 뭔지 더는 생각 안 할래.” 팔리가 말을 잘랐다.

약혼식 전날 밤, 나는 팔리가 자기 인생이 변하는 길목에 서 있는데도 그걸 모른다고 생각하니 잠이 오지 않았다. 다음 날 아침에 스콧에게 문자를 보냈다. “오늘 밤 잘하세요. 물론 잘하시겠지만. 팔리가 청혼을 받아들였으면 좋겠네요. 만일 거절한다면 그동안 만나서 반가웠어요.”

“믿어줘서 고마워요, 돌리.” 그가 답장했다.

우리는 술집에 앉아 스콧의 문자가 오기를 기다렸다.

“팔리가 거절하면 어쩌지? 그럼 우리 그냥 집에 가는 거야?” 에

이제이가 물었다.

"거절할 리 없지만, 혹시나 해서 할 일을 이미 찾아봤는데, 디스코 클럽에 춤이나 추러 가자. 입장료는 10파운드야."

10시, 스콧이 두 사람이 약혼했음을 문자로 알렸다. 그는 축하하는 의미로 한 잔만 더하고 집에 가자고 팔리에게 말했다고 했다. 우리는 샴페인 한 병을 시켜서 두 개의 잔에 나눠 담았다. 에이제이가 땀이 흥건한 내 손을 두 번 꽉 움켜쥐었다. 말하지 않아도 전 세계에서 통용되는 신호였다.

"축하해!" 팔리가 안으로 들어오는 순간 모두가 외쳤다. 팔리가 동그래진 눈으로 우리를 쳐다본 다음 스콧에게 시선을 돌렸다. 스콧이 팔리를 보며 웃었다. 팔리가 달려와 나를 안았다.

"축하해요." 내가 스콧에게 샴페인 잔을 건네며 말했다. "내 친구를 정말 행복하게 해주셨군요."

"멍청이 헥터하고 데이트해줘서 정말 기뻐요. 사랑해요, 돌리." 스콧이 웃으며 말했다.

그는 눈물이 그렁그렁 고인 눈으로 나를 안았다.

나는 스콧이 내 심정을 아는지 궁금했다. 그가 내 기분을 알까. 그래서 두 사람이 약혼하는 날 밤에 나를 부른 것 같았다. 나만이 할 수 있는 임무를 주려고, 어떻게든 나를 끼워주려고.

두 시간 후, 팔리가 내게 들러리 반장을 해달라고 했다. 나는 두 사람을 축하하는 샴페인을 혼자 거의 다 마시고 취했다. 크게 목소리를 내고 싶었다.

"나 연설 좀 할게." 에이제이에게 혀가 꼬인 발음으로 말했다.

그리고 포크를 집어 들고 유리잔에 대고 두드렸다.

"하지 마." 에이제이가 말리며 내 손에 든 포크를 빼앗고 친구들에게 신호를 보냈다. 그 순간 다들 탁자 위에 있는 식기를 싹 거둬서 웨이터에게 건넸다. "연설 금지."

"왜 이래, 내가 팔리 결혼식 들러리 반장이라니까!"

"알아, 친구. 연설할 시간은 앞으로도 많아."

에이제이가 화장실에 가는 걸 보고 나는 식탁 밑으로 기어들어가서 에이제이의 핸드백에서 자동차 열쇠를 꺼냈다. 그리고 열쇠를 유리창에 대고 눌러서 삑, 삑, 삑 소리가 나게 했다.

"스콧하고 팔리가 약혼한다는 소리를 처음 듣고는, 뭐랄까⋯⋯ 화가 났어." 내가 크게 말했다.

"아, 미친." 벨이 투덜거렸다.

"내가 이 이상한 애를 20년 넘게 봤거든."

"20년이 넘었어?" 레이시가 힉스에게 물었다.

"닥쳐!" 나는 레이시를 가리키며 고함을 질렀고, 내 와인 잔이 테이블 위에 쓰러졌다.

"젠장, 너 들러리 반장 그만해라!" 팔리가 술에 취해서 테이블 너머로 야유를 퍼부었다.

"그런데 둘러보니, 이 세상이 말이야⋯⋯" 나는 드라마틱한 효과를 내려고 말을 끊었다. "대단히 훌륭히, 잘 굴러가고 있더라. 제일 괜찮은 친구가 최고의 남자를 얻었어."

"에이 뭐야." 다들 안도의 한숨을 내쉬었다.

"스콧과 팔리를 위해." 나는 눈물을 흘리며 고함친 다음 자리에 앉았다. 다들 슬쩍 손뼉을 쳤다.

"잘했어." 벨이 내게 속삭였다. "〈내 남자 친구의 결혼식〉에서 줄리아 로버츠가 한 대사지만."

"젠장, 어차피 팔리는 모를거야." 내가 목소리를 낮추고 부인하듯 손을 휘저었다.

그날 밤 그 시간 이후의 기억은 솔직히 말해 지금까지도 흐릿하다. 나는 밸런타인데이를 기념하려고 그 근처에 나온 딜리와 남편을 축하 자리에 부른 다음, 노래를 부르며 캉캉을 추다가 웨이터가 들고 있던 접시 더미를 발로 냅다 차버렸다. 나는 스콧하고 팔리에게 작별 인사를 건네고 캠던 집으로 돌아와 다들 새벽 6시까지 술을 마시게 했다. 다음 날 눈을 떠보니 옆에 힉스가 옷을 반쯤 벗다 말고 누워 있었다. 힉스의 가슴 위에는 리퀴드 아이라이너로 '해피 밸런타인데이'라고 적혀 있었다.

다음 날은 소셜 미디어에 올라온 팔리의 '약혼식 주말' 사진을 보며 하루를 보냈다(이런 사사로운 일이 뭐 그리 대단하다고. 못마땅하다. 하룻밤이면 족할 듯). 다른 사람들이 선물하는 모습을 보니 내가 준비한 프린트 액자가 초라해 보였다.

"너 금요일 밤에 굉장히 벅차 보이던데 괜찮니?" 팔리가 전화로 물었다.

"그럼 괜찮지! '벅차 보이다니' 그게 무슨 말인지 모르겠어. 약혼을 내가 했냐? 네가 했지. 벅차 보인 건 넌데. 페이스북 보니까 미셸한테 스마이슨 웨딩 플래너 받았더라. 근사하던데."

"다음 주에 우리 저녁 먹을래? 우리 둘이?"

＊

"물론이지."

나는 헥터에게 메일을 보냈다. 4년 만에 처음이었다.

나 기억해? 스콧하고 팔리가 결혼해. 네가 날 알몸으로 주방에
보낸 덕분이야.

헥터가 답장했다. 페이스북에서 소식 봤다고. 시청 일을 그만두
고 여행 홍보 업체로 이직해 돈을 꽤 벌었다면서 우리의 중매 실력
에 건배하며 점심이나 하자고 했다. 우리의 사소한 발단이 중매로
이어진 것 같았다. 당장은 쓸쓸한 마음에 그러자고 했다. 밀려드는
억지 향수에 젖어 그가 보낸 추잡한 시들을 보려고 보관함을 뒤적
거리다가 약속 하루 전날 점심을 취소했다.

"무슨 생각으로 헥터한테 메일을 보냈어?" 며칠 후 저녁으로
햄버거를 먹다 말고 팔리가 물었다.

"글쎄, 남친이 필요한가 봐."

"정말?" 팔리가 입가를 냅킨으로 훔치며 물었다. "맨날 필요 없
다더니."

"그랬는데, 최근 들어 마음이 바뀌었어."

"무슨 계기가 있어?"

계기라니. 나는 부러웠다. 이번엔 스콧이 아니라 팔리가 부러
웠다.

"네가 약혼했잖아."

"그게 뭐?"

"네 생활이 나와 달라지는 게 싫은가 봐. 우린 늘 같은 일을 했는데 이젠 아니잖아. 우리 자식들이 나이 차이가 크게 나는 것도 싫어. 넌 남자하고 집을 사려고 하는데 난 집주인한테 집세를 3주만 미뤄달라고 애원하는 것도 싫어. 넌 스콧이 회사에서 받은 아우디를 타고 다니는데 난 여태 운전도 못 하는 게 싫다고. 스콧 친구들이 나하고 너무 다른 것도 싫고, 그 사람들이 널 멀리 데려갈까 봐 겁이 나. 그 사람들하고 네가 새로 시작할 생활은 비슷하지만, 나하곤 달라. 정신 나간 소리처럼 들리겠지만, 나한테 화난 게 아냐. 그런데 내가 한참 뒤처지는 바람에 네가 시야에서 사라질까 봐 두려워."

"네가 스물다섯에 결혼하겠다고 했다면 나도 정말 힘들었을 거야." 팔리가 고백했다.

"진짜?"

"물론이지. 나도 싫었을 거야."

"가끔 미칠 것 같아."

"넌 미치지 않아. 나도 너하고 똑같이 그랬을 거야. 그런데 난 스콧을 만나겠다고 한 적이 결코 없어. 남편감을 찾으려고 했던 게 아니야."

"그건 그래." 나는 내키지 않는 말투로 수긍했다.

"난 네가 밟아가는 인생의 단계를 축하하고 경험하는 자리마다 함께할 거야, 다음 달이든, 20년 후든."

"40년 후일걸. 난 아직 커튼도 없는 집에 살아."

"우린 이제 학생이 아냐. 각자 때가 있겠지. 네가 나보다 잘하는 일이 있을 거야."

＊

"예를 들어서 뭐? 암페타민?"

결국 나는 스콧을 편하게 대하기로 했다. 그가 팔리를 떠날 사람이 아니라는 걸 깨달았다. 두 사람과 만나면 나는 공식 깍두기 역할을 했다. 짜증 나고 뻔한 역할이지만, 나는 꽤 잘했다. 내 인생에서 연애했던 시간을 다 더해도 한 줌에 불과하다. 나는 깍두기 역에 도가 텄고 단련되어 있다. 나는 깍두기 돌리 앨더튼이다.

사춘기 내내 친구들 커플들과 함께 어울렸다. 둘이 소파에서 티격태격하면 나도 따라서 웃고, 둘이 한쪽 구석에서 키스하면 나는 휴대전화로 게임을 하는 척했다. 나는 웃으며 그들과 잘 지내는 척한다. 20대의 주중 저녁 대부분을 식탁에 앉아서 이런 식으로 보냈다. 나는 누가 식기 세척기에서 그릇을 넣고 뺄 차례인지 말다툼하는 걸 지켜보고, 서로의 잠버릇에 대해 장황히 떠들면 따라 웃는다. 그들이 대단히 흥미진진한 인생을 살고 있음을 증명하려고 과도하게 발랄한 척하며 떠드는 동안 나는 입을 다문다. 그러면서 내가 왜 깍두기인지 모르는 척한다. 나는 웃으면서 왜 이런 얘기를 듣고 있는지 모르는 척한다. 그들이 하고 있는 '가정의 행복'이라는 게임 속에 내가 최음제 역할을 하고 있음을 물론 안다. 분위기가 무르익어 둘이 필리핀으로 여행을 갔던 얘기가 나온다. 내가 어디가 제일 좋았느냐고 묻자 둘이 같은 섬을 콕 집어서 말하는 걸 보니, 내가 자리를 뜨면 두 사람이 서로의 옷을 찢을 게 분명하다. 나는 내키지 않아도 들어줘야 하는 깍두기다.

그럼에도 나는 앉아서 이런 쇼를 끝까지 관람한다. 절교라는 대안은 선택지에 없기 때문이다.

　팔리와 스콧이 내 앞에서 다정하게 스킨십하지 않을 때면, 놀랍게도 내가 스콧하고 꽤 잘 지낸다는 걸 깨달았다. 조금만 빨리 이 사실을 알았더라면 팔리와 같이 살 때 덜 투덜거리고 즐겁게 어울렸을 것이다. 그는 재미있고 똑똑했다. 신문을 보고 주관을 뚜렷하게 말했다. 꽤 괜찮은 남자였다. 되짚어보니 팔리가 근사한 남자를 고른 게 분명했다. 그게 모두 내 잘못이다.

　내가 나서서 팔리의 예식 준비를 돕지는 않았지만, 스콧의 친구들에게는 공을 들였다. 예전에 그들을 만나면 나는 그들과 다르다는 걸 증명하려고 민망하게도 과장되게 행동했다. 일요일에 우리 집으로 사람들을 불러 점심을 먹는 자리에서 완전히 취해서 양고기 로스트를 먹는 그들에게 '육식은 살인'이라며 일장 연설을 한 적도 있었다. 술집에서 스콧의 친구가 내 키에 대해 언급했을 때 그에게 여성혐오를 한다며 비난한 적도 있었다. 팔리와 스콧이 약혼한 뒤 나는 가능한 힘을 빼고 예의 바르게 그들을 파악하려 했다. 이제 팔리가 대부분의 시간을 같이 보낼 사람들이 바로 그들이니 그들에게 어느 정도 관심을 가져야 한다.

　그러던 8월의 어느 금요일 저녁, 모두의 머릿속에서 결혼식 생각이 싹 가셨다. 열여덟 살 된 팔리의 여동생 플로렌스가 백혈병 진단을 받았다. 일상이 멈췄다. 팔리의 아버지가 차후 몇 달간 일정을 보류했다. 결혼식도 1년 뒤로 미뤘다. 플로렌스가 신부 들러리를 서기로 했으니 결혼식 전까지 건강을 되찾기를 다들 바랐다. 나는 몇 달 동안 팔리의 결혼식에 정신이 팔렸었지만, 나중에는 그 생각을 거의 하지 않았다.

진단을 받은 지 몇 달 후 팔리가 스물일곱 번째 생일을 맞이했다. 우리는 팔리가 동생에 대한 걱정을 덜기를 바라며 생일을 축하해주려고 했지만, 팔리는 병원에 붙어 사느라 진이 빠질 대로 빠져 있었다. 술 생각은 하지도 못하고, 사람이 많은 곳은 피했으며, 자기 근황을 많은 이들에게 말해야 하는 상황도 원치 않았다. 팔리의 가족들은 병원에서 지내느라 나올 수 없었다. 스콧이 결단을 내렸다. 에이제이하고 나를 두 사람의 신혼집으로 초대했다. 자기가 요리를 할 테니 넷이 저녁을 먹자는 것이다.

내가 처음으로 축하해준 팔리의 생일은 열두 살 때였다. 팔리는 나 없이 끈 생일 초보다 나와 함께 끈 초가 훨씬 많다. 처음 축하하던 때가 어제 같은데. 그때만 해도 팔리는 그냥 수학 시간에 내 옆에 앉은 친구였다.

이번엔 그동안 축하하던 생일과 달랐다. 팔리는 내가 본 모습 중 가장 야위어서 새끼 새처럼 아주 작아졌다. 바스러질 것만 같았다. 호들갑을 떨며 포옹하지도 않았고, 미친 듯이 술을 퍼마시지도 않았다. 우리는 차분하고 얌전했다. 그중에서도 스콧이 가장 그랬다.

에이제이와 내가 육식을 끊은 바람에 스콧이 새벽부터 일어나 수산 시장에 가야 했다. 그가 회향과 오렌지로 속을 채운 농어에 햇감자 구이를 곁들인 근사한 요리를 내놓았다. 그는 팔리 곁을 지나갈 때마다 그녀의 이마에 입을 맞췄고, 식탁 밑으로 그녀의 손을 꼭 쥐었다. 팔리가 사랑하는 남자가 내 눈앞에 있었다.

나는 주방에 있는 스콧에게 문자를 보내, 소파 뒤에 생일 컵케이크를 숨겨뒀다고 전했다. 우리는 팔리가 화장실에 갈 때까지 기다렸다. 화장실에 갔을 때 에이제이가 나오지 못하게 의자로 문을 막았다. 그사이 나는 커다란 접시 위에 컵케이크를 정신없이 담았고, 스콧은 성냥을 찾으러 갔다.

"이게 무슨 일이야?" 팔리가 소리쳤다.

"1분만!" 나는 스콧과 초에 불을 붙이면서 고함쳤다.

우리는 팔리에게 생일 축하 노래를 불러주고 선물과 카드도 안겼다. 팔리가 촛불을 다 끄고 활짝 웃었다. 우리 셋이서 어깨동무로 팔리를 폭 안아줬다.

"왜 이렇게 오래 걸렸어? 나 화장실에 간 사이에 케이크 구웠니? 너무 오래 있어서 그 안에서 허벅지 운동했어." 팔리가 말했다.

"무슨 허벅지 운동?" 에이제이가 물었다.

"새로운 런지 자세인데 어디서 본 거야." 팔리가 몸을 위아래로 들썩이자 예전의 발랄한 화색이 얼굴에 번졌다. "매일 아침 이렇게 하려고 해. 별 차이는 없어. 내 다리는 여전히 코끼리 다리지만." 다이어트 비디오 속 모델처럼 팔리가 자세를 잡자 에이제이가 따라하면서 몸을 뻣뻣하게 상하로 주춤거렸다.

스콧이 맞은편에서 바라보다가 나와 눈이 마주치자 미소를 지었다. "고마워요." 스콧이 입으로 벙긋거렸다. 나도 그에게 미소를 지었다. 순간, 우리 사이에 세상이 펼쳐졌다. 우리가 단 한 사람을 위해 공유한 역사와 사랑과 미래가 눈에 보이지 않는 공간을 빚었다. 그제야 모든 게 변했다. 우리가 변했다. 우리는 서로를 선택하진 않았으나 가족이 됐다.

차라리 내가 내고 말지

✧

2013년 12월, 나는 틴더에서 만난 미남 기업가와 세 번째 데이트를 한다. 데이트 상대 중 부자는 이 남자가 처음이다. 그가 내게 돈을 쓰는 행위에 대해 마음에 갈등이 심하게 인다. 그가 정중히 계산서를 집어 드는 게 어른의 연애임을 보여주는 것 같아서 우쭐하기도 한다. 그러면서도 스포츠카를 몰고 술버릇이 안 좋은 연상의 남자가 샴페인을 사주자 점점 맥을 못 추는 내 모습이 실망스럽다. 이것만으로도 그에게 참을 수 없는 분노가 인다.

"당신은 날 가질 수 없어요!" 그가 가자고 한 어느 레스토랑에서 나는 와인 세 병을 기분 좋게 마시고 뜬금없이 외친다. "난 당신의 소유물이 아니에요. 한껏 차려입고 당신이 사주는 가재 요리를 먹어도 난 양심에 찔리지 않는다고요. 내 돈 내고 내가 사 먹을 수 있으니까요!"

"좋아요, 그럼 당신 건 당신이 내요." 그가 혀 꼬부라진 소리로 대답했다.

"낼게요! 당신 것까지 다 내겠어요."

145

종업원이 계산서를 들고 온다. 300파운드다.

나는 화장실로 가서 에이제이에게 문자를 보낸다. 에이제이가 내 계좌로 200파운드를 곧장 쏴준다.

클럽에서 퇴짜 맞고 먹는
클럽샌드위치

[2인분]

거지 같은 나이트클럽 기도가 우리더러 너무 취해서 "다른 손님들을 실망시킬 것"이라며 입장을 막았을 때 싱크대 위에 걸터앉아 고래고래 소리치면서 나와 에이제이가 꼬박꼬박 먹는 샌드위치.

- 계란 2개
- 식빵 4쪽
- 마요네즈
- 디종머스터드
- 로켓샐러드(있으면 좋고)
- 올리브오일과 버터(튀김용)
- 소금, 후추 약간

◇

아주 뜨겁게 달군 팬에 올리브오일을 두르고 버터를 소량 넣어 달걀프라이를 한다. 노른자까지 익도록 숟가락으로 올리브오일을 퍼서 달걀 위에 뿌린다.

빵을 굽는다.

샌드위치 빵 한 쪽엔 마요네즈를, 다른 쪽엔 머스터드를 바른다. 달걀프라이를 올리고 로켓샐러드를 그 위에 올린다. 소금, 후추를 뿌린다.

크게 대충 다섯 번 베어 먹는다. 얼굴에 머스터드를 묻힌다.

집에 남은 술을 깨끗한 잔에 따른다.

마빈 게이 앨범을 듣는다.

술이 깬 오전에 나눈
진한 키스

2014년 봄. 토요일 오전 9시에 울리는 알람에 눈을 뜬다. 5시간 눈을 붙였다. 매력 넘치는 미국인 마틴이 와츠앱으로 메시지를 보낸다. '인형 같은 돌리, 커피 한잔 가능해요?' 나는 뒤집어 벗어놓은 양말처럼 골이 깨질 것 같은데도 그러자고 답장을 보낸다. 사흘 전 틴더에서 매칭이 된 우리는 '그 앨범 내가 제일 좋아하는 건데!', '나도 환생을 믿어요', '그렇죠, 어쩌면 우린 모두 방랑자죠' 등등 알찬 대화를 나눴다. 이제 방바닥을 더듬으며 어젯밤 떼어버린 인조 속눈썹을 주워서 풀로 다시 붙인다. 이번 주말에 그를 내 남자로 만들어 다음 달에 같이 시애틀로 이민을 가게 될 거라는 확신이 든다. 어젯밤 버스에서 내리다가 넘어지는 바람에 망신을 톡톡히 당한 미혼 여성이 술 깨지 않은 머리로 짜낸 논리적 해결책은 이 길밖에 없다. 결혼과 이민.

오버사이즈 케이블 스웨터를 늘어트려서 원피스처럼 입고 아래에는 데님 핫팬츠를 입는다. 긴 청바지는 죄다 빨았기 때문이다. 여기에 줄 나간 스타킹에 하얀 단화를 신는다.

"코트는?" 내가 계단을 후다닥 내려가자 술이 덜 깬 하우스메이트가 쉰 소리로 묻는다.

"괜찮아." 내가 발랄하게 대답한다.

"술 냄새 엄청 나." 문을 닫고 나가는 내게 그녀가 외친다.

마틴이 레스토랑의 바 코너에 앉아 있다. 고맙게도 사진하고 똑같다. 내가 들어가자 그가 공책에 뭔가를 적고 있다. 나는 이미 그의 변덕스러운 인스타그램을 염탐했다. 그는 방랑하며 길 잃은 영혼이라는 설정을 미는 중인데, 여기에 연극적 요소를 근사하게 곁들이고 있다.

"뭐 적어요?" 내가 어깨 너머로 묻는다. 그가 뒤돌아 날 보더니 씩 웃는다.

"아무것도 아니에요." 그가 대답하며 양쪽 뺨에 입을 맞춘다. 벌써부터 관능이 폭발한다. 맥주 여섯 잔, 아니 아직 커피조차 마시지 않은 사이인데. 미국인이라서 그런가.

마틴이 그의 인생사를 말한다. 마흔 가까이 시애틀에서 일러스트레이터로 일하다가 큰 건으로 돈을 많이 벌자 1년간 세계 일주를 하기로 한다. 그리고 책을 써서 돈을 벌기로 했다고 한다. 지금 새로운 사람들을 만나려고 일종의 '틴더 관광'을 하는 중이란다. 영국에 온 지는 한 달 되었고, 런던에서 몇 주 더 지내다가 다시 여행을 하고 싶다고 한다.

(무슨 책을 쓰냐는 질문에 그가 유난히 말을 얼버무리더니 소설은 아니라고 할 때부터 나는 눈치챘다. 내가 얘기하는 동안에도 두어 번 끄적이기도 했다. 화장실에 갈 때도 공책을 들고 가더니 한참 있다 나

왔다. 나는 다음 중 하나일 거라고 추측한다. 1) 카페인에 민감해서 화장실에 가서 얼마간의 시간을 가지며 생각을 정리했다. 2) 남 앞에서 자기 얘기를 하는 사람이 아닌데 보아하니 내가 말이 많고 술에 취해 거침이 없는 여자라서 그가 화장실에 간 사이에 공책을 훔쳐볼지도 모른다고 생각했다. 3) 민망한 내용을 적고 있었다. 이를테면, 웃긴 쇼핑 리스트나 그동안 같이 잔 여자들 같은. 4) 영국에서 데이트한 여자들을 총망라하는 책을 쓰고 있다. 대형 서점 선반에서 《파룻파룻 유쾌한 여자들: 영국 여자들과 함께한 시간》이라는 책을 볼 날을 기다린다. 나와 관련된 민망한 내용이 담겨 있을 테니 보여줄 수 없다.)

우리는 커피를 마시고 야외 벤치에 앉아서 호색적으로 박자를 타며 물줄기를 내뿜는 분수대를 응시한다. 헤밍웨이를 인용하는 그가 살짝 과해 보이지만 나는 환상적인 데이트 분위기에 취해 맞장구친다. 그가 다른 공책을 꺼내 지금까지 들른 나라의 지도를 그리고 앙증맞은 발자국으로 이동 경로를 표시한 걸 보여준다. 나는 그에게 들르는 도시마다 여자를 만나는지 묻는다. 그가 짜증날 정도로 환상적인 악센트로 '뭐 비슷하다'라고 웃으며 말한다.

그가 내 손을 잡고 계단을 내려가 운하로 데려간다. 우리는 조금 걷다가 제일 먼저 나오는 다리 밑에서 걸음을 멈춘다. 그가 코트 단추를 끌러 나를 안으로 끌어당기더니 코트 안으로 내 몸을 감싼다. 그가 머리에, 양쪽 뺨에, 목에, 입술에 키스한다. 30분간 이어진 키스.

오전 11시.

마틴과 나는 11시 반에 헤어지면서 근사한 아침이었다며 서

151

로에게 감사한다. 12시 반, 나는 다시 침대에 누워 오후 내내 잔다. 4시에 눈을 뜨자 모든 게 꿈만 같다.

커피를 마신 그날 아침 이후, 아니나 다를까 마틴이 시큰둥하다. 나는 언제 다시 만나느냐고 묻는다. 그가 얼버무린다. 일주일 후인 금요일 밤, 친구들도 부추기고 와인에 만취한 김에 와츠앱 메신저로 그에게 오타투성이 문자를 보낸다. '툭 까놓고 말할게요, 당신이 런던에 있는 동안만이라도 플라토닉하면서도 관능적인 관계를 시작해요'라고 제안한다. 당신의 '런던 여자'가 되겠다면서 '헤밍웨이라면 그랬을 것'이라고 한다.

마틴은 메시지를 보내지 않는다.

스물다섯에
내가 알던
사랑

남자는 모든 걸 내주지 않는 여자를 사랑한다. 같이 자려면 데이트를 다섯 번은 해야 한다. 적어도 세 번은 채워야 한다. 그래야 남자들이 계속 흥미를 갖는다.

가장 친한 친구의 남자 친구는 짜증날 정도로 따라다닌다. 당신의 바람과 달리 그녀는 그와 끝낼 것 같지 않다.

멜빵과 스타킹은 이베이에서 저렴하게 대량으로 구매할 수 있다.

온라인 매칭 사이트는 패배자들을 위한 것이며 나도 이 범주에 들어간다. 그 민망한 프로필 카드를 만들겠다고 데이트 사이트에 가입비를 낸 사람들을 끝없이 의심하라.

데이트 상대가 생기면 내가 앞서 말한 제모 크림 얘기는 잊어라. 탈모를 겪는 당신! 자매애의 격을 떨어뜨리고 있다. 여성 탈모를 남성중심적으로 다스리려는 모습에 적극적으로 반기를 들어야 할 필요가 있다.

〈Blood on the Tracks〉° 같은 명반을 남자 친구와 '우리 둘만

의 앨범'으로 삼지 말 것. 헤어진 지 한참이 지나도 그 앨범을 듣지 못할 터이니. 스물한 살에 하던 그런 실수를 범하지 말라.

말랐다는 이유로 당신을 사랑하는 남자라면 그는 사람도 아니다.

누군가와 헤어지고 싶지만 현실적인 문제가 걸림돌이 된다면 다음 질문으로 점검하라. 어떤 방에 들어갔는데 커다랗고 빨간 버튼이 있다고 상상하라. 이 버튼을 누르면 조용히 연애를 끝낼 수 있다. 헤어지자고 통보할 필요도 없고, 눈물을 흘리지 않아도 되며, 그의 집에 놓고 온 당신 물건을 챙길 필요도 없다. 이 버튼을 누르겠는가? 누르겠다고 대답한다면 그와 헤어져야 한다.

마흔다섯까지 혼자인 그에게는 그럴 만한 이유가 있다. 무슨 이유인지 캐내기 위해 얼쩡거리지도 말라.

'너를 더 이상 좋아하지 않아'라는 소리를 듣고 차이면 세상에서 가장 처참한 기분이 든다.

무슨 일이 있어도 남자를 당신의 집으로 데려올 것. 그래야 아침 먹고 가라며 그를 붙잡아서 당신에게 반하도록 유혹할 수 있다.

정서적 교감 없이 육체적 관계만 하면 좋을 리가 없다.

오르가슴을 연기하면 여자는 가책이 들고 기분도 찝찝하다. 그건 남자한테도 옳은 처사가 아니다. 어쩌다 한 번씩만 써먹길.

운 좋은 여자도 있고 그렇지 않은 여자도 있다. 착한 남자도 있고 나쁜 남자도 있다. 누구를 만나 어떤 대우를 받는지는 순전히 운에 달렸다.

○   1975년 밥 딜런이 발표한 열다섯 번째 스튜디오 앨범.

가장 친한 친구일지라도 그녀는 당신을 버리고 남자를 택할 것이다. 그럴 경우 시간을 두고 서서히 멀어지면 된다. 그런 걸로 속을 끓이지 말라. 친구를 새로 사귀자.

머릿속으로 바퀴벌레가 기어들어 오듯 두려움이 스미는 길고 외로운 밤, 잠이 오지 않으면 사랑받았던 시간을 상상하라. 밥 딜런의 〈Shelter from the Storm(폭풍으로부터의 안식처)〉에서 '또 다른 인생에서 피와 땀'이란 가사처럼 말이다. 누군가의 품에서 안식처를 찾는다는 게 얼마나 힘들었는지 기억하라. 다시 안식처를 찾기를 바랄 것.

연애를 하면
좋은 점과
짜증나는 점

연애를 해야 하는 이유

- 제대로 된 생일 케이크를 선물받을 확률이 올라간다
- IP TV 이용권이 생길지도
- 얘깃거리가 생긴다
- 무언가를 일방적으로 털어놓을 상대가 생긴다
- 일요일 오후
- 직장에서 대형 사고를 쳤을 때 더 많이 위로받을 수 있다
- 팝콘을 사려고 줄을 설 때 엉덩이를 더듬어주는 사람이 생긴다
- 혼자 떠나는 여행은 돈이 너무 많이 든다
- 등에 선크림을 혼자서 바르는 건 불가능하다
- 가끔은 혼자 피자 라지 사이즈 한 판을 다 먹을 수 없다
- 차가 생길지도 모른다
- 애인에게 점심을 만들어주면 기분이 좋다
- 나 말고 남을 생각하는 일은 멋지다
- 정해진 상대와 잠자리하면 어색하지 않다

- 침대가 더욱 포근해진다
- 나 빼고 다 애인이 있다
- 애인이 생기면 남들이 당신을 사랑스러운 여자로 볼 것이다
- 애인이 없으면 남들이 당신을 가볍고 어디 모자란 여자로 볼 것이다
- 다른 사람에게 추파를 던질 필요가 없다는 안도감
- 고독사의 공포, 허무함 등등

연애를 하지 말아야 하는 이유
- 나도 나 때문에 짜증이 나는데 그마저 나를 귀찮게 한다
- 말다툼
- 내가 좋아하는 가수를 그가 좋아하지 않을지도 모른다
- 당신이 부풀려서 얘기하면 지적당한다
- 그의 친구들의 지루한 생일 파티에 참석하러 멀리까지 가야 한다
- 당신이 취하면 어젯밤에 뭐 했냐는 잔소리를 듣는다
- 푸딩을 나눠 먹어야 한다
- 직관을 하든 텔레비전 중계로 보든 스포츠 경기를 봐야 한다
- 애인의 친구들과 시간을 보내며 예능 프로그램에 대해 떠들어야 한다
- 가방에 팬티를 넣고 두 집을 계속 오가야 한다
- 내 감정에 솔직해야 한다
- 방을 언제나 아주 깔끔하게 정돈해둬야 한다
- 책 읽을 시간이 별로 없다

- 핸드폰을 늘 완충 상태로 유지하면서 그에게 생존 신고를 해야 한다
- 썸타는 시간을 즐기던 때가 그리워질지도 모른다
- 욕실에 머리카락이 굴리다닌다

하염없이 기다리고
쓸데없이 소비하는 인생

⬥

　스물한 살 여름의 끝자락을 페스티벌에 바친 나는 집으로 돌아
가 직장을 구하고 성인으로서의 생활을 시작해야 했다. 그 무렵 나
의 지인인 해나의 서른 번째 생일 파티가 열렸다. 해나는 내가 전단
지를 돌리고 출연했던 코미디 촌극의 연출가였다. 나는 다른 배우
둘과 함께 근사한 레스토랑에서 해나의 생일을 축하해줬다. 그녀는
서른 살 생일을 앞두고 서른이 되는 게 두렵다는 말을 여러 번 흘렸
었다. 우리는 그녀가 웃자고 부풀려 말하는 줄 알았다.

　해나가 저녁을 먹다 말고 포크를 내려놓더니 울음을 터뜨렸다.

　"세상에나, 진짜로 속상한 거예요?" 나는 '생일 축하해요, 할머
니'라고 적은 카드를 건넨 것을 곧장 후회하며 물었다.

　"나이만 먹잖아. 늙는다는 게 느껴져. 온몸으로 느껴진다고. 이
미 삐걱거리기 시작했는걸. 점점 더 삐걱거리겠지."

　"넌 아직 젊어!" 해나보다 몇 살 위인 마거릿이 달랬다. 그런데
도 해나는 계속 흐느끼면서 숨도 제대로 쉬지 못했다. 눈물이 접시
위로 뚝 떨어졌다. "집에 갈래?" 마거릿이 해나의 등을 토닥이며 물었

다. 해나가 고개를 끄덕였다.

우리는 아무 말이나 지껄여 해나의 생각을 다른 데로 돌리려고 했다. 그런데 해나가 길 한복판에 서더니 두 손으로 머리를 움켜쥐었다. 눈물이 통곡으로 변했다.

"이런 거니?" 해나가 컴컴한 어둠 속에서 고함쳤다. "사는 게 진짜 이런 거야?"

"사는 게 뭐가 어떤데?" 마거릿이 해나에게 팔을 두르며 달래듯 물었다.

"거지 같아…… 하염없이 버스를 기다리고 쓸데없이 인터넷 쇼핑을 하는 것 같아." 해나가 대답했다.

수년간, 이 말이 내 머릿속 밑바닥에 포스트잇처럼 들러붙어 아무리 흔들어도 떨어지지 않았다. 하염없이 버스 기다리기와 쓸데없이 인터넷 쇼핑하기, 하필 이 두 가지가 왜 그리 서글픈지 나는 늘 궁금했다.

스물다섯이 되자 저 말속에 숨겨진 의미를 마침내 깨달았다. 번화가에서 하염없이 버스를 기다리고, 읽지도 않을 책을 인터넷에서 주문하는 게 인생일까 의아해지는 시기가 찾아온다. 다시 말해, 실존적 위기를 겪는 시기가 닥친다. 사는 게 별거 아니라는 걸 점차 깨닫는다. 뭐든 그리 중요하지 않다는 걸 마침내 터득한다. '어른이 되면'이라는 환상의 나라에서 탈출해 자신이 속한 현실에 적응한다. 이런 일이 벌어진다. 당신이 생각했던 것과 다르다. 장차 될 거라 상상하던 모습과 다르다.

일단 이런 질문들의 구덩이를 파기 시작하면, 하루하루 해야 할 일을 진지하게 수행하기가 상당히 힘들어진다. 나는 스물다섯 살 내내 나만의 생각과 해답 없는 질문에 매몰돼 살았다. 어둠 속에 갇힌 채 내가 신경 쓰는 것들을 남들도 신경 쓰는지 살폈다. 미용실 가기, 신문, 파티, 저녁, 런던 센트럴 번화가의 1월 세일, 아마존 핫딜 등등. 나는 밖으로 기어나가 뭐든 몰입하는 법을 몰랐다.

한동안 술을 끊고 마음을 다스리려 했으나, 그럴수록 지나친 생각에 빠져들었다. 틴더 앱으로 데이트를 해보았지만, 플라토닉한 만남 이후엔 오히려 기운이 더 빠지고 마음이 더 헛헛해졌다. 일을 열정적으로 사랑하던 마음도 점차 식어갔다. 같이 사는 에이제이와 벨이 내 방에 들어왔다가 한참 울고 있는 나를 종종 보곤 했다. 내 기분을 남에게 설명할 수 없었다. 대부분 나만의 시간에 갇혀 있었다. 멈추지 않고 계속 돌아가는 세탁기처럼 윙윙거리며 망가질 듯 꿍음을 내며 내 몸에서 무관심과 권태, 걱정이 노래하는 소리가 들렸다. 이런 소음이 점차 커지더니 초여름에 최고조에 달했다. 총괄 프로듀서 딜리가 전업 작가를 할 생각이라면 방송국을 그만두라고 통보했다. 돈은 어디서 벌고 이제 뭘 해야 하는지 막막했다. 설상가상으로 에이제이가 집에서 나가 남자 친구와 동거하겠다고 했다. 팔리가 나간 지 1년도 되지 않았는데. 나는 울적했다. 직장도 잃고 같이 사는 친구도 잃었다.

살짝 멜로드라마를 찍는 경향이 있는 20대 싱글 여성을 위한 해답은 예전부터 존재했다. 다른 도시로 가는 것이다. 나는 뉴욕을 늘 동경했기에 알렉스를 만나러 종종 뉴욕을 찾았다. 그녀는 내가

$\diamondsuit$

남동생 해리와 헤어진 후에도 친하게 지냈다. 약혼한 알렉스가 내게 투덜대며 여름을 보내지 말고 들러리 반장을 해달라고 부탁했다. 운이 좋았다. 알렉스와 약혼자는 두 사람이 신혼여행 간 사이 신혼집에서 팔리와 내가 묵어도 좋다고 했다. 우리는 비행기표를 끊고 결혼식 당일에 묵을 호텔을 예약했다. 2주간의 일정이 끝날 무렵 미국 뉴욕의 캐츠킬산맥에 가서 하룻밤 자고 오는 투어도 예약했다. 믿지 못하겠지만, 팔리와 둘이 떠나는 첫 번째 해외여행이 될 예정이었다. 앞으로 내가 살게 될 새집을 둘러보기에도 좋은 기회였다. 뉴욕에서의 일상, 뉴욕 사람들, 적응 여부 등등.

그런데 출발을 일주일 남기고 플로렌스가 백혈병 진단을 받았다. 당연히 팔리는 여행을 포기하고 동생과 가족을 보살피기로 했다. 나도 안 가겠다고 했지만 팔리는 혼자서라도 뉴욕에 가서 그동안 못 간 휴가를 다녀오라고 했다.

뉴욕에 도착한 후 처음 이틀간 들러리가 해야 할 일들이 기분 좋게 밀려왔다. 알렉스의 친구들이 결혼식을 보러 영국에서 날아와 결혼식 전까지 화환을 만들고, 의자를 놓고, 세탁소에서 옷을 찾아오고, 친하게 지내던 지인들을 만났다. 팔리가 몹시 그리웠지만 내가 그동안 바라고 바라던 휴가를 정신없이 새롭고 멋지게 소화했다.

결혼식 당일, 나는 허벅지까지 트인 검은색 스트랩 원피스를 입고(알렉스가 입으라고 부추겼다. 그녀는 내가 휴가지에서의 로맨스를 간절히 원한다는 걸 알았다. 나도 몇 년 만에 해리를 본다는 걸 의식했다) 식장인 브루클린의 창고에서 〈호색적인 양치기〉란 시를 낭독했다. "예전의 내 모습이 어떻든 난 후회하지 않는다네, 나는 여전히 나이기 때문에. 다만 당신을 사랑하지 않았던 것을 후회할 뿐"이라는 구절을 낭독하다가 그만 눈물이 왈칵 터졌다. 알렉스 부부가 서로 주고받는 사랑 때문에, 내가 지난 1년간 뼈저리게 외로웠음을 그제야 깨달았기 때문이다.

나는 결혼식에 참석한 단 두 명의 미혼 여성 중 하나였다. 하객 중 유일한 미혼 남성 옆에 앉게 되자 행운이 찾아온 것 같았다. 그는 건장한 웨일스 남자로 교각 건설업에 종사했다.

"시 좋았습니다." 그가 섹시하게 떨리면서 노래하는 듯한 악센트로 내게 말을 걸었다. "눈물 흘린 것도 감동적이었어요."

"의도한 건 아니에요!"

"의상도 정말 근사했고요." 그가 웃으면서 말했다.

우리는 연신 칵테일을 마시면서 프라이드치킨과 맥 치즈버거를 먹었다. 식장에 미혼 남녀가 단둘일 때만 용납되는 방식으로 서로 추파를 던졌다. 런던에서 우리가 가장 좋아하는 다리를 모조리 섭렵하며 얘기를 나누었다. 나는 내 포크로 그에게 푸딩을 먹여줬다. 내가 연설하러 자리에서 일어나자 그는 내게 함성을 질렀고, 연설 도중에 나와 눈이 마주치자 윙크를 해줬다. 그는 오래 사귄 남자친구처럼 행동했다. 페달 위에 발을 올리자마자 끝까지 꾹 밟는 열정을 품은 듯, 우리는 급격히 가까워졌다(이런 건 식장에 미혼 남녀가 단둘일 때만 용납되는 방식이다).

첫 번째 댄스 타임 직전에, 나의 웨일스 남자가 전화를 받으러 밖으로 나갔다. 알렉스는 장미 왕관을 쓰고 기모노 소매의 흰 드레스를 입었다. 그 모습이 라파엘 이전 시기의 화가들이 그린 실크 드레스를 입은 여인 같았다. 알렉스가 남편을 이끌고 무대로 나갔다. 내가 꼽는 최고의 로맨틱한 곡인 필립 필립스의 〈Sea of Love〉가 여기저기 허밍으로 울려 퍼졌다. 슬로 댄스를 추기에 적당하면서도 꽤 감상적이며 완벽한 곡이었다.

합창이 시작되자 나머지 하객들도 따라 불렀다. 커플 열 쌍과 함께 해리와 새 여자 친구도 아름답고 감수성 넘치는 곡에 맞춰 웃으며 몸을 움직였다. 나는 바깥에 앉아 안을 들여다봤다. 누군가와 잠자리를 하고 안정감을 찾는 기분이 어떨지 상상해보려 했지만 너무 낯설었다. 몸을 거의 밀착한 사람들을 보면서 그들이 누운 모습을 상상했다. 둘이 써 내려간 사연과 추억, 이야기, 버릇, 믿음, 늦은 밤 소파에 누워 와인을 마시면서 나눴을 미래의 꿈들. 과연 내가 누군가와 그럴 수 있을까. 그런 사랑의 바다에 흠뻑 빠져 몸을 맡길 수 있을까. 과연 그걸 원하나. 나는 궁금했다. 누군가 내 어깨를 톡톡 두드렸다. 고개를 들어보니 옥타비아였다. 그녀도 나처럼 신부 들러리를 해주고 있었다. 옥타비아가 씩 웃으며 손을 내밀더니 나를 무대로 끌고 가서 안아줬다. 우리는 곡이 끝날 때까지 춤을 췄다.

이후 칵테일을 더 마셨다. 담배를 피우러 밖으로 나가자 나의 웨일스 남자가 보였다. 나는 캄파리°를 마신 후라 대담하게 그를 벽돌 벽에 밀어붙이고 입을 맞추었다.

"이러면 안 돼요." 그가 몸을 빼며 말했다.

"왜 안 되는데요?" 내가 물었다.

° 이탈리아의 전통 식전주.

164

"안 되는 건 아니지만, 그냥 못 하겠어요." 그가 웅얼거렸다.

"못 하겠다." 내가 혀 꼬부라진 소리로 투덜거렸다. "뉴욕에서 휴가를 보내면서 섹시한 드레스를 입고 들러리를 서니 기분이 울적하네요. 세탁소에 가서 여기를 더 찢어달라고 돈 내고 수선까지 했거든요. 휴가라는 핑계로 내가 들이대는 상대가 바로 당신이라고요, 알겠어요? 그렇게 정해졌다니까요."

"난 못 해요. 하고 싶어도 못 한다고요."

"그렇다면, 지금까지 한 일이 모두⋯⋯" 나는 그의 입에 푸딩을 넣어주는 동작을 했다. "그러니까 그쪽이⋯⋯" 나는 연극하듯 과장되게 윙크를 했다.

"그거야 그냥⋯⋯ 장난이었어요." 그가 말꼬리를 흐리며 대답했다.

"그렇구나. 완전히 시간 낭비했네⋯⋯ 정말 재미있고 진짜 똑똑한 배우가 내 옆에 앉아 있었네요? 차라리 그 여자분하고 얘기나 할걸. 아주 매력적이던데. 그분과는 오늘 밤에 딱 세 마디밖에 못 했거든요. 당신 여자 친구 놀이하느라 너무 바빠서요."

"그렇게 시간 낭비하게 해서 미안하네요!" 그가 버럭 화를 내더니 파티장으로 들어갔다.

*

다음 날, 나는 차이나타운에 있는 알렉스의 신혼집으로 가서 신혼여행을 떠나는 두 사람을 배웅하며 부부의 새 출발을 축복하고 건배했다. 결혼식에 얽힌 뒷얘기를 하다가 두 사람이 웨일스 남자가 보낸 헷갈리는 신호에 대해 해명했다(그에겐 여자 친구가 있었다. 왜 아니겠는가).

알렉스가 아파트를 구경시켜주더니 열쇠를 건넸다.

"괜찮겠어?"

"그럼, 괜찮지."

"옥타비아 번호 알지? 이번 달 말까지 뉴욕에 있다니 외롭지 않을 거야."

"괜찮을 거야. 나도 혼자만의 시간을 갖는 게 좋아. 뉴욕을 좀 더 자세히 알게 되는 근사한 모험을 할 거야."

"필요하면 언제든 전화해." 알렉스가 당부하더니 날 안아줬다.

"그럴 리가. 멕시코 바다에서 알몸으로 수영하고 데킬라 마신 다음 푹 자." 내가 말했다.

다음 날 아침, 신혼집에서 눈을 떠 고양이 두 마리에게 밥을 준 다음 두 사람이 일러준 대로 화초에 물을 주고 메모장을 들고 앉아 이곳에서 뭘 보고 뭘 하며 시간을 보낼지 계획을 세웠다.

그런데 큰 문제가 생겼다. 내가 쓴 두 개의 잡지 기사 원고료 지급이 늦어졌다. 대략 1,000파운드 정도 되는데, 이 돈이면 뉴욕에서 경비를 쓰고도 남을 줄 알았다. 앞으로 11일 동안 뉴욕에서 지내야 하는데 잔고는 34파운드뿐. 프리랜서 기자에게 이런 일은 꽤 흔했다. 기사가 나간 후 청구서를 보내고도 3개월간 회계부에 독촉하는 경우가 종종 있었다. 하지만, 이렇게 급한 적은 처음이었다. 나는 에디터에게 전화를 걸었다. 에디터는 나를 회계부에 연결해줬고, 회계부에서는 나를 담당자와 직접 통화시켜 밀린 원고료를 해결해주려 했다. 나는 알렉스의 침대에 누워 한 시간가량 스피커폰으로 통화했다. 귀가 째지는 대기음이 요란하게 들렸다. 국제전화 요금이 내 고지서에 차곡차곡 쌓였다. 수화기 너머에서 '조만간' 입금하겠다고 했다.

무일푼에 친구도 없으니 순식간에 뉴욕은 휴가 때 알렉스를 만나러 왔던 도시와 완전히 딴판이 되었다. 돈 없는 자가 지내기에 좋지 않은 곳이었다. 런던과 달리 뉴욕에선 박물관이며 갤러리까지 모두 입장료를 받는데 대개 25달러 선이다. 이걸 내면 잔고가 완전히 바닥난다. 게다가 8월 중순이라 못 견디게 무더웠다. 걸어서 돌아다니거나 공원에 앉아 있기 힘들었다. 언제나 사랑하던 도시, 늘 나를 반겨주던 도시가 내 등을 떠밀고 있었다. 5번가를 걸으면서 고개를 들어 고층 빌딩 숲을 바라봤다. 거대하고 끔찍하게 솟은 괴물들이 나를 JFK 공항으로 내모는 것 같았다.

예전에는 전혀 거슬리지 않던 뉴욕의 사소한 것들이 모두 싫어졌다. 전철이 얼마나 헷갈리고 비효율적인지. 런던 전철은 색상별로 구분되어 있고 때론 라인 이름별로(주빌리, 빅토리아, 피커딜리) 고상하게 정돈되어 있다. 그와 달리 뉴욕 전철은 헷갈리고 밋밋한 이름(A, B, C, 1, 2, 3 등등)만 죄다 붙어 있다. B를 잘못 발음하면 D처럼 들리기도 하고, 숫자라서 헷갈릴 수도 있다. 알파벳이든 숫자든 적어두지 않으면 내가 어떤 라인을 타려고 했는지 기억하기 힘들다. 열차가 겨우 10분에 한 대 오는 역이 너무 많아서 세 번 갈아타야 할 경우 타이밍이 어긋나면 푹푹 찌는 플랫폼에서 땀을 삐질삐질 흘리며 30분이나 어슬렁거려야 한다. 이런 기다림을 더욱 곤혹스럽게 만들려는지 대부분의 플랫폼에는 전광판이 없어서 다음 열차가 언제 오는지 도통 알 수 없다.

뉴욕의 괴로운 점은 이뿐이 아니었다. 마트나 카페에서, 혹은 줄을 서 있을 때 사람들이 시끄럽게 다그치며 잔소리한다. 그들은 어이없을 만큼 무례하다. 그동안은 안전하고 즐거워서 재미있는 줄 알았지만, 지금은 너무 외로운데 핀잔까지 들으니 몸서리가 쳐졌다. "거기, 아가씨, 비키라고요!" 베이글을 주문하려고 카운터에 서 있는데 지나가던 웨이터가 고함쳤다.

게다가 뉴욕이 얼마나 날 떠미는지도 깨달았다. 뉴욕이라는 장소에서 총체적으로 풍기는 야심이 그렇게 압도적으로 느껴진 적은 처음이었다. 다들 자기 일을 하느라 남에게 시선을 보내지 않았다. 무슨 행진이라도 하듯 팔을 힘차게 흔들며 파워워킹하고 휴대전화에 대고 고함쳤다. 그들은 로맨스조차 야심이 가득했다. 오후 내내 카페에 앉아 있는데 친구 사이로 보이는 여자 둘이 떠드는 얘기가 얼핏 내 귀에 들렸다. 그녀들이 앞으로 남자를 만날 방법에 대해 떠드는데 무슨 군사 작전을 짜는 것 같았다. 데이트 얘기만 하더니 숫자와 대수학이 난무하는 법칙을 떠들었다.

게다가 다들 얼마나 규칙에 목을 매는지. 한 번은 내가 마트에서 오렌지를 사기 전에 집어 들고 냄새를 맡았다고 누군가 쓴소리를 했다. 앱소프 레지던트°에 갔을 때는 뜰에 있는 장식용 연못에

°   1908년에 완공된 뉴욕의 황금기를 상징하는 주거용 건축물.

너무 가까이 갔다고 핀잔을 들었다. 준법정신이 유난히 모자란다고 생각해본 적 없었는데, 뉴욕의 엄격한 규율가들은 나를 무섭게 타박했다.

유머라곤 모르는 힙스터들도 있었다. 그들은 맛있는 커피를 서빙하고 근사한 상점에서 근무하면서도 누군가 농담을 건네면, "평생 들어본 농담 중에서 가장 웃기네요"라며 웃음기 없이 얼굴을 굳힌 채 밋밋하게 대꾸했다. 그들은 거북할 정도로 사람을 위아래로 한참 훑었다. 자기 객관화도 안 되어 있고, 시니컬한 유머 감각도 없었다. 서른 살 이하의 뉴욕 신스터들°°은 내가 만난 이들 중 가장 냉정했고 가장 함께 있고 싶지 않은 이들이었다.

부푼 가슴으로 시작한 뉴욕 모험이 일주일째로 접어들자 장소란 추억과 연애의 왕국임을 깨달았다. 풍경에 감정이 반영된다는 걸 깨달았다. 영국에 있을 때보다 마음이 더 공허하고 지치고 서글펐다. 이민 오고 싶다는 환상은 날이 갈수록 옅어졌다. "버스 기다리기와 인터넷 쇼핑하기"가 어디를 가든 따라다닌다는 사실을 나도 모르게 터득했다. 영국에 있을 때와 마찬가지로 휴가를 보내면서도 여전히 만족을 모르는 인간이었다. 비행기표를 끊으면서 머리를 비우는 여행을 할 줄 알았는데 그게 아니었다. 바깥 풍경은 변했어도 마음은 여전했다. 걱정하고 초조해하면서 자기혐오에 빠졌다.

어느 날 밤, 알렉스의 소파에 누워서 와인을 마셨다. 알렉스가 결혼식에서 먹고 남은 스파클링 와인이 있으니 마시라고 했다. 나는

°° 음악 신에서 일하는 비음악인.

그날 밤 새로운 사람들을 만나려고 '틴더 투어'를 했다. 대부분 보자마자 넘겨버렸다. 나와 매칭이 된 사람들에게 애매하지만 유쾌하게 메시지를 보내면서 '런던에서 온 관광객이 좋은 시간을 함께 보낼 뉴요커를 찾는다'며 나를 소개했다. 자정에 스파클링 와인을 한 병 더 땄다. 마침 에이제이와 인디아가 영상 통화를 걸어왔다.

"돌리!" 둘이 우리의 주방 식탁에 앉아 동시에 인사했다.

"안녕, 얘들아! 나 부러워 죽겠지?"

"약 오르네!" 인디아가 웃으며 소리를 질렀다. "우리 방금 마트에서 와인을 세 병이나 사왔어."

"잘했어, 나도 약 오르네."

"누구하고 있어?" 에이제이가 묻더니 카메라 앞으로 몸을 쑥 뺐다. 나는 얼마나 끔찍한 시간을 보내고 있는지 고백할까 하다가 친구들을 걱정시키고 싶지 않았다. 무엇보다 초라해보이고 싶지 않았다. 나는 지금 끝내주는 일생일대의 여행을 한다며 온갖 소셜 미디어에 그럴듯하게 올리고 있었다.

"혼자 있어. 오늘 밤은 차분히 시간을 보내려고."

우리는 15분간 통화했다. 친근한 얼굴을 보며 그동안 어떻게 지냈는지 사소한 얘기를 들으니 행복했다.

"괜찮지?" 내가 작별 인사를 하자 에이제이가 물었다. "좀 우울해 보여."

"그럼 괜찮지. 둘 다 보고 싶다."

"우리도!" 둘이 손 키스를 날렸다. 나는 또다시 혼자가 됐다.

두 번째 스파클링 와인을 반쯤 마셨을 무렵, 틴더 매칭 파트너

중 한 명이 답장을 보냈다. 진이라는 매력적인 서른두 살의 프랑스 출신 주식 브로커였다. 그가 늦은 밤에 한잔하기 좋아하냐고 물었다. 나는 이 남자와 휴가지에서 불장난을 하리라고 다짐했다. 신나는 불장난을 하면서 이번 여행을 진정한 모험으로 만든다면, 예전 내 모습도 되찾을 수 있을 것만 같았다. 그런데 그는 한참 떨어진 소호에 살았다. 창밖에 천둥 번개가 치기 시작한 터라 그곳까지 걸어갈 수도 없었고, 택시비도 없었다.

"내가 택시비 내줄게요." 그가 답장했다. 나는 영화 〈귀여운 여인〉처럼 이런 제안의 기저에 깔린 숨은 의미를 못 본 척한 채 마스카라를 바르고 힐을 신은 다음 비가 내리는 거리에서 택시를 잡았다. 손을 흔드는 순간, 몰아치는 비와 올라오는 취기가 협공해오더니 내 손에 있던 휴대전화를 바닥으로 떨어트렸다. 액정이 박살 났고 그 사이로 빗방울이 스미면서 화면이 검어졌다.

그가 일러준 주소지에 도착하니 고맙게도 그가 밖에 나와 있었다. 택시비를 내주더니 내리라고 문을 열어줬다.

"와줘서 고마워요." 그가 내 얼굴을 당겨 입을 맞췄다. 순간, 처음 보는 남자의 관심이 짜릿한 흥분으로 다가와 내 가슴을 채웠다. 깊이 뿌리박힌 의기소침하고 무거운 마음이 몸에서 퇴장하는 것 같았다. 그런데 이런 상태가 얼마나 애처롭고 심각한지 곧 깨달았고 더욱 서글퍼졌다. 술이 더욱 고팠다.

진은 충분히 괜찮은 남자였다. 우리는 공통점이 아예 없었지만 소파에 앉아 그가 건네는 맥주를 마시고 줄담배를 피운 덕분에 대화가 물 흐르듯 흘러갔다. 그는 이런 만남을 자주 하는 것 같았다.

한 시간 정도 수다를 떨고 키스한 후, 그가 날 침실로 이끌었다. 이상한 네온이 달린 하얀 상자가 보이고 침대 대신 매트리스가 바닥에 깔려 있었다. 서로 옷을 벗기면서 나는 이런 세팅을 애써 못 본 척했다.

"잠깐만요." 내가 그의 청바지 지퍼를 내리는데 그가 저지했다. "난 그룹 섹스만 해요."

"네? 그게 무슨 소리예요?" 내가 혀가 꼬인 소리로 물었다.

"누가 옆에서 지켜봐야 섹스를 할 수 있어요. 난 원래 그래요. 아니면 누가 합류하든가."

"그렇구나. 그렇게는 안 되겠어요. 그럼……"

"같이 사는 친구가 옆방에 있어요. 같이 하고 싶어 하니 내가 가서 좋다고 말해도 되죠?"

"아뇨, 안 돼요." 내가 거절했다. 나는 이게 흥미진진한 모험과 거리가 멀다는 걸 순간 깨달았다. 〈아메리칸 사이코〉의 주인공이 될 소지가 다분한 남자와 한방에 있다니. "싫어요." 내가 겁에 질려 말했다. 심장이 쿵쾅거리며 내달리는 소리가 내 귀에 들렸다. 나는 가장 가까운 창문부터 찾았다.

"왜 이래요, 재미있는데." 그가 내게 키스하려 했다. "잘 놀게 생겼으면서."

"싫다니까요. 난 그딴 짓 싫다고요."

"알았어요. 그럼 그만둬요." 그가 어깨를 으쓱하더니 나가떨어졌다.

나는 이게 얼마나 바보 같은 짓인지 깨달았다. 기분 전환이나

하겠다고 남자를 찾아 헤매다니. 모르는 도시에서 혼자 술에 취하다니. 내가 어디 갔는지 아무도 모른다. 나는 돈도 없고 휴대전화도 없다.

"집에 걸어가야겠어요." 내가 침대에서 일어났다.

"그러시든가. 밖에 비 오는데 괜찮으면 자고 가요."

나는 시계를 봤다. 새벽 4시. 폭풍이 지나갈 때까지 눈을 좀 붙였다가 날이 밝으면 알렉스의 아파트까지 걸어가야지. 나는 최대한 그에게서 멀리 떨어져 잠을 청했다.

다음 날 아침, 7시 반에 눈을 뜨고 옷을 입고 거실로 나가 핸드백을 챙겼다. 소파에 웬 남자가 남색 가운을 입고 씩씩거리며 앉아 있었다. 어젯밤에 못 보던 선풍기 네 대가 나와 있고 창문이 활짝 열려 있었다. 벽에 종이가 덕지덕지 붙어 있었다. 프랑스어로 "FUMER TUE"라는 빨간 글귀 아래 "금연"이라고 적혀 있었다.

"안녕하세요." 내가 눈치를 보며 인사했다.

"젠장, 꺼져. 이 집에서 나가." 그가 진보다 더 심한 프랑스어 악센트로 명령했다.

"뭐라고요?"

"나 천식이야, 무슨 말인지 알지? 심각한 천식이라고. 네가 뭔데 우리 집에서 새벽 3시에 역겹게 줄담배를 피워?"

"미안한데요, 진이 괜찮다고 해서……"

"망할 놈의 진." 그가 내뱉었다.

나는 진의 침실로 다시 들어갔다.

"저기요." 내가 그를 흔들어 깨웠다. "당신 친구가 밖에 나와서

화를 내고 있어요."

그가 눈을 뜨더니 시계를 쳐다봤다.

"이런, 지각이네!" 그가 원망하듯 말했다.

"같이 사는 당신 친구가 거실에서 미치기 일보 직전이라니까요. 어젯밤 우리가 담배 피웠다고 화가 났어요. 선풍기를 켜놓고 여기저기 경고 문구를 붙여놨어요."

"우리가 담배를 피워서 화난 게 아니라, 당신이 안 하겠다고 해서 화가 난 거예요."

"알았어요, 갈게요. 잘살아요." 나는 지나가면서 화가 난 그의 프랑스 친구에게 고개를 까딱하고 집을 나섰다.

"나가, 나가라고, 꺼지란 말이야, 이 미친년아!" 그가 내 등 뒤에 대고 고래고래 소리를 쳤다.

나는 소호의 햇살을 받으며 비틀비틀 걸었다. 헛구역질이 올라왔다. 현금인출기에서 10달러를 뽑으려 했지만 잔액이 모자랐다. 울렁증이 파도를 타고 내 몸을 덮쳤다. 이틀간 한 끼도 못 먹었다는 걸 그때 알았다.

집에 가는 길을 찾으려고 헤매다가 스타벅스로 들어갔다. 혹시나 설탕 봉지 옆에 놓인 주전자에 우유가 남아 있기를 바라면서. 카운터에 있는 남자 직원에게 종이컵을 달라고 한 다음 우유를 가득 따라 자리에 앉아서 천천히 들이켰다.

"아가씨, 괜찮아요?" 중년 여성이 내게 물었다. "얼굴이……" 그녀가 내 옷차림을 살폈다. 어젯밤 칠한 마스카라가 눈 주위에 번져 있고 손에는 우유가 들려 있었다. "길 잃은 고양이 같아요."

◆

"괜찮습니다." 나는 대답했다. 전보다 더 괜찮지 않았다.

두 시간가량 빙빙 돌다 보니 마침내 눈에 익은 아파트 단지가 보였다. 알렉스의 집에 들어가 휴대전화를 쌀통 속에 박아놓고(이렇게 하면 침수된 핸드폰이 살아난다고 믿는 이들이 있다) 고양이 두 마리와 이불 속에서 몸을 말았다. 영국으로 돌아갈 표를 살 돈은커녕 샌드위치를 사 먹을 돈도 없었다. 집에 가고 싶지도 않았다. 나는 있기 싫은 두 도시 사이에 놓인 처지가 됐다. 팔리에게 전화해 도와달라고 할 수 없었다. 나보다 그녀가 더 힘들 테니. 부모님께 전화할 수도 없었다. 걱정 끼치고 싶지 않았다. 곤경에 처했다고 부탁할 나이는 한참 지났다. 결국 내게 유난히 친절했던 옥타비아에게 전화를 걸었다. 그녀가 나를 데리고 나가 딤섬을 사주고 내가 말하는 동안 손을 잡아주고 안아주고 돈도 빌려주었다.

다음 날, 버스로 세 시간 거리의 캐츠킬즈라는 작은 마을로 여행을 떠났다. 팔리와 내가 별장 숙박료를 이미 냈기 때문에 차라리 갔다 오는 편이 나을 것 같았다. 고요함에 젖어 탁 트인 하늘을 볼 기회가 생겼음에 나는 감사했다.

아침나절에 도착해 짐을 풀고 장거리 하이킹으로 머리를 비운 다음, 오후에 별장으로 돌아왔다. 광활한 산맥을 보고 감탄하면서 영국으로 돌아가 다시 시작할 가능성을 본 것 같았다. 벌써부터 마음이 한결 차분해졌다.

저녁에 마을을 어슬렁거리다가 동네 식당에서 치즈프라이를 먹었다. 귀뚜라미 소리와 동네 사람들의 푸근함과 수다를 들으니 마음이 흐뭇했다. 별장으로 돌아오자 숙소 바로 뒤에서 캠프파이어가 열렸다. 방에서 이불을 하나 가져와 불 옆에 앉았다. 고개를 들어 별들을 바라보았다. 뉴욕에 온 후 처음으로 숨통이 트이는 것 같았다.

방에 들어오자 틴더 메신저로 새 메시지가 와 있었다. 내가 이틀 전 밤에 술에 취해서 '모두 초대합니다'라는 제목으로 보낸 무작위 메시지를 보고 누군가 뒤늦게 답장을 보낸 것이다. 그의 이름은 애덤. 스물여섯 살로 완벽하고 전형적인 미국인의 미소를 하고 브루클린 사람답게 턱수염을 기르고 꽁지머리를 한 사내였다.

"안녕하세요. 답장이 늦어서 미안해요. 잘 지내나요?"

"조금만 빨리 답장하시지. 당신하고 데이트했더라면 프랑스 남자 둘한테 그룹 섹스를 하자는 우격다짐은 안 들어도 됐을 텐데 말이죠."

"세상에나, 뉴욕이 험하긴 험하죠. 어떻게 지내요?"

"뉴욕을 미워하고 있어요. 하룻밤 쉬러 캐츠킬즈에 왔어요. 반가운 휴식을 즐기고 있어요."

"뉴욕에 얼마나 있다가 영국으로 가나요?"

"사흘이요. 내일 오후에 뉴욕으로 돌아가요."

"그럼 오면 나하고 놀아요. 당신하고 그룹 섹스를 할 생각은 안할 테니. 약속할게요. 괜찮다면 친구해요."

친구. 어쩌면 새 친구가 필요할지도 모르겠다.

다음 날, 하이킹을 한참 하고 수영을 한 다음 오후 늦게 맨해튼으로 돌아왔다. 전철을 타고 브루클린으로 가서 애덤의 현관 앞에 도착했다.

"어서 와요." 그가 문을 열고 나와 인사를 건넸다. 그의 파란 눈동자가 뿔테 안경 너머에서 반짝거렸다. 그가 포옹하려고 팔을 쭉 뻗었다. "만나서 정말 반가워요. 당신이 미워하는 도시에 돌아온 걸 환영해요."

"고마워요." 나는 그의 품에 안겨서 그가 입은 플란넬 셔츠에서 풍기는 깔끔한 세제 냄새를 들이켰다.

"당신이 뉴욕을 사랑하게 만들어줄게요."

애덤이 아파트 구경을 시켜줬다. 우리는 와인을 한 병 깠다. 몇 시간이나 수다를 떨었다. 서로 이야기를 풀어놓았다. 좋아하는 음악과 영화, 친구들과 가족, 직장까지. 그는 진지했고 원기왕성했고 호기심이 넘쳤다. 그는 정확히 내게 필요한 남자였다.

우리는 밤에 입을 맞췄다. 자정까지 나는 그의 가슴에 얼굴을 파묻은 채 침대에 누워 부드러운 손길을 음미했다. 그는 자상하고 다정하게 날 대했다. 그것만으로 가슴이 활짝 열렸고 나는 그에게 모든 것을 털어놓았다. 아무것도 바라지 않고 모두 털어놓았다. 20대 초반에 실연당한 얘기를 했다. 내 몸을 내 맘대로 해보려고 하다가 몇 년간 거식증에 시달린 경험도 고백했다. 한때 사랑했던 남자 얘기도 했다. 사랑에 빠진 친구들이 차례로 나를 두고 떠났다고 했다. 어릴 때부터 불안감에 휩싸여 긴장성 분열 상태까지 순식간에 도달하는 증상도 털어놓았다. 금방이라도 떨어져 죽을 것만 같아서 창가에 서 있지 못한다고 했다. 나와 같이 자란 가장 친한 친구의 여동생이 암에 걸려 병원에 입원한 얘기도 했다. 어른으로 사는 게 어렵고 누구한테든 전화해서 도와달라는 말도 꺼내지 못한다고 고백했다. 휴가라는 혼돈의 잔해 속에 문제들을 덮어두니 편안하다고 했다. 처음 보는 사람에게만 내가 가진 서글픔을 제대로 표현할 수 있었다. 환상이라는 덧없는 왕국 속에서만 이런 일들을 털어놓을 수 있다는 게 설명이 불가능했다.

"정말 속상한가 봐요." 그가 내 뺨을 어루만지며 말했다. 나는 눈물을 감추려고 눈을 꼭 감았다.

"완전히 길을 잃었어요."

"이젠 아니에요." 그가 나를 바싹 당기면서 말했다. 나는 그를 믿고 싶었다. 그 순간에는 믿어졌다.

"말도 안 되는 소리지만, 이 말을 하고 싶어요." 그가 내 머리에 입을 맞추며 말했다.

"뭔데요?"

"사랑해요." 그가 한숨을 내쉬었다. "그 정신 나간 프랑스 남자처럼 나를 보지 않았으면 좋겠어요. 내가 진심으로 당신을 사랑할 순 없잖아요. 내가 당신을 안 지……" 그가 시계를 봤다. "고작 여섯 시간 됐으니. 그런데도 사랑할 수 있을 것 같아요. 젠장, 벌써 사랑한다니까요."

"나도 사랑해요." 내가 하는 말이 내 귀에 들렸다. 순간, 내 입에서 저런 말이 흘러나왔다. 이게 얼마나 어처구니없는 상황인가. 그에게 말한 게 아니었다. 희망과 친절을 믿으려는 내 마음을 향해 말하고 있었다.

애덤이 그다음 날 휴가를 냈다. 평생 처음으로 낸 병가였다. 그는 내가 가보지 못한 뉴욕을 구석구석 구경시켜줬다. 우리는 걷고 얘기하고 먹고 마시고 키스했다. 이틀간 평범한 연인처럼 휴가를 즐겼다. 서로가 없는 삶이 어땠는지 도통 기억나지 않았다. 그러면서도 둘이 결코 같이 살 수 없다는 걸 알았다. 나는 그다음 밤도 그와 함께 보냈다.

다음 날, 나는 애덤에게 세 시간만 나갔다 오겠다고 하고 옥타비아를 만났다. 옥타비아는 지난번 내 얼굴을 본 후 벌어진 일련의 일들을 믿지 못했다. 나는 애덤과 록펠러빌딩 전망대에 올라가 아름다우나 무자비하고 매몰찬 도시를 내려다보았다.

"영국에 가고 싶다는 생각이 드네요." 나는 허드슨강 저 멀리에서 출렁이는 불빛을 응시했다.

마지막 날 애덤이 JFK 공항까지 데려다줬다. 작별 키스를 길게 나눈 후, 그가 내 어깨를 붙들더니 나를 바라봤다.

"좋아요, 아이디어가 떠올랐어요."

"뭔데요?"

"나더러 미쳤다고 하지 말아요."

"좋아요."

"여기서 살아요."

"어떻게 살아요?"

"못 살 거 뭐예요. 영국에 가면 쓸쓸하잖아요. 런던이 싫다면서요. 직장도 없겠다, 뭘 해야 할지도 모르고. 여기서 지내면서 다시 시작해요."

"어디에서 살라고요?"

"나하고 같이 살아요."

"방 값은 무슨 수로 내고요?"

"그건 차차 알아보자고요. 일자리를 구할 수 있을 거예요. 글을 쓰고 싶어 했으니 뭐든 쓸 수 있잖아요. 내가 당신만의 공간과 시간을 줄게요. 여기에서 지내면 얼마나 더 자유로울지 상상해봐요."

"당신네 철통같은 이민법이 나를 집으로 돌려보내려고 할 텐데요?"

"그럼 나랑 결혼해요. 이게 당신이 듣고 싶은 소리 아닌가요? 나하고 결혼해요. 내일 아침 일어나자마자 같이 시청에 가서 식을 올려요. 그럼 있고 싶은 만큼 여기에 있을 수 있어요."

"그렇게는 못 해요. 완전히 미친 짓이에요."

"뭐 하러 가려는 거죠?" 그가 머리로 내 머리를 콩 찍었다. "영국에 가봐야 아무것도 기다리는 게 없다고 한 건 바로 당신이라고요."

나는 잠시 생각에 잠겼다.

"문제는 바로 나예요. 뉴욕이 아니라요. 환경이 문제가 아니에요. 변화가 필요한 건 바로 나라고요." 우리는 아무 말하지 않고 마지막 키스를 했다.

"도착하면 전화해요. 기내에서 술 마시지 말고. 비행기 안 떨어지니까."

영국으로 돌아가는 비행기 안에서 나는 하염없이 버스 기다리기와 쓸데없이 인터넷 쇼핑하기를 떠올리며 백일몽에 빠졌다. 팔리의 웃음, 같이 사는 친구들이 아침에 출근 준비하는 소리, 엄마를 안으면 머리칼에서 풍기는 특유의 향수 냄새. 축복받은 사소한 일상이 떠올랐다. 그것들이야말로 인생의 특권 아니었던가.

＊

그날은 나의 스물여섯 번째 생일 하루 전이었다. 집에 돌아오니 벨과 에이제이가 출근하고 없었다. 그럼에도 생일 축하 배너와 집에서 만든 기우뚱한 생일 케이크가 놓여 있었다. 다음 날 저녁, 다 같이 캠던에 나가 생일을 축하하며 춤을 췄다. 나는 지난 2주간 벌어진 일들을 얘기했다. 로렌과 나는 다음 날 아침까지 술을 마시며 기타를 쳤다. 바로 그때, 애덤이 보낸 빨간 장미 꽃다발이 도착했다.

집에 돌아온 후, 한동안은 마음이 편안했다. 묵직한 겉옷처럼 내 몸을 오래 짓누르던 서글픔을 서서히 벗어버렸다. 무슨 일을 하고 싶은지 계획을 세웠다. 내 도시를 다시 격하게 사랑하게 됐다. 초콜릿 바를 먹으며 빌 브라이슨이 쓴 영국에 관한 책들을 읽었다. 내가 자란 곳에서, 내 친구들이 가득한 곳에서 산다는 게 얼마나 큰 행운인지 떠올렸다.

뉴욕에서 돌아온 지 두 달째로 접어들 무렵, 나는 일을 그만두고 프리랜서로 전향했다. 그로부터 한 달 후, 〈선데이 타임스〉의 칼럼을 맡게 됐다. 로렌과 나는 자기가 누군지도 모르는 정처 없이 떠돌던 스물다섯 살의 여인이 문제를 해결하려고 이것저것 찾아 헤매다가 결국 자신을 돌아보는 내용의 단편 영화를 찍었다. 에이제이가 이사를 나갔다. 눈부신 또 한 명의 대학 동창 인디아가 이사를 들어왔다. 우리는 허물어져가는 캠던의 노란 궁전을 떠나 북쪽으로 약 3킬로미터 떨어진 아파트로 이사했다. 새집엔 쥐도 없고 멀쩡한 화장실과 중앙난방이 갖춰져 있었다.

나의 구세주 옥타비아가 런던으로 돌아왔다. 우리는 친한 친구가 됐다. 애덤과는 계속 연락을 주고받는데 앞으로도 그럴 것이다. 그가 런던에 오면 나와 만나고 내가 뉴욕으로 가면 그와 늘 점심을 먹는다. 그를 보면 내 인생 격동기가 떠오른다. 기억은 해도 두 번 다시 겪고 싶지 않은 일들이 떠오른다. 스물다섯 살, 정처 없이 헤매던 시절. 잘 모르는 남자 때문에 미국에 이민 갈 뻔했다. 이 사연은 그와 내가 반반씩 만든 것이다. 유치한 10대들이 하트 목걸이를 반반씩 나눠 갖듯이 우리는 어디를 가든 이 사연을 품고 살아간다.

주간
쇼핑 리스트

- 두루마리 화장지
- 새 팬티
- 종이
- 신문 처음부터 끝까지 샅샅이 읽기
- 커피 캡슐
- 마마이트
- 사과
- 브리트니 스피어스 향수 냄새가 나지 않는 생리 용품
- 시간 관리 기술
- 꼭지가 튼튼하면서도 부드럽게 음료가 나오는 요크셔 디스펜서
- 믿을 만한 타이머가 달린 토스터기
- 나만의 전속 운전사
- 쓰레기봉투
- 자비스 코커
- 체더치즈 무한 공급

- 시트콤 〈프렌즈〉 시즌 1 전편 3회 시청
- 나만의 영화관
- 문법 더 완벽하게
- 얼굴은 더 두껍게
- '싫다'고 말하는 능력
- 줄 나가지 않은 스타킹 20족
- 우유

플로렌스

플로렌스를 처음 본 건, 그녀가 여섯 살이었고 내가 사춘기에 막 들어섰을 때였다. 팔리가 현관문을 열었는데 여동생 플로렌스가 계단 위에서 몸을 좌우로 왔다 갔다 흔들고 있었다. 정수리에 대걸 레 하나가 덥수룩하게 올라앉은 헤어스타일로 머리를 자르고 온 것 이다.

"플로렌스! 너 머리에 뭔 짓을 한 거야?" 팔리가 소리쳤다.

플로렌스가 까불거리며 웃었다.

"저런 머리를 해주시면 어떡해요?" 팔리가 차 옆에 선 아버지 리처드에게 호기로운 10대답게 호통쳤다. "남자애 같잖아요!"

플로렌스가 뻔뻔하게 웃고 있었다.

"저렇게 잘라달라고 떼쓰는데 난들 어쩌겠어?" 리처드가 어깨 를 으쓱하며 변명했다.

나는 순식간에 플로렌스에게 빠져들었다.

플로렌스가 사춘기로 접어들면서 우리는 더 친해졌다. 플로렌 스도 나처럼 자기가 어른이 될 준비가 됐다고 생각했다. 독립해서 자신의 방식대로 살기를 원했다. 또래에게 지쳤는지 책과 영화, 음악의 세계에 몰두했다. 그녀는 파고드는 스타일이었다. 좋아하는 작가가 쓴 단어 하나하나 의미를 분석하고 아끼는 감독의 영화를 빼놓지 않고 섭렵했다. 나처럼 플로렌스도 여학교에 다니는 사춘기 소녀의 고충을 느꼈기에 나는 그녀에게 곧 최고로 좋은 시절이 올 거라며 달랬다. 어른이 된다는 게 힘들고 지겨울 때도 있지만 세상에서 최고라고 말이다.

"학생 때가 최고라고 하는 말 들어봤지?" 어느 주말 오후에 팔리네 집 정원에서 햇살을 받으며 누워 있다가 내가 플로렌스에게 물었다.

"그렇대?"

"다 헛소리야."

"정말?" 플로렌스가 내 팔을 매만지며 물었다. 그녀는 20대를 코앞에 둔 나와 팔리와 어울릴 준비가 늘 돼 있었다.

"내가 지금껏 들은 말 중에 가장 헛소리야. 인생 최악은 학생 때지. 학교를 졸업해야 좋은 세상이 열리거든."

"고마워, 올더마스턴."(팔리의 가족이 내게 붙여준 별명이었다. 그녀의 집에 들르는 사람이면 누구나 별명이 생긴다.)

플로렌스는 아무것도 걱정하지 않았다. 흠잡을 데 없이 멋진 10대 소녀로 성장했기 때문이다. 나보다 훨씬 나았다. 대다수의 10대처럼 나는 주로 내 걱정만 했지만, 플로렌스는 세상을 넓은 눈으로 보고 젊온이와 온실 속에서 자란 이들에게 공감할 줄 알았다. 창의력이 풍부하고 분노할 줄 알고 호기심과 열정이 넘쳤다. 영화 블로그를 운영하면서 미국 인디 영화를 분석하고 할리우드 영화를 탄식했다. 매일 일기를 썼고 소설도 반 정도 완성했다. 직접 쓴 극본으로 연극을 연출해 학교 무대에 올렸다. 점잖 빼는 학생회에 LGBT 관련 문제를 제기하기도 했다. 그녀의 행진은 멈추지 않았다. 캠던에 있는 우리 집에 친구 두 명을 대동한 채 카메라를 들고 오더니 가정 폭력에 대한 의식을 고취하는 단편영화를 찍는데 여기서 촬영해도 되냐고 물었다.

그녀는 식사 자리에서 반갑지만 껄끄러운 인물이 됐다. 팔리의 가족과 식사하면 거의 매번 열띤 토론이 벌어졌고 플로렌스가 누군가에게 항상 '여성혐오자!'라고 일갈하면서 끝이 났다. 기억에 남는 저녁 식사가 있었다. 스콧이 〈그랜드 부다페스트 호텔〉 감독 웨스 앤더슨의 예술성에 의문을 제기하며 그가 심미주의적 경험을 극단적으로 추구하는 것뿐이라고 폄하했다. 그 말에 플로렌스가 스콧에게 무섭게 달려들었다. 침을 튀기며 일장 연설로 스콧에게 조목조목 따지더니 두꺼운 양장 영화 서적을 한 권 가져와 식탁 위에 쿵 내려놓았다.

플로렌스는 고등학교를 졸업하던 여름에 백혈병에 걸렸다. 사춘기의 결승점을 통과해 인생을 막 시작하려는 찰나, 암 선고를 받은 것이다. 의사가 한 말을 종합해보니 항암 치료와 회복 과정이 무척 힘들긴 해도 예후는 좋아 보였다. 플로렌스는 매우 긍정적으로 받아들였다. 항암 치료를 받으러 곧장 병원에 입원해 간호사와 청소부와 아주 살갑게 지냈다. 침대를 최대한 세워서 수다를 떨었고 그들에게 조언했다. 그녀는 앞으로 아이를 갖지 못한다는 얘기를 들

◇

었다. 주변 사람들이 불임이라는 말에 절망했지만, 그녀는 그녀답게 품위를 지키며 유머를 곁들였다. 안 그래도 지구에 인구가 너무 많다는 농담이었다.

플로렌스가 블로그에 암 투병 과정을 재미있고 솔직하게 연재하자 구독자가 수천 명으로 늘었다. 얼마 전 삭발한 셀카와 침대 옆에서 춤추는 웃긴 동영상을 올렸다. 그녀를 응원하는 사람들이 보낸 이메일과 편지가 몰려왔다. 나는 플로렌스가 너무 대견해서 꼬박꼬박 문자를 보냈다. 열아홉 살밖에 안 된 네가 이렇게 근사한 작가가 될 수는 없는 거라며 투덜댔다.

그녀가 쓴 포스팅 하나를 소개한다.

그날 밤(8월 8일, 백혈병 선고를 받은 날) 내가 들은 최악의 소리는 암 선고가 아니라 바로 이 말이었다. "오늘 밤 병원에 입원하세요." 나는 상상도 못 했다. 의사가 말했다. "아침에 혈액학 전문의가 골수 검사를 할 겁니다." 순간, 뭔가 잘못됐다는 감이 왔다. 병원에서 괜히 이런 검사를 할 리가 없었다.

혈액학 전문의가 퇴근하기 전에 들러 인사하더니 자신을 소개했다. 나는 그저 대답이 듣고 싶었다. 간절히. 그래서 물었다. "선생님 보시기엔 무슨 병 같나요(나는 울퉁불퉁 부어오른 내 목을 가리켰다)?" 의사가 숨을 한 번 내쉬더니 담담하게 말했다. "암일 확률이 반반입니다."

암이라는 단어에 죽음이라는 말도 같이 들렸다. 미래가 와르르 무너지면서 존재가 사라지는 장면이 떠오르자 울음이 터진다.

그래서 울었다. 이렇게 근사한 의사가, 타인의 감정에 그리 공감하지 못하는 게 분명한 그가 내 등을 토닥이며 달래려고 했다. "울리려고 온 게 아닙니다만." 누군가에게 암일 수도 있다고 통보하면서 그 말을 들은 환자가 대체 무슨 반응을 보일 줄 알았을까? 허공으로 펄쩍 뛰면서 "야호! 내 인생이 훨씬 나아졌네!" 이런단 말인가? 그럴 리가. 암 선고를 받으면 모두 억울해한다. 나도 그랬다. 화가 났다. 나만큼 펑펑 울고 계신 부모님이 걱정이었다.

그래서 이렇게 말했던 것 같다. "전 아직 죽을 준비가 안 됐어요. 제대로 살아보지도 못했다고요. 아직 섹스도 못 해봤단 말이에요. 억울해요."

그럼에도 나는 그 단계를 극복했다. 지금은 뭐랄까 이런 모습에 가깝다. "암이 다 나으면 보란 듯이 살면서 최고로 멋진 사람이 될 거야." 암을 이겨낸다면 누가 날 싫다고 할까? 암만 이길 수 있다면 다른 건 일도 아니다.

나는 플로렌스에게 정말 사랑한다고, 치료가 다 끝나면 분명 섹스할 수 있을 거라고 문자를 보냈다.

"우리 분발하자. 내가 언니한테 끝내주는 남자 찾아줄게, 약속해." 플로렌스가 답장을 보냈다.

그녀는 병원에서 열아홉 번째 생일을 맞이했다. 간호사들이 배너를 만들어 병실 밖에 걸어줬다. 그녀는 뉴욕대 영화학과에 합격했다. 대학에서는 완치될 때까지 입학을 1년 유예해줬다. 그녀는 항암 치료 마지막 회차를 끝내고 집에 돌아와 자신을 돌봐준 간호사들에게 선물할 초콜릿 기네스 케이크를 손수 만들었다.

플로렌스가 투병 생활을 하자 팔리의 세상도 좁아졌다. 초등학교 교사가 된 그녀는 학교 아니면 병원에 있거나, 가족과 함께 있는 게 생활의 전부였다. 스콧이 그녀와 모든 걸 함께했다. 스콧이 굳건하고 든든한 기둥이 돼 그녀와 가족을 챙기는 모습이 듬직했다. 우리는 주기적으로 문자하고 통화했다. 스콧은 내게 팔리의 근황을 알려줬는데 그러다 보니 우리는 더욱 가까워졌다. 내가 가장 아끼는 친구 옆에 강인하고 자상한 남자가 있어서 다행이었다.

플로렌스는 퇴원한 후에도 블로그를 계속 운영했다. 남동생 프레디의 골수가 플로렌스와 맞는다는 희소식이 전해졌다. 프레디가 플로렌스에게 골수를 기증할 수 있게 된 것이다. 항암 치료 중인 플로렌스가 일단 기력을 되찾은 다음 수술을 받기로 했다. 그런데 건강이 급격히 악화돼 또 입원했다. 문제가 연달아 터졌다. 문제를 미처 해결하지 못했는데 다른 문제가 줄줄이 터졌다. 신장이 제 기능을 하지 못해 그녀가 말을 하지 못했다. 다른 장기들도 서서히 망가지자 중환자실에서 산소 호흡기를 차야 했다. 팔리가 학교에 휴직계를 내고 매일 병원에서 가족과 붙어살았다.

나는 3년 넘게 일하던 방송국에 사표를 내고 전업 작가로 전향한 덕분에 집에서 일하느라 버스만 타면 팔리를 보러 갈 수 있었다. 우리는 한 달 내내 거의 매일 만나 점심을 먹었다. 팔리는 그날그날 플로렌스의 상태를 말해줬다. 상태가 조금도 호전되지 않았다. 모든 게 붕 떠 있어 앞으로 무슨 일이 닥칠지 아무도 몰랐다. 골수이식 수

술이 하루하루 미뤄졌다. 나는 매번 똑같은 말로 팔리를 위로했다. 플로렌스가 제일 좋은 병원에 입원해 있다, 의사가 다 생각이 있을 거다. 전문의들이 팔리에게 매일 수치와 치료 기법 등등 온갖 얘기를 넘치도록 했기에, 나는 아무것도 모르는 친구로서 동생의 회복을 간절히 바라는 팔리에게 안식처가 돼주는 게 임무라 여겼다.

팔리는 매일 내 소식을 물으며 화제를 다른 데로 돌렸다. 평범한 일상을 간절히 바라다가도 다시 기운을 내 오후에 병실로 돌아갔다. 나는 팔리에게 그 주에 쓴 기사 얘기를 해주기도 하고, 틴더 앱으로 남자들을 보여주기도 했다. 내가 처음으로 칼럼 의뢰를 받은 날, 팔리가 스파클링 와인 한 병을 사주면서 뭐라도 축하할 일이 생겨서 마냥 좋다고 했다.

플로렌스가 잠시 회복될 기미를 보인 적이 있었다. 팔리가 나더러 플로렌스를 보러 오라고 했다. 나는 그러겠다고 했지만 내가 침착하게 굴지 못할까 봐 신경이 곤두섰다. 병실에 들어가기에 앞서 손을 씻으면서 병문안은 처음이라는 사실을 깨달았다.

"너 보러 누가 왔게?" 내가 안으로 들어가자 팔리가 말했다. 플로렌스는 말은 못 해도 나를 보더니 씩 웃었다. 안도감이 내 가슴을 채웠다. 어린 여동생이라고만 생각했던 나와 가장 가까운 이 소녀에 대한 사랑이 물밀듯이 밀려왔다. 나는 침대 발치에 서서 재잘거렸다. 이렇게 수다를 떨어서라도 기분이 나아지기를 바랐다. 새 드라마에 대해 얘기하면서 플로렌스가 좋아할 거 같다고 했다. 최근에 듣는 신인 밴드를 화제에 올리면서 마음에 들어 할 거라고 했다. 팔리가 내가 쓴 기사에 대해 말해주라고 했다. 나는 로렌과 작업 중인

단편영화 얘기를 했다. 플로렌스가 다시 미소를 지었다. 나는 조만 간 대본을 손봐달라고 부탁했다. 15분 후, 나는 특별하고 아름답고 깊은 감동을 주는 천둥 번개 같은 그녀에게 작별을 고했다. 우리가 나누는 마지막 인사일 것만 같았다.

"플로렌스가 점점 쇠하는 게 보여." 내가 병문안을 다녀온 지 얼마 되지 않았을 때 팔리가 점심을 먹으면서 털어놓았다. "눈에 보여. 얼마 안 남은 것 같아."

"그걸 네가 어떻게 알아. 원래 바닥을 친 다음 완전히 회복하는 거야. 그런 사람들이 얼마나 많은데." 팔리는 플로렌스의 상태가 상당히 심각한데 그나마 내가 봤을 때가 제일 나았던 거라고 했다. 나는 팔리가 왜 그렇게 생각하는지 짐작이 갔다. 팔리가 감정을 다 쏟아내도록 하는 게 제일 중요했다.

그다음 주, 정오를 막 지났을 때였다. 주방에서 일하고 있는데 팔리가 전화했다.

"플로렌스가 떠났어." 팔리가 숨을 거칠게 몰아쉬며 말했다. "플로렌스가 하늘나라로 갔어."

플로렌스의 장례식처럼 조문객이 그렇게 많은 모습은 처음이었다. 우리 친구들이 모두 장례식에 왔고, 플로렌스가 다니던 학교 선생님들과 친구들, 가족, 플로렌스가 여행하며 만난 친구들까지 모두 참석했다. 플로렌스의 포근함과 위트, 지성과 친절함에 수년간 감동받은 사람들도 참석했는데 그 수가 수백 명에 달했다. 발 디딜 틈이 없어서 화장터 바깥에 서서 화면으로 추도식을 보는 이들도 많았다. 나는 고개를 들어 하늘을 보며 미소를 지었다. 플로렌스가 행복해졌으면. 그녀가 얼마나 사랑받았는지 알았으면. 프레디가 추도사를 낭독했다. 고인을 어릴 때부터 봐온 랍비가 플로렌스의 카리스마와 용기를 칭송했다. 플로렌스의 제일 친한 친구가 졸업 앨범에 적은 심금을 울리는 글을 낭독했다. "인생이 때론 힘들어 보이지만 숨을 내쉬고 들이마시듯 정말 단순하다. 분노로 가슴을 찢어 젖히고 겸손함으로 자존심을 부수라. 운명이 정해준 사람이 되지 말고, 당신이 바라는 사람이 돼라. 감정에 충실하라. 당신은 사랑을 받기 위해 태어났다. 그 사랑을 받으라."

장례식 후 유대인이 집에서 애도하는 시바° 기간에는 친구들이 집으로 찾아왔다. 우리는 이반이 일하는 가게에 가서 와인을 몇 병 샀다. 인디아가 토스트를 정신없이 굽는 사이 나는 큼직한 팬에 스크램블드에그를 만들었다. 우리는 플로렌스 얘기를 했다. 그녀와 얽힌 재미있고 근사하고 별난 이야기를 모두 나눴다. 울고 웃으며 잔을 들어 그녀를 기렸다.

장례식장에서처럼 팔리의 집도 시바를 위해 온 사람들로 붐볐다. 우리는 주방에 서 있었다. 랍비가 기도한 후 플로렌스에 대해 다시 얘기했다. 팔리가 시 낭독을 시작했다. 그녀가 마이크에 대고 시를 읽는 모습이 보였다. 내가 지금껏 본 중에 가장 초췌해 보였다. 팔리가 어느 행에서 눈물을 흘리다가 목이 메자 랍비에게 시를 넘겼다. 랍비가 큰 소리로 마저 읽었다. 나는 사람이 꽉 찬 주방 너머에서

자그마한 새 같은 그녀를 바라봤다. 온몸이 부서져 내려 산산조각이 난 팔리, 뼈와 말까지도 바스러졌다. 나는 인파를 헤치고 다가가 팔리를 안아주고 싶었다. 내 인생에서 가장 끔찍한 순간이었다.

사람들이 늦게까지 자리를 지켰다. 학교 친구들이 플로렌스의 책과 옷이 가득한 방에 모두 모여 앉았다. 나는 추모 책자를 만들어 달라는 부탁을 받았다. 로라 이모가 플라스틱 잔에 가득 따라준 와인을 인디아, 에이제이, 레이시가 한입에 쭉 들이켰다. 팔리가 근무하는 학교 선생님들과 교장 선생님까지 조의를 표하러 모두 방문했다. 밤이 어느 정도 무르익자 유대교의 전통에 따라 유가족이 한 줄로 의자에 앉고 조문객들이 그들의 장수를 기원했다.

나는 팔리에게 다가가 몸을 낮추고 그녀를 안았다.

"정말 많이 사랑해. 네가 아주 오래 행복하게 살았으면 좋겠어."

"고마워." 팔리가 내 등을 꼭 껴안으며 말했다. "우리 학교 선생님들 모두 오신 거 봤어?"

"봤지. 좋으신 분들이네. 교감 선생님하고 방금 얘기했어."

"괜찮아 보여?"

"정말 괜찮으신 분이더라. 좋은 얘기 나눴어. 근사하시던데."

"네가 좋다니 나도 좋다. 무슨 얘기 했어?" 팔리가 미소를 머금으며 물었다.

"네가 다시 출근하면 잘 부탁드린다고 했어. 네 옆에 늘 사람을 붙여서 살펴달라고."

"괜찮아질 거야, 돌리." 팔리의 커다란 갈색 눈동자에 눈물이 고이더니 한 방울이 속눈썹을 넘어 뺨을 타고 흘러내렸다. "이제 동생 없이 사는 법을 배워야지."

나는 그 후 며칠간 팔리의 집에서 같이 지냈다. 말은 별로 하지 않았다. 나는 차를 우리면서 팔리의 새어머니 애니가 집안일을 할 때 뭐라도 거들었다. 플로렌스가 떠난 후, 〈텔레그램〉 기자가 그녀의 블로그를 본 후 그중 일부 발췌해서 플로렌스 기사를 내도 되겠느냐고 연락했다. 다들 동의했다. 그게 플로렌스가 바라는 일일지도 모른다는 생각이 들었다. 기사가 나면 리처드 부부가 생기 넘치던 딸을 잃은 슬픔을 토로해 더 많은 이들과 교감할 수 있기 때문이다.

"편지를 보내야겠어." 어느 날 아침, 애니가 사람들이 보낸 조의 카드와 편지 더미에 파묻혀 글을 읽다가 이렇게 말했다. "누가 안 좋은 일을 당했다는 소리를 들으면 편지를 보내는 것조차 거슬릴까 늘 걱정만 했는데, 거슬리기는커녕 힘이 되네. 이번 일을 계기로 언제든 편지를 보내야겠다는 걸 배웠어."

그날 오후, 우리는 개를 데리고 산책을 나갔다. 팔리와 내가 나란히 걸었다. 우리 둘이 방울이 달린 털실 모자를 똑같이 썼다. 며칠 전 팔리가 장례식에 필요한 구두 깔창을 사러 쇼핑몰에 갔을 때 산 모자였다. 둘이 딱 붙어서 정신없이 일주일을 보내며 똑같은 모자를 쓰고 어른들 앞에서 걸으니 다시 10대로 돌아간 듯했다. 이번에는 MSN에서 만난 남자애들을 얘기하지 않았다. 고등학교에서 대학 강의실, 우리가 처음으로 같이 살던 런던의 아파트 근처 인도까지 어디든 15년 동안 나란히 걷다 보니 어른 놀이를 그만두고 어쩌다 진

195

짜 어른이 됐다.

"플로렌스가 자기는 절대로 잊히고 싶지 않다고 한 적이 있었어. 아무 일 없었다는 듯이 일상으로 돌아가자니 가슴이 아파." 팔리가 털어놓았다.

"죽음이 코앞에 온 걸 알기 전에 한 말이잖아. 자기 때문에 언니가 평생 슬퍼하며 산다면 플로렌스가 싫어하지 않을까?"

"그렇겠지."

"인생을 멈추지 않으면서도 플로렌스를 가까이 느끼며 사는 법을 찾을 거야."

"플로렌스가 없는 세상은 온통 낯설겠지."

"그게 새로운 일상이 되겠지만, 플로렌스가 절대로 잊히지 않게 확실히 해두고 갔으니 걱정 마."

"그런 것 같아."

"너도 네 인생 살아야지. 이건 선택의 여지가 없는 일이야. 나아가지 않으면 너 망한다."

우리는 강을 따라 계속 걸었다. 날씨는 굉장히 쌀쌀했지만 햇볕은 따가웠다. 단단히 내려앉은 눈 덮인 지구에서의 하루처럼 고요하고 청명했다. 우리는 런던 서쪽 외곽에 있는 알록달록한 현관이 달린 별장 지대를 지났다. 하얀 페인트로 칠한 술집이 차갑고도 축축한 바람을 맞고 있었다. 전철 교량만 없었더라면 바닷가 마을에라도 온 것 같았다.

"앤트 엔 덱°이 이 동네 살아." 팔리가 별장이 보이는 쪽을 가리키며 말했다. "저쪽에."

"그럴 리가?"

"맞아. 확실해."

"그럴 리가. 현관문이 죄다 작다고 그냥 하는 소리겠지."

"장담컨대, 여기 사는 거 맞거든."

"둘이 같이?"

"아니, 같은 집은 아니고 옆집에."

우리는 계속 걸음을 옮겼다.

"너하고 멀리 살지 않았으면 좋겠어." 내가 말했다.

"나도 그래."

"나이 들면 어디든 상관은 없는데 네 근처면 좋겠어."

"나도."

"지금은 서로 멀리 떨어진 것 같지만, 아주 가까운 동네에 둘 다 집을 사자. 이제부터 이걸 내 인생의 최우선 과제로 삼겠어."

"나도 그래야지." 팔리가 맞장구쳤다.

우리는 강가를 계속 걸었다. 12월의 태양이 여전히 하늘을 가득 채웠다.

"이런 날씨엔 언제나 널 생각할게. 너 이런 날씨 좋아하잖아." 내가 말했다.

"맞아. 추운데 화사한."

"응. 나는 칙칙하고 비 오는 날이 좋거든. 제멋대로 사는 노이로

○   듀오 가수로 데뷔하여 영국에서 이름을 날린 듀오 진행자. 둘 다 몸집이 작은 게 특징.

제 환자라서 그래. 넌 늘 밝고 발랄하고."

"쳇."

"너 정말 그래. 어렸을 땐 우리가 잘못 생각했었잖아. 네가 예민한 줄 알았는데, 알고 보니 내가 예민덩어리에 늘 엉망진창이잖아. 넌 네가 생각하는 것보다 훨씬 강한 사람이야."

"글쎄다."

"넌 단단한 사람이야. 세상에서 아주 질긴 것들로만 만들어진 사람. 나라면 견디지 못했을 거야."

"그건 모르지. 일이 닥치기 전까진 어떤 모습이 나올지 너도 몰라." 우리는 나란히 발걸음을 맞춰 걸으며 강물에 반짝이는 햇살을 바라봤다. "플로렌스가 떠난 후론 날씨가 매일 이러네."

"플로렌스가 여기에 있어. 우리와 같이. 네가 부당함을 외칠 때마다, 좋아하는 영화를 보고 웃을 때마다 옆에 있을 거야. 그 자리에."

우리는 큐 다리°를 따라 걸었다. 새어머니 애니와 이모가 여전히 뒤에서 따라오고 있었다. 옆에는 우람한 개가 경쾌하게 걸으며 꼬리를 좌우로 즐겁게 흔들었다.

"넌 나중에 화장하고 싶어?"

"응. 화장해서 데본에 뿌려줬으면 좋겠어. 마콤 해변에." 내가 대답했다.

"나도 화장하고 싶은데 플로렌스가 있는 콘월이면 좋겠어. 네 곁이 아니라서 조금 섭섭하겠지만."

°   템스강을 지나는 다리 중 하나.

"괜찮아. 우린 저승 어디를 가든 같이 있을 거잖아. 어차피 만날 텐데 뭐."

"당연하지."

"나만 해변에 있으면 살짝 외롭지 않을까? 햄프스티드 히스°°는 어때? 난 런던에서 거기가 제일 좋더라. 어릴 때 엄마 아빠하고 자주 갔었거든."

"거긴 절대로 안 돼. 사람들이 밟고 지나다니잖아."

"아, 네 말이 맞네. 너무 사람이 많아서."

"바다에 뿌리는 게 최고라니까." 팔리가 사색에 잠긴 채 말했다. "그런데 상어가 무서워서 어쩌지."

"넌 이미 죽었을 텐데, 뭐"

"아, 맞다."

"그게 요점이야. 상어가 아무리 나쁜 짓을 해도 넌 괜찮다니까. 이미 건널 수 없는 강을 건너간 후잖아."

"맞아, 그런데 강이 아니라 바다거든."

우리는 찬란한 햇빛을 받으며 집으로 돌아왔다. 나는 플로렌스의 존재가, 그녀가 내게 가르쳐준 모든 것이 고마웠다. 우리가 한 걸음 한 걸음 내디딜 때 큐 다리 위로 쏟아지던 햇살에 고마움을 느꼈다. 그 순간, 인생이 그저 숨을 내쉬고 들이마시듯 아주 단순하다는 사실을 깨닫고 감사했다. 내 옆에서 걷는 사람을 마음껏 사랑하는 게 뭔지 깨달았음에 감격했다. 매우 깊이, 맹렬히, 말도 안 되게.

°° 런던의 대표적인 녹지 지대.

스크램블드에그

[2인분]

버터, 달걀, 빵만 있으면 된다. 우유나 크림은 전혀 필요 없다.
간단한 요리니 기분이 울적할 때 간단히 만들어서 먹자.

- 가염 버터 2조각
- 신선한 달걀 4개(너그럽게 노른자 하나를 더 추가해도 좋다)
- 소금, 후추 약간

버터 1덩이를 널찍한 소스 팬에 넣고 낮은 불에 천천히 녹인다.
달걀을 소스 팬에 넣는다.
나무 주걱으로 천천히 계속 휘젓는다.
살짝 덜 익었다 싶을 때 불을 끄고 팬을 내린다.
소금, 후추를 뿌리고 남은 버터를 마저 넣고 젓는다.

내가
인디아 휴대전화로
대신 보낸 문자

내가 이런 짓을 하는데도 인디아가 말리지 않은 이유는 모르겠다.

전 직장 동료 샘에게

인디아 20:47

좋은 아침, 샘! 잘 지내지?

그냥 생각나서 보내는 건데

혹시 런던 무슨 자치구에 살아?

샘 20:48

리치먼드. 그건 왜?

남부로 이사 오려고?

인디아 20:50

아니. 난 하이게이트 사는데

쓰레기 수거 문제 때문에

2주에 한 번 일반 쓰레기를 수거하는데
우리 집 쓰레기통이 금방 차서 그래
내가 2주에 한 번 쓰레기통 들고
리치먼드로 가면 어떨까?
다음 날 쓰레기통 도로 가지러 가면
네가 걱정할 일은 없어

샘 20:51

헐, 뭐? 쓰레기통을 들고
2주에 한 번 25킬로미터나 움직인다고?
그냥 다른 데 버려

인디아 20:51

안전한 곳에 두고 싶어서 그래

샘 20:52

쓰레기통을?

인디아 20:52

응
어려운 일 아니잖아
눈에 거슬리지 않게 할게

샘 20:53

말도 안 돼

인디아 20:53

됐어, 신경 쓰지 마
팩햄에 사는 친구한테 문자할게

샘 20:54
꼭 20킬로미터 떨어진 곳에
갖다 버려야겠어? 너무 심한데
캠던에 사는 친구 없어?
그쪽이 더 나을 듯

인디아 20:56
다른 자치구라야만 해, 샘. 북런던은 별로
런던 정반대 편 자치구여야만 해

다음 날

인디아 21:00
안녕, 뭐 해?

샘 21:01
아직도 쓰레기통 얘기?
그 얘기라면 그만

인디아 21:01
쓰레기 같은 얘기 그만해라?!!!

샘 21:02
하하하하 좋은 얘기 하자고

인디아 21:02
아니 진지하게 묻는데,
다음 주부터 하는 거다

✧

샘 21:03
헐, 진심?

인디아 21:03
여긴 화요일 수거니까
내가 전철 타고 월요일에 갖다 놓을까?

샘 21:05
취했어, 인디아? 나 반스 살아

인디아 21:05
그래서?

샘 21:06
한 시간 넘게 걸려

인디아 21:06
알아, 전철 타면 너무 멀지

샘 21:07
전철이 아니라도 멀어

인디아 21:07
대형 택시 타지 뭐

샘 21:08
그만해
남의 집 쓰레기통 싫어

인디아 21:09
알았어. 이제 막막하네
너 번거로운 거 싫구나?

샘 21:09

다른 데 갖다 버려

개인 정보 적힌 쓰레기만 없으면

아무도 모르잖아

인디아 21:10

그러게. 반스에 버리면 얼마나 좋을까

그게 훨씬 현실성 있거든

샘 21:10

그럴 리가!

인디아 21:11

사생활 공개하기 싫어서

내가 오가는 게 싫은 거지?

샘 21:11

내가 쓰레기통 맡아주는 사람이냐. 싫어, 이상해

반스에서 한잔하는 건 언제든 환영

쓰레기통은 놓고 와

대학에서 만난 지인 션에게

인디아 19:21

안녕하세요,

벤처 기업가를 잘 발굴하실 것 같은

✧

인상이시던데, 맞죠?

션 19:22

누구세요?

인디아 19:22

우등 학사 학위 과정의
인디아 마스터스라고 합니다

션 19:53

무슨 일이시죠?

인디아 19:54

틈새시장을 발견했는데요, 꽤 커요
다양한 색상의 미니 냉장고를 파는 거죠
사업 계획을 세웠는데 말없이 지켜봐줄 파트너가
필요합니다. 그런 분이 돼주실 수 있으신가요?

대학 동창 잭에게

인디아 18:53

부탁 하나만

잭 18:54

물론, 친구

인디아 18:54

이번 주에 회사 미팅에 입고 갈

바지 좀 빌려줄래?

잭 18:54

하하하 그래

어떤 바지? 이유는?

인디아 18:55

네가 입은 바지 좋아 보이더라

새로 사긴 좀 귀찮고

클라이언트 만나는 중요한 미팅이야

잭 18:55

내 건 너무 길 텐데

인디아 18:55

안 길 것 같은데?

잭 18:55

너 좀 많이 이상해

인디아, 키가 몇이지?

인디아 18:56

158

잭 18:57

나 180이야

인디아 18:57

접어서 입을게

걱정 마, 그냥 바지나 빌려줘

✧

인디아와 한 번 잔 남자 폴에게

인디아 19:02

안녕하세요?

폴 19:16

고마워요, 잘 지내죠?

인디아 19:18

답장 고마워요. 부탁이 있어요

제가 무용단을 창단 중인데,

아일랜드 전통 무용을 주로 해요

당신을 빼놓을 수 없어서 현대 무용도 꼭 하려고요

아무튼, 이걸 하면 결혼 시즌에 큰돈을 벌 수 있는데

같이할래요? 순서는 금방 익힐 수 있어요

사실 뒤에 세워둘 키 큰 남자가 필요하거든요

생각 있으신가요?

폴 19:56

제 생각을 다 해주시다니 고맙습니다

얘기만 들어도 정말 재미있겠어요

하지만 안타깝게도 올해 일정이 워낙 빡빡해서

열심히 배울 수 없겠네요. 정말 미안해요

사진 꼭 찍어두세요. 잘 지내고 조만간 봐요

인디아 19:58

같이 안 할래요?

벼랑 끝에 몰린 자의
심리상담

"여기에 왜 오셨죠?"

내가 거기에 왜 갔을까? 거기에 갈 줄은 꿈에도 몰랐다. 옥스퍼드서커스 바로 뒤에 있는 비좁은 상담실에는 크림색 카펫이 깔려 있고 자주색 소파가 놓여 있었다. 그곳에선 늘 향수 냄새만 났다. 들어가면서 열심히 킁킁거려도 다른 잡내는 하나도 나지 않았다. 점심에 먹은 음식 냄새도, 식어가는 커피 향도 전혀 없었다. 이 여인이 뿌린 향수 냄새 말고는 상담실 밖 생활의 흔적은 아예 없었다. 향수 냄새를 맡는 순간 매번 심장이 쿵 떨어지면서 금요일 오후 1시에 열리는 파티에서 어느 여인을 만나는 장면이 떠오른다. 나는 시간당 상담료를 지불하고 그곳을 찾아갔다. 삶의 진공 상태에서 둘만의 대화만 오갈 뿐 다른 건 아예 존재하지 않는 그곳. 경기가 끝나고 분석을 위해 텔레비전 스튜디오 중계석에 앉은 느낌이 들었다. 영화 촬영이 끝난 후 배우들이 영상을 보며 DVD 코멘터리를 녹화하는 것 같았다. 내가 나쁜 결정을 내리려는 순간이면 늘 이 방이 떠올랐다. 술집 화장실에서도, 택시 뒷자리에서 웬 남자와 같이 있을 때도 그

✧

랬다. 내 인생이 바뀔 거라고 장담하던 이 방이 떠올랐다.

　나는 절대로 상담실은 찾지 않겠다고 늘 다짐했지만, 거기 말고는 갈 데가 없었다. 다른 선택지가 모두 사라졌다. 스물일곱 살이던 나는 휘몰아치는 걱정거리에 쓰러질 것 같았다. 프리랜서 작가로 전향한 지 9개월째로 접어들자 나만의 생각에 홀로 매몰됐다. 친구들이나 가족들의 걱정은 들리지 않았다. 매번 눈물이 터질 것 같았지만 아무에게도 털어놓을 수 없었다. 여기가 어딘지, 무슨 일이 벌어지는지 모른 채 매일 아침 눈을 떴다. 어젯밤 꿈에서 머리를 가격당해 피투성이가 된 듯 매일 아침 현실로 돌아왔다.

　나는 상담을 받아야 했기에 그곳에 갔다. 상담을 미루고 미루다 그곳에 갔다. 돈도 없고 시간도 없다고 늘 중얼거렸기 때문이다. 이런 건 응석이나 부리는 멍청한 짓이라고 생각했기 때문이다. 폭발하기 일보 직전이라고 털어놓자 친구가 여자 심리 상담사의 전화번호를 건네며 전화하라고 했다. 내게 변명거리가 더는 남아 있지 않았다.

　"쓰러져 죽을 것 같아서 왔어요." 내가 대답했다. 심리상담사의 이름은 엘리너였다. 그녀가 안경 너머로 시선을 보냈다가 다시 서류로 거둬들이더니 뭐라고 열심히 끼적였다. 70년대 스타일로 앞가르마를 타고 앞머리는 가볍게 내린 짙은 머리칼, 고양이 같은 갈색 눈매, 다부진 콧날의 소유자였다. 40대 초반처럼 보였다. 그을린 근육질 팔뚝이 우아해 보였다. 그녀가 나를 바보 같은 울보로 볼 것 같았다. 바보 중에 상바보. 복에 겨워 힘들게 번 돈을 쓸데없는 곳에 몽땅 퍼붓고 일주일에 한 번 자기 얘기를 횡설수설 떠드는 여자. 나 같은 여자는 한번 보기만 해도 척 알 것 같았다.

"아파트 창문을 열지도 닫지도 못해서 다른 사람에게 닫아달라고 부탁해야 해요." 눈물이 안구 뒤에서 차오르다가 홍수 방벽에 막힌 것 같았다. 나는 조용히 눈물을 꽉 틀어막은 채 계속 말을 이었다. "창문이 열려 있으면 방에 들어가지 못할 때도 있어요. 창밖으로 떨어질까 봐 겁이 나서요. 전철이 터널을 빠져나와 역사로 들어설 때면 등을 벽에 딱 붙이고 있어야 해요. 열차 앞에서 제가 떨어져 죽는 모습이 보이거든요. 눈을 깜빡일 때마다 그 장면이 보여요. 밤새 그 장면이 머릿속에서 돌고 도느라 잠도 못 자요."

"좋습니다." 그녀가 호주 악센트가 섞인 말투로 대답했다. "이런 증상을 느낀 지 얼마나 됐나요?"

"6개월 전부터 굉장히 심해졌어요. 최근 10년 사이엔 이따금 그랬고요. 굉장히 불안해지면 폭음하는 편이에요. 죽음에 대한 공포가 밀려올 때도 그렇고요. 짧게 연애하는 재미도 시들해졌어요."

나는 그녀에게 '나의 거듭되는 정서적 혼란'을 총정리했다. 구름 모양이 바뀌듯 몸무게가 계속 바뀌었다면서 2009년도부터 찍은 사진을 일일이 보여주며 내가 이때 정확히 몇 킬로그램이었는지 설명했다. 10대 때부터 지금까지 줄지 않은 술에 대한 집착을 털어놓았다. 내 또래라면 언제 그만 마셔야 하는지 지금쯤이면 터득했겠지만 나는 채워지지 않은 갈증을 느끼며 눈 깜짝할 새 술을 한입에 털어넣었고, 수년간 숱한 밤마다 기억에 휑한 블랙홀이 뚫린 사람으로 악명을 떨쳤다고 고백했다. 이렇게 필름이 끊긴 시간 때문에 수치심과 고통에 시달렸고, 몰라보게 망가진 미친 여자가 동네를 날뛰며 돌아다녔다고 하니, 내가 책임져야 하지만 대체 뭘 어떻게 하고 돌아다녔는지 기억나지도 않고, 알 수도 없다고 토로했다.

연애에 몰입하는 게 불가능하다고 고백했다. 남자의 관심에 집착하면서도 누군가와 너무 가까워지는 건 두렵다고 했다. 꾸준히 연애하는 친구들의 모습을 보기가 힘들다고 하소연했다. 내가 만난 남자들은 너는 왜 그렇게 못 하냐는 소리를 한다고 말했다. 연애할 때면 사람을 잘못 만난 건 아닌지 늘 두렵다고.

마지막 한 숟가락 남은 잼을 최대한 얇게 펴 바른 모습이 바로 나와 같다고 했다. 누가 부탁한 것도 아닌데 에너지를 모조리 남에게 허비했다고 그녀에게 고백했다. 이렇게 하면 남들의 시선을 내가 독차지할 줄 알았는데, 그럴수록 사기치는 것 같다고 했다. 남들이 등 뒤에서 나에 대해 무슨 말을 할지 상상한다고 털어놓았다. 무슨 모욕적인 소리를 들어도 수긍할 것 같다고. 남에게 인정받으려고 무슨 짓까지 했는지 실토했다. 처음 보는 사람들에게 술을 사느라 돈을 탕진하는 바람에 당장 다음 주까지 내야 할 월세를 내지도 못했다. 토요일 오후 4시부터 일요일 새벽 4시까지 잘 알지도 못하는 사람들의 생일 파티를 하러 여섯 군데나 들르기도 했다. 이러고 돌아다니면 얼마나 진이 빠지고 마음은 무겁고 줏대 없고 자괴감이 드는지 고백했다. 애처로우면서도 아이러니한 것이, 내 주위엔 정말 괜찮은 친구들이 많았다. 그런데도 이런 얘기를 그들에게 털어놓을 수 없었다. 남에게 휘둘리는 지금 상태에 순응하게 됐을까 봐 두려웠다. 뉴욕에서 처음 본 낯선 남자의 품 안에서 울 수는 있어도, 친한 친구들에게 도와달라고 부탁하진 못했다.

"그렇다고 이런 일이 제 생활에 크게 영향을 주진 않아요. 이러다 더 심해질까 봐 상담받으러 오다니 바보 같더라고요. 정말 좋은 친구들도 있겠다, 가족들도 또 얼마나 좋은데요. 일도 꽤 잘되고 있고요. 겉보기엔 제게 무슨 문제가 있다는 걸 아무도 모를 거예요. 그냥 기분이 더러워요. 늘 그래요."

"기분이 늘 더럽다면 당신 생활에 상당히 영향을 주고 있는 겁니다."

"그렇겠죠."

"당신 몸이 조각조각 박살 나서 여기저기 둥둥 떠다닐까 봐 쓰러질 것 같다고 하셨죠? 여기저기 흩어져 있으니 뿌리가 내릴 수도 없고 자신을 직시하는 법도 모르는 겁니다." 눈물을 막고 있던 방벽이 무너지더니 창자 밑바닥에 고인 눈물이 솟구쳤다.

"절 붙들어주는 사람이 이제 아무도 없는 거 같아요." 나는 그녀에게 고백했다. 숨을 가쁘게 몰아쉬다가 딸꾹질이 나와서 말이 끊겼다. 눈물이 뺨을 타고 줄줄 흘러내렸다. 피처럼 뜨거운 눈물이 제멋대로 흘렀다.

"그런 기분이 드는 게 당연해요." 그녀가 처음으로 다정하게 말을 건넸다. "자아라는 개념이 아예 없어서 그래요."

그래서 내가 거기에 간 것이다. 상담료가 차곡차곡 불어났다. 나는 쓰러질까 봐 두려운 줄 알았는데, 실은 내가 누군지 전혀 모르고 있었다. 허전함을 채우려고 했던 일들이 더는 소용없었다. 나 자신과 더욱 멀어진 기분이 들었다. 이렇게 나를 짓누르는 걱정거리가 우체통에 한참 들어 있다가 드디어 우리 집 우편함에 배달되더니 펄럭이며 내 발밑에 떨어졌다. 진단이 이렇게 나오자 놀랐다. 나는 자아가 굉장히 강한 사람인 줄 알았다. 자존감 세대, 이게 바로 우리 모습이다. 2006년부터 우리는 '나에 대한 모든 것'이란 칸을 채우며 성장했다. 내가 아는 사람 중에 자존감이 제일 센 사람이 나인 줄 알았다.

"내가 당신을 진짜 어떻게 생각하는지 당신은 절대로 모를 겁니다." 나서려는 내게 그녀가 이렇게 말을 건넸다. 내가 어떤 반응을 보일지 이미 감을 잡은 것이다. "내 태도를 보고 추측할 수도 있겠지만, 내가 개인적으로 당신을 정확히 어떻게 보는지 절대로 모를 거예요. 우리가 조금이라도 진전을 보려면 그런 생각은 버려야 해요."

처음에는 불편한 피해망상이 나를 가득 채우더니, 곧바로 더할 나위 없는 안도감이 밀려왔다. 그녀가 쓸데없는 농담은 하지 말라고 조언했다. 책상 위에 놓인 크리넥스를 다 써서 미안하다는 말도 그만하라고 했다. 이 방에서는 호감을 사고 싶어서 무슨 말을 일부러 하거나, 행동을 보여주려고 하거나, 어떤 일화를 풀어놓아야 할지 매번 애쓰지 않아도 된다고 했다. 자존심과 자존감, 자부심도 없는 이 여인에게, 변신을 거듭해 남들을 기쁘게 하려는 존재에게, 불안감에 사로잡힌 인간에게 있는 그대로 있어도 된다고 허락해줬다. 옥스퍼드서커스 바로 뒤에 있는 이 상담실에선, 크림색 카펫이 깔리고 자주색 소파가 놓인 이 방에선 다 놓아버려도 괜찮다고 말해줬다.

나는 상담실을 나와 집까지 9킬로미터를 걸었다. 마침내 상담실에 가는 길을 찾았다는 안도감과, 앞으로 무슨 일이 닥칠지 견딜 수 없이 무거운 마음, 둘 다에서 해방됐다. 3개월만 지나면 다 해결될 거라고 혼잣말했다.

"심리 상담사가 그러는데 내가 자존감이 없대." 그날 밤 저녁 준비를 하는 인디아에게 내가 말했다.

"무슨 말도 안 되는 소리야!" 그녀가 분개했다. "내가 아는 사람 중에 너보다 자존심 센 사람은 없어."

"그러게, 그런 자존심은 자존심이 아닌가 봐. EU 국민투표를 한다거나, 손님상에 내면 좋을 감자 요리 등등, 이런 거하곤 다른가 봐. 상담사 말로는 내가 내 몸을 잘게 조각내서 남들에게 나눠준대. 내 모습을 온전히 그대로 갖고 있지 않아서 너무 불안하고 안절부절못하는 거래. 지금까지 날 지탱해주던 것들 없이 어찌 살아야 할지 막막해."

"네가 그런 줄 몰랐어."

"내 몸이 산산조각난 기분이야."

"너 슬픈 거 싫어." 주방에서 맨발로 있던 인디아가 나를 안으며 말했다. 스파게티 면이 보글보글 소리를 내며 불 위에서 끓고 있었다. "네가 슬퍼질지도 모르니 그 상담 안 받으면 좋겠어."

다음 날인 금요일, 나는 인디아가 내가 슬퍼질까 봐 걱정되니 상담을 받지 않으면 좋겠다고 했다는 말을 엘리너에게 전하면서, 그 말에 어느 정도 수긍이 간다고 했다.

"그렇군요, 흠. 소식 한번 빠르네요." 그녀가 확신을 심어주려는 듯이 덤덤히 냉소적으로 말했다. 1년간 상담을 받으면 이 말투가 그리워질 것 같았다. "당신은 이미 슬퍼요. 심히 슬프다고요."

"알아요, 안다고요." 나는 대답하면서 크리넥스로 다시 손을 뻗었다. "한 통 다 써서 죄송해요. 정말 많은 걸 꿰뚫어 보시네요. 상담 쪽으로는요." 그녀는 그래서 심리 상담사라는 직업이 필요하다고 자신 있게 말했다.

*

그렇게 상담이 진행되었다. 나는 매주 그곳에 갔고 우리는 나 자신을 탐색하며 내가 27년이란 세월을 거쳐 어쩌다 지금의 모습이 됐는가에 대한 해답을 찾았다. 우리는 나의 과거에 대해 포렌식 분석을 실시했다. 가끔은 전날 밤 무슨 일이 있었는지 대화했고, 20년 전 학교 체육 시간에 있었던 일을 얘기할 때도 있었다. 심리상담 치료란 당신의 심리 상태를 파헤치다가 무언가 삽 끝에 걸리면 그곳을 대대적으로 발굴하는 고고학이라 할 수 있다.

둘이 계속 얘기를 하다 보면 엘리너가 딱 들어맞는 원인과 결과를 제시했다. 그런 다음 결정적으로 그걸 바꾸는 법을 파악했다. 내게 과제를 내줄 때도 있었다. 노력해야 할 일, 계속해야 할 일, 질문해야 할 문제, 고심해야 할 생각, 꼭 해야 하는 대화 등등. 두 달간 나는 매주 금요일 오후에 눈물을 흘렸고, 매주 금요일 밤이면 10시간을 내리 잤다.

심리 치료가 타인을 비난하는 데에 초점을 맞춘다고 사람들이 크게 오해를 하곤 하는데, 몇 주가 지나자 나는 그 반대임을 깨달았다. 방어적, 기만적 환자의 인생에서 엄마 역할을 떠안는 심리상담사가 있다는 얘기를 들었다. 그들은 환자들에게 그건 당신의 잘못이 아니라 남자 친구, 상사, 가장 친한 친구의 잘못으로 돌리며 늘 환자를 달랜다는 것이다. 엘리너는 내가 남에게 책임을 돌리는 걸 허락하지 않았고, 상황이 그 지경이 될 때까지 끌고 간 내가 무슨 짓을 했는지 억지로라도 꼭 생각하게 했다. 이것 때문에 나는 상담 시간이 늘 두려웠다. "누군가 죽었다면 모를까 인간관계가 틀어졌을 경우, 당신한테도 일부 책임이 있어요." 그녀가 어느 금요일에 말했다.

상담이 두 달 차로 접어들자 우린 처음으로 제대로 웃을 수 있었다. 나는 일주일간 일하느라 정신없이 보낸 후 그녀를 만나러 갔다. 돈도 떨어지고 자존심도 바닥이 났다. 집세 걱정, 커리어 걱정, 걱정이 태산이었다. 피해망상이 다스려지지 않았다. 내가 기고하는 곳에서 나더러 무능하고, 재능 없고, 없어도 그만인 작가라고 평가하는 장면이 떠올랐다. 나는 사흘간 집에서 나오지 않았다. 모르는 사람들이 회의실에서 내가 얼마나 끔찍하고 실력 없는 작가인지 폄하하는 모습을 그녀 앞에서 생생히 묘사했다. 그녀가 날 주시하더니 못 미덥다는 듯이 얼굴을 찡그렸다.

"그러니까……" 그녀가 한숨을 푹 쉬더니 눈썹을 추켜올렸다. "그런 생각을 하다니 제정신이 아니군요." 그녀는 입술을 크게 벌리고 호주 악센트로 경박하게 말할수록 더욱더 냉정해졌다. 나는 눈물을 훔치다 말고 고개를 들었다. 내가 예상한 반응이 아니었다.

"모르는 사람들이 회의실에서 당신 얘길 한다고요?" 그녀가 못 믿겠다는 듯이 고개를 내저었다. "말도 안 되는 나르시시즘에 빠졌군요."

"저기요." 나는 헛웃음을 터트리며 콧방귀를 뀌었다. "그런 식으로 말씀하시다니 너무하신 거 아닌가요?"

"당신 얘길 누가 하겠어요?"

"그러게요." 나는 티슈로 눈물을 꾹꾹 찍으며 대답했다. 갑자기 내가 우디 앨런을 연기하는 기분이 들었다. "선생님 말씀이 맞네요."

"진짜라니까요!" 그녀가 여전히 화들짝 놀라며 광대뼈까지 내려온 앞머리를 넘기며 말했다 "당신은 그렇게까지 흥미로운 대상이 아니에요, 돌리."

상담이 석 달째로 접어들자 나는 처음으로 울지 않고 상담을 마쳤다. 휴지엔 손도 대지 않았다. 상담 치료에 기념비적인 순간을 맞이했다.

가장 친한 친구들은 계속 상담을 받으라며 응원했다. 내가 자기반성을 시작하자 내게 싫증을 내는 질이 좋지 않은 사람들이 확연히 구분됐다. 나는 점점 술을 줄였다. 재미로 마시는 건지, 문제를 회피하려고 마시는 건지 지속적으로 의문을 던졌다. 남을 즐겁게 해주려는 행동은 그만두려고 했다. 내 시간과 에너지를 자유롭게 써서 공허함을 조금씩 깨트리자 더 이상 남들의 사냥감이 되고 싶지 않다는 걸 자각하게 되었다. 나는 더욱 솔직해졌다. 속상하거나 불쾌하거나 화가 나면 표현했다. 거북한 대화가 오가면 작은 대가를 치르고서라도 온전히 내 모습을 지켜낸 후 딸려 오는 차분함을 소중히 여겼다. 나라는 사람에 대해 조금 더 깨닫자 나를 조금이라도 남들의 재밋거리로 만드는 일을 필연적으로 덜 하게 되었다.

✦

매주 성장하는 느낌이 들었다. 매일 새로운 습관을 실천하고 마음으로 광합성을 하는 것 같았다. 집에 식물을 키우고픈 욕심이 늘었다. 무기력한 마음에서 오는 파릇파릇한 것을 향한 일종의 착각이었다. 양지와 음지에 놓는 식물을 공부한 다음 아파트를 화분으로 채웠다. 스킨답서스가 선반 아래로 늘어졌고, 보스턴고사리가 냉장고 위에 올라갔다. 몬스테라가 환하고 하얀 침실 벽면에 대고 부채질을 해줬다. 나는 흠 잡을 데 없이 완벽한 필로덴드론을 침대 머리맡 위에 걸어 밤이면 하트 모양의 이파리 끝에 차갑고 기괴한 물방울이 매달려 있다가 내 머리 위로 똑 떨어지게 두었다. 인디아와 벨이 중국식 물고문°에 비유하면서 이런다고 얼마나 건강해지겠느냐고 의문을 제기했다. 이런 걸 일액현상이라고 하는데, 식물이 밤새 필요 없는 수분을 내보내는 과정으로, 근압을 높여 모든 걸 제거하기 위해 열심히 작업한다고 한다. 나는 친구들에게 의미가 있다고 했다. 나와 필로덴드론이 합심하는 거라고 했다.

"이제 화분은 더는 안 돼." 팔리가 어느 날 내 침실을 둘러보며 경고했다. "이러다 〈흡혈 식물 대소동〉 찍겠어."

예전만큼 술을 마시지 않자 새로운 감각을 경험하게 됐다. 아침에 눈을 뜨자 간밤에 뭘 했는지 순서대로 기억이 났다. 사람들이 한 말, 그들의 모습, 둘이서 조심스레 주고받은 신호. 내가 사교 모임에 등장하면 사람들이 나쁜 것들을 원하는 게 눈에 보였다. 술집에 있

°   중국에서는 이마에 물을 한 방울씩 똑똑 떨어뜨리는 방식으로 물고문을 했다. 이는 고문당하는 이에게 극심한 공포심을 안긴다고 한다.

는 것도 아닌데 그들은 와인을 한 병 더 사달라거나, 마약 딜러를 불러달라거나, 밖에 나가 줄담배를 피우자거나, 술에 취해서 아는 사람들의 험담을 해달라고 했다. 그것도 모르고 나는 그동안 밤에 놀러 나가 암시장 상인 역할을 한 것이다. 나쁜 짓을 하는 그들에게 내가 녹색 신호등이 되어준 것이다. 그 짓을 그만두고 나서야 깨달았다.

금요일 오후, 엘리너가 가장 잔인하고도 현명한 굴욕을 내게 선사했다.

"남들이 제가 하는 험담을 듣고 싶어 하더라고요. 어디를 가든 다들 듣고 싶어 해요. 취기가 오르면 특히나 더요."

"그래서 해줬나요?"

"네, 조금요. 제가 얼마나 그러고 다녔는지 몰랐어요."

"왜 그랬어요?"

"모르겠어요. 사람들과 가까워진 기분을 느끼려고? 대화하려고? 센 척하느라 그랬던 것 같기도 해요. 그래서 사람들이 험담하나 봐요. 저도 센 척하느라 그랬거든요."

"맞아요, 당신은 그랬어요." 내가 먼저 알아서 결론을 내리자 그녀는 뿌듯하다는 듯이 아껴둔 미소를 슬쩍 머금은 채 말했다. "남을 깎아내려야 내가 대단한 사람이 된 것 같잖아요."

"맞아요. 그런 것 같아요."

"누가 그런 행동을 하고 다니는지 알죠?" 그녀가 잠시 호흡을 고른 뒤 말했다. "도널드 트럼프예요." 내가 박장대소를 터트렸다.

"엘리너 선생님. 선생님 특유의 거친 사랑을 이제는 진정으로 이해하지만, 너무 과장하신 것 같아요."

"좋아요, 그럼 나이절 패라지°라고 해두죠." 그녀가 내가 꼬치꼬치 따지는 인간이라는 듯이 어깨를 살짝 으쓱하더니 정정했다.

"오늘 심리상담사가 나더러 트럼프하고 비슷하대." 나는 팔리에게 문자를 했다. "진짜로 좋아지는 것 같아."

상담 치료가 5개월 차로 접어들자, 나는 문득 상담이 벽에 부딪힌 것 같은 기분이 들었다. 정체기를 맞았다. 내가 엘리너를 방어적으로 대하고 있었다. 그녀는 내가 방어적으로 나온다고 지적했다. 언젠가 나는 상담을 받다가 내 인생에 벌어진 사건과 내가 내린 결정을 암만 분석해봐야 해답을 찾을 수 없다고 했다. 예전 남자 친구와 있었던 그 일을, 우리 부모님이 내가 어릴 때 말했거나 말해주지 않은 어떤 일을 아무리 들여다봐야 소용없다고 했다. 나는 그냥 이렇게 태어난 것 같다고 했다. 내가 그냥 이렇게 태어난 거 같지 않냐고 묻자 엘리너가 멍하니 바라봤다.

"아뇨. 그렇게 생각하지 않습니다만."

"뭐, 당연히 그러시겠죠." 나는 뚱하니 말했다. "그랬더라면 심리상담사 같은 직업이 필요할 리 없잖아요."

나는 한 주를 엉망진창으로 보내면, 그녀가 호되게 다그치지 않도록 할 말을 꾸미기도 했다. 그랬더니 상담료가 떠올랐다. 그 돈을 마련하려고 별도의 일을 얼마나 많이 했던가. 그래도 비용을 다 댈수 있어서 얼마나 다행인가. 엘리너에게 진심을 털어놓지 않는다면

° 영국의 정치인.

순전히 돈 낭비였다. 상담 치료를 받는 친구들에게 물었더니 그들은 상담하러 가기 전부터 짜증이 난다고 했다. 심리상담사를 만나서 할 흥미진진한 얘기를 잔뜩 준비하려고 애쓰기 때문이라고 했다. 나는 정반대였다. 나는 어떻게 하면 말하지 않을까 늘 고심하거나, 되도록 긍정적으로 해석해서 실제보다 그리 나쁘지 않게 얘기를 꾸미려고 했다.

당연한 얘기겠지만, 그럼에도 엘리너는 늘 제대로 꿰뚫어 봤다. 내가 어찌 지냈는지 그녀가 들여다보도록 허락했기 때문이다. 그녀가 나를 너무 잘 안다는 점에 나는 늘 기분이 나빴고, 그녀가 나를 시험대에 올리면 왈칵 울음이 터졌다. 내가 무슨 일을 했는지 그녀가 묻는 게 싫어서가 아니라, 무엇보다 그런 행동을 한 내가 싫었기 때문이다.

6개월 차에 접어들자, 내 입에서 이런 말이 튀어나올 뻔한 상황까지 치달았다. "대체 당신은 왜 그렇게 다 알죠? 이렇게 완벽한 사람이 된 방법이나 알려달라고요." 상담을 쉬고 싶었지만 그녀에게 말하지 않았다. 그녀는 내게 '무슨 분노가 느껴진다'고 했다. 나는 괜찮다고 했다. 그리고 상담을 계속 취소했다. 한 달 반을 쉬었다.

다시 찾아가자 엘리너는 내가 기억하는 모습보다 훨씬 이해심이 넘쳐흘렀다. 그녀는 내가 스스로에게 느낀 분노와 심판을 받아주는 백지가 된 것 같았다. 상담을 한창 하다가 상의도 없이 상담을 나오지 않았던 이유를 물었다. 변명을 댈까. 상담에 드는 돈과 시간 때문이라고 할까. 이제 와 빠져나가기엔 너무 늦었다.

"모르겠어요."

"너무 친해져서 그랬나요? 상담에 의존하게 될까 봐요? 여기에 의존하고 싶지 않은데 말이죠?"

"맞아요." 내가 한숨을 내쉬며 인정했다. "그것 때문인 것 같아요. 제가 통제하고 싶었던 것 같아요."

"그럴 것 같았어요." 그녀가 우렁찬 목소리로 생각을 말했다. "당신이 밖에서 어떻게 사는지가 여기에서 다 보여요."

"말이 되네요."

"뭘 그렇게 조종하려는 거죠?"

"전부 다요." 나는 우렁차게 대답하는 순간 깨달음을 얻었다. "남들이 저를 어떻게 보게 할까 조종하려고 해요. 남들이 나를 대하는 행동까지요. 나쁜 일이 벌어지는 걸 막으려고도 하죠. 죽음이나 재앙이 벌어지지 않게요. 실망하지도 않게요. 모든 걸 쥐고 흔들려고 해요."

그녀의 깨달음이 곧 나의 깨달음이었다. 나는 상담에 나를 맡기기로 했다. 엘레나에게 믿고 맡겼다. 그러자 상담 시간이 새로운 사이클로 돌아가기 시작했다.

"꼬박꼬박 여기 와서 계속 얘기해야 해요. 얘기하다 보면 모든 걸 같이할 수 있을 겁니다."

엘리나가 나에 대해 많은 걸 알고 있다는 사실을 견디지 못했던 것 같다. 내가 누구인지, 뭘 가장 두려워하는지, 가슴속 밑바닥에 감춰놓은 민망하고, 굴욕적이고, 끔찍하고, 소중한 경험들까지 그녀가 속속들이 안다는 게 참을 수 없었다. 반대로 나는 그녀에 대한 어떤 정보도 얻지 못했다. 가끔은 엘리나가 집에 있는 모습을 상상했다. 심리상담사로 일하지 않을 때는 어떤 모습일까. 내 얘기를 친구들에게 할까. 내가 쓴 기사는 읽어봤는지, 내 SNS를 둘러봤는지, 그녀의 이름이 찍힌 청구서를 처음 받자마자 내가 그녀를 인터넷에서 검색했듯이 그녀도 나를 검색해봤는지 궁금했다.

몇 주 후, 상담이 어떠냐는 질문에 나는 그녀에 대해 아는 게 하나도 없어서 화가 난다고 털어놓았다. 상담이라는 게 원래 한쪽으로 치우칠 수밖에 없다는 건 이해하지만 가끔은 이러는 게 부당하다고 했다. 왜 나만 매주 알몸이 돼야 하고 그녀는 늘 갖춰 입고 있는 것일까?

"그게 무슨 소리죠? 나에 대해 하나도 모른다니요?" 그녀가 정말 황당해하며 물었다.

"제가 개인적으로 선생님에 대해 아는 게 전혀 없잖아요."

"아뇨, 알아요."

"아뇨, 몰라요. 저는 선생님에 대해 친구들에게 해줄 말이 하나도 없어요."

"매주 여기에 와서 우리 둘이 사랑, 섹스, 가족, 우정, 행복, 슬픔에 대해 얘기하잖아요. 당신은 내가 이런 주제에 대해 어떻게 생각하는지 정확히 알아요."

"그래도 전 선생님이 결혼은 했는지, 자녀가 있는지 몰라요. 어디에 사는지, 어디로 놀러 가는지도 몰라요. 운동은 하는지도 모른다고요." 이렇게 말하자 내가 유독 힘들 때마다 늘 쳐다보는 구릿빛 팔뚝이 유난히 눈에 들어왔다. 웨이트를 몇이나 들까?

"그걸 알아야 내가 누군지 이해하는 데에 도움이 된다고 생각해요? 당신은 나에 대해 많이 알고 있어요."

시간이 흐르자, 나는 엘리너의 언어를 터득했다. 유난히 눈물을 많이 흘린 상담이 끝나면, 그녀는 늘 이랬다. "제발 잘 지내요"라면서 '제발'에 힘주어 말했다. 그건 "이번 주말에 너무 취하지 말라"라는 소리였다. 내가 무슨 말을 하면 그녀는 '어머나, 이런'이라고 하는데 그건 정말 나쁘다는 뜻이었다. 그보다 훨씬 안 좋은 소리도 했다. "이번 주 내내 걱정 많이 했어요." 엘리너가 이번 주 내내 걱정을 많이 했다는 건, 내가 지난주 금요일에 진짜로 생난리를 피웠다는 뜻이다.

나는 여전히 금요일이 무서웠지만 점점 덜해졌다. 엘리너와 같이 웃는 날이 많아졌다. 상담이 끝나면 샌드위치 체인점으로 직행해 정확히 5초 만엔 브라우니를 해치우거나, 가게에 들어가 전혀 쓸모없는 10파운드짜리 쓰레기를 사곤 했다. 내가 이런 짓을 하는 건 자기 자신을 어찌 생각할지 걱정하기 때문이라고 했다. 자신의 남은 인생과 아무 상관도 없는 사람과 좁은 방에 앉아서 자기 얘기를 날것 그대로 거르지 않고 모두 털어놓는다는 게 어색해서 그렇단다. 한 번도 입 밖에 꺼내본 적 없는 사연들, 아무에게도 한 적이 없는 얘기들, 심지어 스스로에게도 말하지 않은 얘기들. 점점 건강해지자 그녀가 무슨 판단을 할지 예측하는 빈도가 덜해졌다. 그녀의 진짜 모습이 내 눈앞에 보이기 시작했다. 내 편이 된 것이다.

친구가 말하길, 환자와 심리상담사의 관계는 대화하는 사이라기보다 치유를 가져다주는 관계라고 했다. 나는 그 말이 이해가 갔다. 우리 둘이 고요와 평화를 만들어나가는 느낌이 들었다. 물리 치료사가 근육을 단련시켜주듯 말이다. 나는 그녀의 한 조각을 품고 다녔다. 앞으로도 늘 그러리라 자신한다. 상담을 받은 덕분에 나에 대해 새로이 이해하는 데에 도움이 됐다. 이걸 절대로 묵살하지도, 덮어버리지도 않을 것이다. 이것이 그녀가 말한 '작업'이다. 늘 그런 기분이 든다. 엘리나와 함께했던 시간은 힘겹고 혹독했다. 그녀는 내가 무슨 핑계도 대지 못하게 한 다음 내가 무슨 짓을 초래했는지 반성하게 했다. 가끔 나는 별일 없이 끝난 내 행동을 되짚어봤다. 유난히 힘든 금요일 오후 상담을 끝낸 후, 마음속을 거니는 여행을 끝까지 하지 않았더라면 내 삶이 어땠을지 궁금해졌다. 새벽 4시에 질주하는 택시에 올라타 술 취한 바보로 계속 살았더라면 인생이 조금은 더 쉬웠을까?

엘리나는 내게 인생이 거지 같다는 말을 해주길 좋아했고, 그래서 매주 그 소리를 했다. 인생이 당신을 실망시킬 거라고, 그리된다 해도 당신이 통제할 수 있는 건 아무것도 없다고 했다. 나는 그 불가피함을 편안히 받아들였다.

상담이 1주년을 맞이하자 우리의 대화는 익숙하고 편안하게 흘러가기 시작했다. 엘리너가 내게 도움이 될 법한 책들을 추천했다. 헤어질 때 "제발 잘 지내요"라는 말 대신, "잘 가요"라고 했다. 내 얘기를 듣다가 걱정하듯 "어머나, 이런"이라고 하지 않고, 정말 황홀하게 "어머나, 정말 잘됐어요"라는 감탄사를 꼬박꼬박 내뱉었다. 어느 금요일, 나는 그녀에게 할 말이 진짜로 다 떨어졌다.

내가 언제까지 상담을 받고 싶은지, 얼마나 자유로워지고 싶은지 제대로 몰랐지만, 상담을 받을수록 온전해지는 느낌이 들었다.

◆

엘리너가 장담했던 대로 조화로운 내가 된 것 같았다. 흩어졌던 점들을 하나하나 잇자 패턴이 생겼다. 말이 행동으로 이어졌다. 속마음과 겉으로 드러나는 행동의 간극이 점차 좁혀졌다. 문제가 생기면 자리를 잡고 앉아 거북할 정도로 깊숙이 들여다보는 법을 터득했다. 술도 점점 줄였다. 마셔도 도피가 아니라 축하가 목적이었기에 결과는 전혀 참담하지 않았다.

나는 더욱 단단해지고 강해졌다. 내 안에 있던 문이 하나씩 열렸다. 쓰레기로 가득 찼던 방들을 치우다가 나오는 케케묵은 도취의 흔적을 그녀에게 모두 털어놓은 다음 몽땅 내다 버렸다. 방문을 열 때마다 나는 조금 더 가까이 가고 있었다. 자존감에, 평온함에, 안락함에.

상심의 호텔

아침에 눈을 뜨니 부재중 전화가 세 통이나 와 있었다. 팔리였다. 오전 7시도 안 됐는데 전화해달라는 문자도 보였다. 내가 전화를 걸기도 전에 팔리가 또 전화했다. 예감이 좋지 않았다. 플로렌스가 떠난 후 1년 반 동안 팔리가 가까운 친구들을 모두 밀어내고 멀리서 슬픔을 삭인 사실이 떠올랐다. 어떻게 하면 팔리와 다시 가까워질 수 있을까. 무슨 말로 팔리를 달래나. 웃다 보면 그녀의 예전 모습이 얼핏 스칠 때도 있었다. 그러다가도 그 웃음이 목구멍을 쥐어짜는 흐느낌으로 바뀌면서 몸도 마음도 아무렇지 않은 게 이해가 가지 않는다고 했다. 이기적이게도 머리에 이 생각 하나만 떠올랐다. 팔리가 이걸 다시 겪는 모습을 옆에서 어찌 보나. 나는 크게 심호흡한 다음 전화를 받았다.

"돌리?"

"무슨 일 있어?"

"누가 죽은 건 아냐." 나의 놀란 목소리를 감지하고 그녀가 선수 쳤다.

"다행이네."

"스콧 때문에 전화했어. 우리 헤어질 것 같아."

두 사람의 결혼식이 8주 남았을 때였다.

한 시간 후에 도착하니 팔리가 혼자 주방에 있었다. 스콧은 출근했고 팔리는 며칠 특별 휴가를 받았다. 팔리는 두 사람이 어젯밤 나눈 대화를 처음부터 끝까지 털어놓았다. 팔리는 일이 이렇게 될 줄 몰랐다고 했다. 지금으로선 결혼식은 안중에도 없다면서 어떻게든 관계를 회복하고 싶다고 했다. 팔리의 아버지와 새어머니가 주말에 쉬러 콘월에 있는 별장으로 내려가셨기에, 팔리와 스콧이 서로 떨어져 생각할 시간을 갖도록 우리도 그리로 내려가기로 했다.

우리는 팔리가 스콧에게 전화로 할 말을 준비했다. 스콧과 통화할 때 옆에 있어달라고 팔리가 내게 부탁했다. 가슴이 떨려서 진정할 수 있게 나를 눈에 보이는 곳에 앉혀두고 싶어 했다. 팔리가 전화기를 들고 집 안을 왔다 갔다 하는 사이, 나는 소파에 앉아 두 사람이 같이 사는 집을 둘러보았다. 두 사람이 함께 만들어간 공간. 둘이 각각 20대 초반과 20대 중반일 때 사랑스럽게 껴안고 찍은 상큼한 사진이 보였다. 플로렌스와 마지막으로 휴가 가서 찍은 사진도 있었다. 내가 같이 가서 골라준 황갈색 카펫. 새벽까지 레드 와인을 마시며 텔레비전으로 선거 결과를 보면서 셋이 함께 앉았던 소파. 두 사람의 약혼식을 위해 우리가 사서 벽에 붙인 모리세이 포스터.

힘들고 묘한 기분이 밀려왔다. 언제라도 둘 중 하나가 떠나기를 지난 몇 년간 바랐다. 매번 스콧에 대해 애정을 담아 얘기하면서도 나는 가장 소중한 친구를 되찾고 싶었다. 막상 그 순간이 닥치자 가슴이 미어지는 서글픔과 팔리를 갈망하는 마음 말고는 아무것도 느껴지지 않았다. 둘이 사귄 세월이 얼마인데, 나는 두 사람이 잘되기를 간절히 바랐다.

팔리와 스콧의 결혼식이 팔리 가족이 입은 깊은 상처를 보듬어 줄 거라 여겼다. 팔리의 가족이나 우리 친구들이 두 사람의 결혼식을 상상할 때면 행복이 하늘을 찌르면서도 서글퍼질 수밖에 없을 거라고 모두 입을 모았다. 그럼에도 두 사람의 인생에 새로운 장을 여는 자리가 되리라 확신했다. 끝이 아니라 시작이라고.

플로렌스가 떠난 후, 나는 기사 작위라도 받은 양 들러리 반장 역할을 본격적으로 수행했다. 에이제이와 레이시, 나는 올림픽 개막식에 뒤지지 않는 열정과 규모로 처녀 파티를 준비했다. 몇 달간 애원하며 흥정한 끝에 런던이 내려다보이는 어느 호텔의 루프탑 대행사장을 거한 저녁 식사 정도의 비용으로 저렴하게 빌릴 수 있었다. 나는 런던 게이 합창단을 섭외하고 팔리의 얼굴이 그려진 티셔츠를 입혀 신부에게 결혼식 노래를 불러주는 깜짝 쇼를 마련했다. 칵테일 전문가와 '더 팔리'라는 칵테일도 만들었다. 이베이에서 남자 등신대를 주문한 다음 그 위에 스콧의 사진을 붙여서 누구든 신랑과 사진을 찍을 수 있도록 준비했다. 팔리의 결혼을 축하하며 행운을 비는 사람들의 영상 메시지를 수십 개 찍어서 밤에 상영하기로 했다.

팔리가 스콧과 통화하는 소리가 다시 내 귀에 들렸다.

"우리 결혼식이 너무 부담스러워서 그런 거지? 결혼식이 우리 손을 떠나게 됐잖아. 결혼식이니 뭐니 그런 거 다 잊고 우리 둘만 생각하자." 팔리가 애원했다.

바로 그때, 팔리의 지역구 하원 의원 사무실에서 보낸 이메일이 도착했다.

돌리 귀하

이메일 잘 받았습니다. 의원님이 기꺼이 하시겠다고 합니다. 친구분에게 굉장히 특별한 처녀 파티를 해주려고 이리저리 애쓰시는 것 같군요. 다음 주 월요일 오전 11시 반에 촬영하러 의원님의 선거구 사무실로 오실 수 있으신가요?

그때가 여의치 않다면, 의원님의 일정을 검토해서 다른 날로 잡아보죠.

성공을 빌며

크리스틴

나는 조용히 이메일을 삭제했다.

우리는 차를 몰고 내가 사는 아파트로 향했다. 나는 가방에 짐을 대충 쑤셔 넣고 인디아와 벨에게 팔리가 편도선염으로 아픈데 스콧이 출장을 갔으니 내가 며칠 같이 있겠다고 문자를 보냈다. 거짓말해서 마음이 안 좋았지만 아직 모든 게 정해지지 않았고 결단을 내린 것도 아니라 모호하게 얼버무려 팔리에게 쏟아질 질문을 피하는 편이 낫겠다고 판단했다. 나는 하던 일을 접고 그녀의 차에 올라 콘월로 향했다.

우리는 여러 번 자동차로 여행했다. M25, M4, M5°를 달렸다.

방학이면 콘월 별장으로 향했고, 열여섯 살과 열일곱 살 여름에는 자동차로 여행했다. 엑서터에서 대학을 다니는 동안 런던과 엑서터를 여러 번 오갔다. 팔리는 과자 할인점 입점 여부에 따라 고속도로 휴게소 순위를 엄격하게 평가하는 시스템을 갖추고 자신의 선호도를 나에게 시험하길 좋아했다.

자동차를 타고 먼 길을 달리는 일이 묘하게도 그 순간 꼭 필요해 보였다. 팔리의 자동차는 10대 시절 우리의 우정이 샘솟은 발상지였다. 내가 어른이 되고 싶어서 안달하던 시절, 팔리의 운전면허는 자유의 나라로 가는 여권이자, 우리가 같이 산 첫 번째 집이었다. 세상에서 도피하는 우리만의 안식처였다. 〈오즈의 마법사〉처럼 반짝이는 도시를 조망하던 어느 언덕이 있었다. 방과 후 그곳까지 차를 몰고 올라가 담배 한 갑을 나눠 피우고 FM 라디오를 들으며 아이스크림 한 통을 나눠 먹었다.

"뭐가 보이니?" 졸업을 몇 주 앞두고 팔리가 물었다.

"앞으로 내가 사랑에 빠질 남자들. 앞으로 읽을 책들하고, 밤낮으로 머리를 누이고 살 집들도 보여. 넌 뭐가 보여?"

"굉장히 무시무시해 보이는데." 팔리가 대답했다.

5시간 동안 달린 자동차 여행은 평소보다 훨씬 오래 걸린 듯했다. 수다를 떨지도 않고, 라디오를 듣지도 않고, 음악도 틀지 않아서 그랬던 것 같다. 차 안엔 침묵 아닌 침묵만 흘렀다. 팔리의 머릿속에서 울리는 소음이 내 귀에까지 들리는 것 같았다. 우리는 대시보드

○   영국의 고속도로 이름.

위에 팔리의 휴대전화를 올려놓고 스콧이 전화해 정말 잘못했다고 말해주길 기다렸다. 화면에 불이 들어올 때마다 팔리가 정면에서 시선을 떼고 휴대전화를 쳐다봤다.

"대신 봐줘." 팔리가 다급히 말했다. 오는 것이라곤 팔리의 편도선염 걱정과 수프와 잡지를 사 들고 병문안 가도 되냐는 문자가 다였다.

"이게 뭐지." 팔리가 옅은 미소를 간신히 지었다. "스콧하고 지난 6년간 사소한 일 하나하나 서로 문자를 주고받았는데 지금 내가 연락이 오기를 목 빼고 기다리고 있다니. 내 꾀병 걱정하는 문자만 오잖아."

"이게 다 네가 사랑받는다는 증거야." 내가 달랬다. 아까보다 더 불안해진 침묵이 내려앉았다.

"사람들한테 뭐라고 하지? 결혼식에 올 하객들한테 말이야."

"아직 거기까지 생각할 필요 없어. 설사 그렇게 돼도 넌 누구한테든 말할 필요 없어. 우리가 다 알아서 할게."

"네가 없었더라면 어떻게 버텼을까. 네가 옆에 있는 한 괜찮아질 거야."

"나 여기 있어. 아무 데도 안 가. 여기에 영영 있을 거야. 어떤 상황이든 우리 둘이서 끝까지 뚫고 가자."

M5의 어둠을 뚫고 가는 동안 팔리가 정면을 주시했다. 그녀의 뺨에 눈물이 내렸다.

"혹시 나 때문에 그동안 네가 뒷전으로 밀린 기분이 들었다면 사과할게, 돌리."

✧

자정을 막 넘긴 시각에 목적지에 도착했다. 팔리 부모님이 우리를 기다리고 있었다. 플로렌스가 떠난 그 주에 나는 식구들의 차 마시는 취향을 외우게 됐다. 이게 내가 한 일 중에 유일하게 쓸 만했다. 나는 차를 우렸다. 우리는 소파에 앉아 그동안 있었던 일들을 모조리 털어놓은 다음, 앞으로 닥칠 후폭풍을 상의했다.

팔리와 나는 불을 끄고 침대에 나란히 누웠다.

"이 난리 통에 진짜 비극이 뭔지 알아?"

"말해봐." 팔리가 말했다.

"나하고 로렌이 결혼식에 쓸 곡의 코드와 화음을 마침내 완성했다는 거야."

"그랬구나, 몰랐어. 네가 보낸 녹음 파일 좋던데."

"현악 4중주단이 인트로를 맡아주겠다고 얼마 전에 확답도 받았는데."

"알지, 알아."

"어쩌면 이게 가면을 쓴 축복일지도 몰라. 그 곡을 들으면 다들 짜깁기한 곡이라고 할지도 모르거든."

"처녀 파티 때문에 손해 많이 보겠네?"

"걱정할 거 없어. 우리가 다 알아서 할게." 고요함이 어둠을 덮었다. 나는 팔리가 계속 말하길 기다렸다.

"더 말해주라. 이젠 파혼할 가능성이 90퍼센트가 넘었으니 말해주는 게 낫지 않을까?" 팔리가 부탁했다.

"너 속상할까 봐 그러지."

"오히려 기운이 날 것 같아."

나는 그녀를 위해 준비한 주말 계획을 털어놓았다. 말도 안 되는 일정을 하나하나 털어놓자, 사탕을 못 받은 아이처럼 팔리가 투정을 부렸다. 우리는 내 휴대전화에 있던 영국 소셜 네트워크 유명 인사들이 안부를 전한 영상을 같이 봤다.

"이런 걸 준비해줘서 고마워. 근사했겠네. 내가 좋아했을 거야."

"널 위해서라면 다시 준비할 수 있어."

"다시는 결혼 안 해."

"그걸 어떻게 알아? 네가 안 한다면 이걸 대충 생일 파티용으로 해도 돼. 너의 마흔 살 생일은 내가 성대하게 치러주마." 팔리가 숨을 깊이 들이쉬더니 점차 호흡이 느려졌다. 우리가 같은 침대에 누운 세월이 한두 해가 아니다. 수다를 떨다가도 팔리는 곯아떨어지곤 했다. 덕분에 나는 지금 그녀에게 졸음이 쏟아지고 있다는 걸 눈치챘다. "필요하면 자다가도 깨워." 내가 속삭였다.

"고마워, 돌리. 우리 둘이 사귀는 날이 오면 좋겠어. 그럼 모든 게 훨씬 쉬워질 텐데." 팔리가 졸린 목소리로 웅얼거렸다.

"유감스럽지만 너는 내 타입이 아니야, 팔리."

팔리가 웃더니 몇 분 후 흐느끼기 시작했다. 나는 그녀의 등을 쓸었다. 아무 말 없이.

다음 며칠간 우리는 오래 산책하면서 팔리와 스콧이 나눈 대화 속 단어를 하나하나 몇 번이고 분석하면서 관계가 어그러진 지점까지 거슬러 올라갔다. 내가 차를 우려도 팔리는 마시지 않았고, 리처드가 요리해도 입에 대지 않았다. 우리가 텔레비전을 보고 있으면

✧

팔리는 저 멀리 어디쯤을 바라봤다. 며칠 후, 나는 일 때문에 런던으로 돌아와야 했다. 이틀 후, 팔리도 런던으로 돌아왔다. 팔리와 스콧이 집 근처 공원에서 산책하면서 결단을 내리기로 했다.

두 사람이 만나기로 한 아침, 나는 아무것도 손에 잡히지 않아서 휴대전화만 들여다보며 문자를 기다렸다. 세 시간 후, 결국 팔리에게 전화하기로 했다. 첫 번째 신호가 가기도 전에 팔리가 전화를 받았다.

"다 끝났어." 팔리가 결론부터 말했다. "결혼식 취소됐다고 모두에게 전해줘. 내가 나중에 전화할게."

전화가 끊겼다.

나는 친한 친구들에게 한 명씩 돌아가며 전화를 걸어 자초지종을 설명했다. 소식을 듣고 놀라지 않는 사람이 없었다. 나는 단어를 신중히 골라 결혼식이 취소됐음을 통보하는 이메일을 작성해 팔리 측 하객들에게 발송했다. 이제 다 끝났다. 복사 및 붙여넣기로 작성했다. 그날로 두 사람의 미래와 이야기가 막을 내렸다. 나는 그녀의 처녀 파티를 열기 위해 공들인 모든 것을 없었던 일로 되돌렸다.

두 사람이 얘기를 끝낸 당일, 팔리는 둘이 살던 아파트에서 나와 몇 킬로미터 떨어진 부모님의 집으로 들어갔다. 나도 그 집으로 갔다. 넉넉했던 내 은행 잔고가 바닥을 뚫고 한참 마이너스로 주저앉았다.

"내가 잘못한 것도 아닌데 감옥에 갇힌 기분이야. 난 여기 어딘가에 갇혀 있는데 내 인생이 저 멀리 달아나버리더니 나더러 이런 인생은 살 수 없다고 하는 것 같아. 예전처럼 살고 싶어."

"예전처럼 살 수 있어. 영영 이렇게 살진 않을 거야. 장담해."

"나 저주받았나 봐."

"저주는 무슨 저주. 넌 끔찍하고 소름 끼치고 버티기 힘든 불운을 겪었을 뿐이야. 남들이 평생 할 고생을 지난 1년 반 사이에 훨씬 심하게 겪었잖아. 이젠 꽃길만 걸을 거야. 놓치지 마."

"플로렌스가 떠나고 다들 그렇게 말해주던데, 더는 못 듣겠어."

모두의 응원을 받으며 팔리는 곧바로 복직했다. 우리 친구들은 그녀가 다른 데로 시선을 돌릴 수 있도록 작전을 수행했다. 나는 팔리와 거의 붙어 살았지만 이틀에 한 번 엽서를 보내 그녀가 퇴근하고 집에 오면 근사한 엽서를 받게 했다. 들러리들이 그녀의 처녀 파티가 열렸을 주말에 팔리를 데리고 야외로 나가 와인과 음식을 먹였다. 나는 결혼식이 열릴 그 주에 이탈리아 사르데냐섬에서 휴가를 보내려고 예약했다. 팔리가 파혼한 후 한 달 내내 우리는 돌아가면서 저녁 시간을 함께했다. 시사에 관해 얘기하기도 했고, 레바논 음식을 포장해와 먹으며 쓰레기 같은 텔레비전을 보기도 했다. 누구든 팔리를 만나고 돌아가는 길이면 팔리의 상태를 문자로 보고했고 다음은 누가 보러 올 차례인지 확인했다. 우리는 교대 근무 하는 간호사처럼 돌아가며 팔리를 지켰다. 우리의 구급상자는 초콜릿 과자와 리얼리티 예능 프로그램이었다.

그 무렵 나는 사람들이 돌아가며 도와주면 고통이 엷게 번진다는 사실을 깨달았다. 위기의 중심에 선 사람에게는 가족과 친구의 도움이 필요하다. 그를 돕는 이들에게도 친구와 배우자와 가족의 도움이 필요하다. 이렇게 두 다리 건넌 사람들에게도 얘기를 털어놓을 누군가가 필요하다. 상심한 가슴을 달래려면 마을 전체가 필요하다.

나는 차를 몰아 팔리를 아파트로 데려다준 후 차 안에 기다렸다. 그사이에 팔리는 자기 물건을 챙기면서 스콧과 마지막으로 대화를 나눴다. 두 사람이 살던 아파트가 매물로 나왔다. 팔리는 짐을 모조리 챙겨서 어릴 때 살던 침실로 옮겨놓았다. 당분간보다는 길고, 영원보다는 짧게 그곳에서 지내게 될 것이다.

온종일 끔찍했던 어느 일요일, 팔리의 예전 모습이 처음으로 슬쩍 보였다. 나는 별로 내켜 하지 않는 친구들을 설득해 가짜 디너파티 사진을 촬영했다. 전통적인 디너파티가 사라졌다는 나의 기사와 함께 문화 섹션 전면에 실릴 사진이었다. 에디터는 내가 우리 집에서 '흥겨운 손님들'과 있는 사진을 찍기 원했다. 나는 에디터에게 그날 같이 사진을 찍을 남자가 없다고 하소연했다. 그는 마지못해 여자들만 있는 사진도 괜찮겠다고 했다. 막상 사진기자가 와서는 남자들도 같이 있는 사진을 꼭 찍자고 했다. 새로운 지령을 받고 온 게 분명해 보였다.

팔리는 12시에 와서 연신 화이트 와인을 들이켜더니 사진을 찍어줄 남자를 찾아보겠다며 이웃집 문을 두드렸다. 그사이, 벨과 에이제이가 동네 술집까지 차를 타고 가서 술잔을 두드려 모두의 이목을 집중시켰다. 사진을 찍어줄 남자 몇 명을 모집하고 있다면서 저온에서 천천히 구운 양고기를 접대하고 신문에 실릴 사진을 주겠다며 어설프게 연설했다.

"이런 제안에 관심이 있으신 분 계신가요?" 벨이 우렁차게 말했다. "그럼 밖에서 기다리겠습니다."

5분 후, 땀으로 범벅이 된 잔뜩 취한 30, 40대 남자들이 터덜터덜 밖으로 나와 차에 탔다.

다들 둥글게 식탁에 끼어 앉아 잔을 부딪치며 예전부터 알고 지낸 친구인 척하는 사이, 한 남자가 다른 남자들보다 훨씬 취해서 로마 황제처럼 양고기를 손으로 들고 뜯었다. 사진기자는 의자 위에 올라서서 우리를 한 프레임에 담으려고 했다. 플래시가 터지는 순간, 로마 황제가 와인을 더 달라고 고래고래 소리쳤다. 슬랩스틱 촌극이 벌어진 것처럼 사람들이 사방으로 흩어지고 정신없이 물건이 하나하나 박살 났다.

"망했네." 나는 숨을 죽이며 친구들에게 속삭였다.

"망하긴 뭐가 망해!" 팔리가 술에 취해 호통쳤다. "7년이나 사귄 남자한테 한 달 전에 차였는데, 이게 뭐가 대수라고!" 사진기자가 괜찮으냐며 날 쳐다봤다. 술에 취한 로마 황제조차 음식을 씹다 말았다. "건배!" 팔리가 흥겹게 외치며 우리에게 술잔을 들어 올렸다.

우리는 이런 자폭하는 농담에 대처하는 법을 일찍이 터득했다. 팔리와 얘기하다 보면 이런 농담이 손때 묻은 가구처럼 느껴졌다. 블랙코미디가 임계점에 다다라 잔인한 말로 바뀌는 지점을 모르는 사람은 농담에 끼면 안 된다. 그렇다고 못 들은 척해서도 안 된다. 그저 호탕하게 웃어야 한다.

우리는 팔리의 결혼식 예정일을 며칠 앞두고 이탈리아 사르데냐섬으로 출발했다. 오후 늦게 도착해 무보험 렌터카를 몰고 섬

북서부로 올라갔다. 구불구불한 해안 도로를 따라 차를 살살 몰며 10년 전 우리가 처음 자동차 여행을 하면서 들었던 음악을 틀었다. 그때는 파혼은 물론이거니와 연애라는 것이 우리와 아무 상관없는 일인 줄 알았다.

우리는 예쁘고 소박한 호텔에 묵었다. 풀장과 바가 있고 바다가 보이는 객실이었다. 우리가 원하는 게 전부 있었다. 학교를 좋아하던 소녀였다가 학교 선생님이 된 팔리는 예나 지금이나 규칙을 준수했다. 우리는 우리만의 일과를 재빨리 만들어갔다. 매일 아침 일찍 일어나 곧장 바닷가로 달려갔다. 환한 아침 햇살을 받으며 운동했다. 그리고 아침을 먹기 전까지 바다에서 수영을 했다. 음, 나는 수영을 했지만, 팔리는 모래밭에 앉아 구경만 했다. 팔리와 내가 가장 많이 부딪치는 부분이 바로 야외 수영에 관한 주제였다. 나는 바다가 보이기만 하면 옷을 벗고 뛰어들지만, 팔리는 철저하게 염소로 소독된 풀장에만 들어간다.

"들어와!" 어느 날 아침 바닷가에서 내가 소리쳤다. 바다가 풀장처럼 잔잔하고 따뜻했다. "들어와! 정말 좋다니까."

"물고기 있으면 어떡해?" 그녀가 인상을 쓰며 외쳤다.

"물고기 없어! 뭐, 있을 수도 있지만."

"내가 물고기 무서워하는 거 알면서."

"대체 물고기가 뭐가 무서운데? 생선은 먹잖아."

"물고기가 주위를 빙빙 돌아다닌다는 생각만 해도 오싹해."

"깔끔 떨면서 교외에 사는 사람처럼 말하네, 팔리. 비 오면 드라이한 머리 망가질까 봐 쇼핑센터에서만 쇼핑하고, 물고기가 무서워서 풀장에서만 수영하느라 인생을 놓치고 싶어?"

"우리도 교외에 살잖아, 돌리. 진짜로 살잖아."

"들어와! 이건 자연이 만든 거야! 신이 만드신 풀장이라고! 마음이 다 풀려. 신이 바다에 있다니까!"

"내가 확실히 아는 게 있는데," 팔리가 일어나서 다리에 묻은 모래를 털었다. "신은 없어, 돌리!" 팔리가 발랄하게 외치더니 바다로 걸어왔다.

우리는 아침나절 내내 책을 읽고 음악을 듣다가 정오에 그날의 첫 술잔을 기울였다. 햇빛을 받으며 오후 내내 낮잠을 자고 일어나 선탠한 다음 저녁을 먹으러 시내로 나갔다. 저녁에 호텔로 돌아와 체온이 떨어지지 않게 테라스에서 두꺼운 담요를 덮고 앉아 칵테일을 마시며 카드 게임을 하고 친구들에게 취한 상태로 엽서를 썼다.

결혼식 당일, 나보다 먼저 눈을 뜬 팔리가 천장을 쳐다보고 있었다.

"괜찮니?" 나는 깨자마자 물었다.

"응." 팔리가 대답하더니 고개를 돌리고 이불을 뒤집어썼다. "오늘이 지나갔으면 좋겠어."

"오늘이 가장 힘들겠지만, 다 지나갈 거야. 자정이 되면 끝나. 두 번 다시 겪을 필요 없어."

"그래." 팔리가 조용히 대답했다. 나는 그녀가 누운 침대 발치에 걸터앉았다.

"오늘 뭐 하고 싶어? 밤에 레스토랑 예약해놨어. 리뷰 별점 5개 받은 곳인데, 범죄 현장처럼 보이는 끔찍한 음식을 클로즈업해서 찍은 사진도 있더라."

"좋지." 팔리가 한숨을 쉬며 말했다. "유행을 무작정 추종하는 여자처럼 선탠이나 오래 할래."

우리는 그날 거의 입을 다문 채 책을 읽고 이어폰을 나눠 끼고 팟캐스트를 들었다. 팔리가 이따금 주위를 돌아보면서 "지금쯤이면 들러리 서준 친구들하고 아침 먹고 있었을 텐데"라든가 "지금쯤이면 웨딩드레스 입었겠네"라고 중얼거렸다. 오후 늦게 팔리는 휴대전화를 집어 들더니 시간을 확인했다.

"영국이 지금 4시 10분 전이니, 정확히 10분 후면 내가 결혼했겠네."

"맞아. 그런데 너희 아버지랑 호수에서 비 맞으면서 곤돌라 타느니 여기 근사한 이탈리아에서 선탠하는 게 낫잖아?"

"원래 곤돌라는 절대 타지 않을 작정이었어." 팔리가 씩씩거리며 말했다. "혹시나 나중을 위해서 이 말을 해두는 거야."

"너 진짜로 타려고 했잖아."

"아니거든."

"맞거든. 네 말투 속에는 곤돌라 타면 좋겠다고 내가 말해주길 기대하는 느낌이 섞여 있었어."

"아니라니까!"

"그랬더라면 이상했을 거야. 그 거추장스러운 드레스까지 입고 호수 위를 둥둥 떠내려오면 다들 너만 쳐다보겠지. 뱃사람이 노를 젓다가 덜거덕거리면서 널 호수에서 끌어올려야 하잖니."

◆

"뱃사람도, 노도 없었다니까 그러네." 팔리가 한숨을 쉬었다.

나는 풀장 옆에서 시원한 스파클링 와인을 플라스틱 잔에 따랐다. "지금쯤이면 서약하고 있었을 테니, 우리 서약하자."

"누구한테?"

"우리 자신한테. 그리고 서로에게."

"좋아." 팔리가 선글라스를 머리 위에 걸쳤다. "너 먼저 해."

"우리가 영국에 돌아가면 네가 이 문제를 어떻게 해결하든 함부로 판단하지 않겠다고 맹세할게. 당분간 암페타민을 찐하게 하고 아무하고나 가볍게 섹스하겠다고 해도 괜찮아. 1년간 집 밖을 나오지 않겠다고 해도 괜찮아. 네가 뭘 하든 난 응원해줄 거야. 너처럼 사람들을 잃는 게 뭔지 난 도저히 상상이 안 가거든."

"고마워." 팔리가 술을 마시다 말고 생각에 잠겼다. "난 네가 늘 성장하게 해주겠다고 맹세할게. 우리가 어릴 때부터 아는 사이라고 해서 네가 진짜 어떤 사람인지 안다는 말은 절대로 하지 않겠어. 네가 중요한 변화의 시기를 겪는 동안 난 그저 응원해줄래."

"그거 좋네." 내가 그녀의 잔에 쨍 소리를 내며 말했다. "치아 사이에 뭐가 끼면 꼭 말하겠다고 맹세할게."

"언제든"

"나이 들고 잇몸이 주저앉으면 그때 자주 말해줄게. 푸른 잎이 떨어질 때가 오면 말이야."

"지금보다 날 더 우울하게 만들지는 말아주라."

"이제 네가 너에게 맹세할 차례야."

"내가 다시 사랑에 빠진다면 친구들을 안 보는 일 절대로 없도록 하겠다고 맹세할게. 너희들이 얼마나 소중한지, 우리가 서로에게 얼마나 필요한 존재인지 절대로 잊지 않을게."

팔리의 결혼식 리셉션에 200명이 넘는 하객이 모였을 저녁에 우리는 택시를 타고 바다가 보이는 언덕 위 레스토랑으로 향했다.

"지금쯤이면 네가 사람들 앞에서 연설했겠네. 뭐라고 썼어?"

"안 썼어. 항상 아이폰 메모장에 기록하는 편인데 결혼식에서 할 연설은 적지도 않았어."

"내가 온종일 행복했을까, 아니면 스트레스를 받았을까?"

나는 플로렌스가 떠난 이후 읽은 요절한 사람들에 관한 기사가 떠올랐다. 고모가 슬픔에 빠진 아버지에게 하는 조언이었는데, 10대였던 네 아들이 교통사고로 죽지 않았더라면 살았을 인생에 대해 상상하지 말라는 내용이었다. 필자는 이런 상상은 자신을 고문하는 연습만 하는 거라고 했다.

"있잖아, 인생이 다른 데에 있는 게 아니야. 다른 나라에 있는 게 아니라고. 그 남자와 7년을 사귀었지만 거기가 끝이야. 거기까지 였어."

"알아."

"네 인생은 지금 여기에 있어. 투사지에 대고 본뜨는 인생을 살아서는 안 돼."

"맞아, 일어나지도 않을 일에 매달려 살면 안 되지."

팔리가 덤덤히 말하면서 와인 한 병을 더 달라고 신호를 보냈다. "나하고 그 사람 사이가 위태로워 보였던 적 있었니?"

"솔직히?"

"응, 진짜로. 이제 와서 무슨 상관이겠어. 듣고 싶어."

"있어." 내가 대답했다. "볼수록 괜찮은 사람 같아서 나중엔 네가 정말 행복하게 살 줄 알았어. 하지만 늘 혹시나 했어."

팔리가 푸른 대서양의 수평선 위로 가라앉는 태양을 바라봤다. 창턱에 완벽하게 균형을 잡은 복숭아 같았다.

"솔직히 말해줘서 고마워."

바다가 태양을 삼켰다. 하늘이 서서히 검푸르게 변하더니 조광기로 조절한 듯 밤이 됐다. 낮처럼, 또다시 그렇게 나쁘진 않았다.

일주일 후 우리는 다른 해안가 마을로 차를 몰고 내려가 사브리나와 벨과 합류했다. 휴가는 비슷하게 흘러갔다. 우리는 리큐어를 마시고 카드놀이를 하고 해변에 누워 있었다. 벨과 나는 새벽 6시에 아파트에서 나와 해변에서 알몸으로 아침노을을 맞으며 수영했다. 예상대로 팔리는 마지막 주 내내 기분 좋게 얌전히 보냈다. 우리는 지나간 일들에 대해 많은 얘기를 나눴다. 휴가를 떠난 가장 큰 이유가 이거였다. 그런데 팔리가 과거보다 미래를 얘기하기 시작했다. 어디에서 살 건지, 새로운 일상은 어떤 모습일지. 2주간 휴가를 보내면서 그동안 걸치고 있던 우울한 옷을 한 겹 벗어버린 것 같았다. 어느 날 술에 잔뜩 취해(학창 시절 이후 가장 많이 취했다) 동네 레스토랑 매니저에게 들이대기도 했다. 영화배우처럼 생긴 60대의 이탈리아인이었다. 이 일이 가장 인상적인 통과의례였다. 파혼을 극복하고 새로운 국면으로 들어섰음을 보여주는 일화가 분명했다.

런던으로 돌아오자 상황이 꽤 달라졌다. 내가 세 통의 부재중

✧

전화를 받은 날로부터 정확히 석 달 뒤에 팔리가 스물아홉 번째 생일을 맞이했다. 이날이 이정표가 된 것 같았다. 우리는 제일 좋아하는 술집에서 저녁을 먹고 춤을 췄다. 팔리는 내가 처녀 파티에서 입으라고 골라줬던 드레스를 입었다. 검은색 드레스로 양쪽 옆이 푹 파여서 팔리가 열아홉 살 때 한 문신이 보였다. 런던 외곽에 있는 어느 문신 시술소에서 충동적으로 한 문신이었는데 끔찍한 실수를 저질렀다. 작은 별 두 개를 새기면서 하나는 분홍, 하나는 노란색으로 칠했다(팔리의 어머니가 한탄했다. "세상에, 문신을 노란 별°로 하는 유대인이 세상천지에 어디 있니!")

팔리는 생일날 오후, 10년 전 저지른 실수를 만회하려고 다른 문신 시술소에 가서 별을 덧칠했다. 검게 칠한 별 앞에 플로렌스를 상징하는 'F'와 나를 상징하는 'D'를 추가했다. 우리가 뭘 잃든, 인생이 아무리 불확실하고 예측을 불허한다 해도, 이 문신은 누군가 함께 걷고 있음을 상기시켜줄 것이다.

° 노란색 다윗의 별. 2차 세계대전 당시 나치 독일이 유대인을 구별하기 위해 옷에 노란 별을 달게 했다.

연애 구루에게
제대로 당한 사연

팔리가 파혼한 여름 초입, 나는 남에게 휘둘리는 행동의 위험성에 대해 기사를 써달라는 의뢰를 받았다. 잡지사 에디터가 이 주제로 책을 낸 작가와 얘기해보는 게 좋겠다고 했다. 이름은 데이비드, 나이는 쉰을 바라봤다. 배우였다가 작가로 전향한 그와 통화하기 전에 구글에서 이름부터 검색했다. 이런, 미남이다. 올리브색 피부에 희끗희끗한 머리칼, 연갈색 눈동자의 소유자였다. 그쪽 출판사에서 그가 쓴 책의 PDF 파일을 보내줬다. 좌절감이 들 정도로 정말 잘 쓴 책이었다. 책은 인정받고자 하는 인간의 욕구가 어떻게 행복을 갉아먹는지에 초점을 맞추고 있었다. 책을 읽으면서 뭔가, 아니 누군가가 듬직하게 양손으로 내 어깨를 확 잡아 젖히는 듯했다. 나는 이런 자극이 필요했다.

우리는 한참 이메일을 주고받다가 통화할 시간 약속을 잡았다. 그의 목소리는 깊고 다정했다. 상상했던 것보다 귀에 잘 꽂히면서도 극적으로 들렸다. 전체적인 분위기는 뼛속까지 히피이면서도 연극 배우처럼 말했다. 나는 그의 저서와 내 마음에 콕 박힌 구절에 대해 질문했다. 그가 설명하길, 우리는 어릴 때 행동을 조심하라는 소리를 귀가 따갑게 들었다고 했다. 나서지 말고, 과시하지도 말며, 마음 깊은 곳에 본래 모습을 감추고 담을 쌓은 채 똑똑한 척하지 말라는 얘기를 들었다고 했다. 그래서 어른이 되면 진짜 자기 모습을 살피기가 두려워서 자기가 가진 특정 부분을 감춘다고 했다. 이를테면, 어둡고 부산스럽고 특이하고 꼬인 모습을 남들이 싫어할까 봐 겁이 나 감춘다는 것이다. 이런 모습 역시 우리의 일부이기에 아름답다고 그는 주장했다.

개인적인 관점에서 기사를 써야 했기에 내 경험에 대해 얘기할 수밖에 없었다. 나는 올해부터 심리 상담을 받고 있다고 털어놓았다.

"당신처럼 심리 상담을 받는 사람의 위험성은 똑똑해 보인다는 점이죠. 당신은 상담을 받아야 할 이유를 술술 댈 겁니다. 대화를 통해 자신을 학문적으로 연구하는 거죠. 그러나, 알다시피 아무리 대화를 해봐야 한계가 있습니다. 핵이 변하는 기분을 체감해야 합니다. 심리 상담사와의 대화로는 경험할 수 없어요. 몸소 느껴야 해요." 그가 속도를 늦췄다. "당신의 무릎 뒤에서, 자궁에서, 발가락에서, 손끝에서 그걸 느껴야 합니다."

"흠." 나는 수긍하는 의미로 대답했다.

통화는 45분간 이어졌다. 책 얘기로 시작했다가 그가 수년간 공들인 연구와 작품을 거쳐 내 경험으로 넘어갔다. 그가 어떤 형식이나 예의를 갖추지 않고 단도직입적으로 말하니 통화만으로도 내 마음의 중심이 곧장 찔리는 것 같았다.

"당신의 자그마한 뺨을 꼬집으세요." 그가 나를 수년간 봐온 사람처럼 명령했다. "당신이 뭘 해야 하는지, 어떤 사람이 돼야 하는지 남의 말을 들을 필요가 없습니다. 이제 당신이 당신의 어머니가 됐습니다. 당신이 뭘 원하는지 귀 기울이세요."

"흠." 나는 또 한 번 넘겼다.

"죽을 때까지 날마다 당신이 이 일을 진지하게 수행하길 바랍니다."

"적당히 하면 어떨까요? 허구한 날 나 자신으로 살면 뭐가 좋나요?"

"어떤 남자가 적당해 보여서 사랑에 빠진 적 있습니까?"

"음, 아뇨."

"하아, 그레그가 말이에요……" 그가 욕정이 가득 찬 목소리로 연기했다. "그이를 보면 흥분이 돼요. 하아, 저이라면 적당해요."

"아뇨, 없어요." 내가 웃으면서 대답했다.

"나는 적당히에는 관심이 없어요. 어두운 곳에, 모서리와 구석에 보물이 묻혀 있습니다. 적당히는 집어치우세요."

그가 내게 추파를 던지는 것 같았다. 기사에 낼 괜찮은 인용문으로 쓰라고 얘기하는 건지 구분이 가지 않았다. 통화가 끝나갈 무렵 우리는 전혀 인터뷰 같지 않은 일상적인 수다를 떨었다. 그는 내가 연애 중인지 말해주길 원하는 눈치였지만 나는 말꼬리를 흐렸다. 그가 내게 일대일 상담을 해줄 수 있다고 했다.

"평가당한다는 두려움 없이 누군가에게 나 자신을 모두 보여줄 때 친밀감이 지붕을 뚫을 겁니다." 그가 말했다.

"그러게요. 그게 늘 가장 큰 문제죠. 친밀감이요."

"알고 있습니다. 당신에게 느껴져요." 갑자기 대화가 뚝 끊겼다. 그가 구루Guru들이 하는 헛소리를 지껄이고 있었다. 내가 늘 꾹꾹 눌러둔 모습들이 생각보다 눈에 훨씬 잘 띄는 모양이었다.

"흠." 나는 다시 한번 넘겼다.

"당신을 꽉 잡아줄 누군가가 당신의 삶 속에 있기를 바라요."

"심리 상담사가 있어요."

"그 소리가 아니잖아요."

아파트에서 나오자 지금 막 일어난 듯 눈이 부셔서 눈을 끔뻑였다.

"방금 진짜 묘한 통화를 했어." 인디아와 벨에게 말했다. 둘이 정원에서 선탠을 하고 있었다.

"누구랑?" 인디아가 이어폰을 빼며 물었다.

"취재 때문에 통화한 남자, 구루라나 뭐라나."

"뭐래?"

"글쎄다, 내가 한 번도 말을 걸어보지 않은 내 안의 무언가에 그가 말을 거는 것 같았어. 처음으로 그 무언가가 하품하면서 잠에서 깨는 느낌이랄까."

"구루라는 인간들은 원래 그래. 그게 그들이 지닌 힘이라고 네가 착각하게 만들지." 인디아가 앞으로 돌아누우며 침울하게 말했다. "자기 입으로 구루라고 하는 인간은 절대로 믿지 않을래, 난."

"정확히 말하면 자기 입으로 구루라는 말은 안 했어. 남들이 그러지."

"그럼 좀 낫네."

"뭐랄까, '통달한 사람' 같기도 하고 '거물' 같기도 해. 남들이 그리 불러줄 때까지 기다려야지 자기 입으로 그런 소리 하면 안 되지." 나는 윗옷을 벗고 두 사람 옆에 같이 누웠다.

"필요한 건 다 얻었어?" 벨이 물었다.

"응. 진짜 괜찮은 인터뷰 상대였어." 나는 눈을 감고 따가운 볕이 내 몸을 감싸 안는 영국의 귀한 날씨를 누렸다. "세상에, 그 남자 생각이 멈추질 않아."

"혹시, 잠자리 그런 쪽으로?" 인디아가 물었다.

"아니, 그쪽은 아니고. 뭐랄까, 내가 너희 영혼을 삼키겠다, 뭐 이런 식이야. 그에 대한 모든 걸 알고 싶고, 그가 하는 해설을 죄다 듣고 싶어."

"전화번호 물어봐."

"그건 알지, 방금 전화 인터뷰 했잖아."

"맞다. 그럼 그냥 문자해."

"기사 때문에 인터뷰한 사람한테 어떻게 '그냥 문자'를 해?"

"왜 못 해?" 벨이 물었다.

"적당하지 않잖아." 내 입에서 이 말이 나오다니. "그런데 다들 적당한 사람과 사랑에 빠지나?"

그날 밤 침대에 누워 녹음된 통화를 다시 들었다. 그의 말이 탁구공처럼 내 몸속에서 통통 튀어 다녔다. 다음 날 아침, 기사를 작성해 에디터에게 발송한 다음 그를 지웠다.

✧

두 달 후, 파티에 갔다가 밤늦게 돌아오는 길에 데이비드에게서 와츠앱 메신저 문자가 왔다. 프랑스에서 휴가를 보내는 중이라면서 별이 쏟아지는 하늘 아래에서 한참 산책하다가 문득 우리가 한 전화 인터뷰가 떠올랐다고 했다. 그런 경우는 처음이라면서.

"제 나르시시즘이 말을 거는 게 분명해요. 기사는 언제쯤 나옵니까?"

"나르시시즘이 말을 건 게 아닐걸요. 기사가 계속 미뤄져서 미안해요. 다음 달에 잡지 나오면 그때 문자드릴게요. 영국에 안 계시면 한 부 보내드릴 수 있어요."

"그때까진 영국에 돌아갈 겁니다. 잘 지내죠? 지난번 통화했을 때 낭떠러지 끝에 서 있는 것 같았는데."

"아직도 낭떠러지에 서 있긴 해요. 패러다임을 바꿔보려고 애쓰고 있어요. 쉽고 마음 편한 쪽으로요. 잘 지내시죠?"

"똑같죠, 뭐."

그는 아주 오래된 관계를 몇 주 전에 정리했다고 털어놨다. 호혜적으로 헤어졌으니 그게 맞다고 했다. 헤어지면서 양쪽 모두 위로를 받는 경우도 종종 있다고 했다. 에어컨을 끄면 마침내 주위가 조용해져서 계속 저음으로 윙윙대던 소리가 그제야 들리는 것과 같은 이치라고 했다.

우리는 그날 밤 몇 시간 내리 문자했다. 처음 통화할 때 얻지 못한 서로에 대한 기초 정보를 수집했다. 우리는 둘 다 북런던에서 자랐고, 보수적인 기숙학교를 졸업했다. 그래서 그런지 내가 내 목소리를 싫어하는 만큼 그 역시 자기 목소리를 싫어하는 것 같았다. 그는 2남 2녀의 아버지로 네 아이 모두 끔찍이 아꼈다. 아이들 얘기로 주고받은 문자를 쭉 펼치면 1킬로미터도 더 될 것 같았다. 그는 아이들 각자의 성격을 세세히 파악했고 열정과 꿈이 뭔지, 하루를 어떻게 보내는지도 알았다. 온 마음과 정성을 다해 네 아이에 대해 얘기했다.

우리는 음악과 가사 얘기도 했다. 나는 그에게 존 마틴을 제일 좋아한다고 했다. 내가 가장 길게 사랑한 유일한 남자가 바로 존 마틴이며, 그의 음악이었다고 했다. 데이비드는 존 마틴의 기타를 전 부인에게 사들인 사연을 얘기하면서 원한다면 주겠다고 했다. 내가 존 마틴의 음악에 푹 빠져 얼마나 정신을 못 차리는지 알아챘다. 우리는 둘 다 읽은 책에 대해 토론했다. 내가 채식주의자가 된 계기가 책이었다. 그 책에 실린 통계와 문단에 같이 분노했다. 어릴 때 프랑스에서 보낸 휴가에 대해서도 얘기했다. 부모님 얘기도 했다. 비 얘기를 하면서 내가 얼마나 비를 좋아하는지, 푸른 하늘과 햇살보다 더 좋아한다고 말했다. 비는 언제나 날 부드럽게 품고 달래준다면서, 어릴 때 비가 오면 밖에 주차된 엄마 차 트렁크 위에 앉아 있어도 되냐고 엄마에게 물었다고 했다. 우리는 새벽 3시가 돼서야 작별인사를 나눴다.

다음 날 아침 눈을 뜨자 생생한 꿈을 꾼 것 같았다. 그런데 데이비드가 새로 보낸 문자가 베개 밑에 넣어둔 휴대전화에서 나를 기다리고 있는 걸 보니 꿈이 아닌 게 분명했다. 이의 요정이 두고 간 반짝거리는 1파운드짜리 동전° 같았다.

"당신이 오늘 새벽 5시에 날 깨웠어요."

"그게 무슨 소리예요?" 내가 답장을 보냈다. 그가 빗소리를 녹음해서 내게 보냈다. 창문을 세차게 두드리다가 잦아드는 빗소리였다.

"내가 비예요?" 우리 대화에서 빠지지 않고 튀어나오는 나의 냉소적인 말투를 자제하며 물었다.

"네, 당신이 비예요. 당신이 더 가까이 다가오는 느낌이 들었습니다."

나는 그와 휴대전화로 소통하는 일을 절대로 멈출 수 없었기에 친구들에게 데이비드 얘기를 털어놓을 수밖에 없었다. 눈 뜨는 순간부터 잠자는 순간까지 문자를 주고받았다. 나는 일하고 먹고 씻는데 하루에 다섯 시간 정도를 따로 잡아놨지만, 이걸 꼭 해야 하는 시간에도 그를 떠올렸다. 사브리나와 점심을 먹는데 내가 휴대전화 화면에서 시선을 떼지 못하는 걸 그녀에게 들켰다.

"휴대전화 좀 그만 봐." 사브리나가 지적했다.

"휴대전화 보는 거 아냐." 내가 방어적으로 둘러댔다.

"눈이 화면에 가 있지 않아도 머릿속에서 그 남자하고 얘기하는 거 다 보여."

"아니라니까."

"점심 먹이려고 데리고 나왔는데 외국에 교환 학생으로 간 남자 친구하고 메신저할 생각만 하는 열세 살짜리 딸 같아."

○   서양에서는 젖니를 빼서 베개 밑에 넣어두면 이의 요정이 밤새 찾아와 젖니를 가져가고 그 자리에 동전을 남겨놓는다는 미신이 있다.

"미안해. 그 남자 생각하는 거 진짜로 아니야." 내 휴대전화에 불이 들어왔다.

"뭐래?" 사브리나가 화면을 힐끔 내려다보며 물었다. 나는 그가 사자를 공들여 그린 다음 찍어서 보낸 사진을 보여줬다.

"그 남자 왈, 내 내면의 영혼이 사자 같대."

사브리나가 황당해하며 눈을 몇 번 끔벅였다.

"글쎄다, 우리하고 공통점은 없겠네, 네 새 남친하고." 그녀가 건조하게 말했다.

"아냐, 있어. 있을 거야. 심각하거나 유머를 모르는 구루가 아냐. 진짜 재미있는 사람이야."

"알았으니까 문자 좀 살살해. 제발, 널 위해서. 그러다 시작하기도 전에 관계가 어그러질 수도 있어. 그 남자가 무슨 인간 다마고치야?"

"이 남자 3주째 프랑스에 있어. 돌아와서 만나기 전까진 내가 먼저 전화 거는 일은 없어."

"세상에, 그 남자가 너더러 프랑스로 오라고 했구나, 맞지?" 그녀가 고개를 내저으며 물었다. "너하고 네 남자들은 왜 그렇게 늘 극단적이니?"

"절대로 안 가." 내가 말했다. 호기심에 비행 편을 알아봤다는 얘기는 하지 않았다.

내 친구들은 잘 모르는 사람에게 곧장 푹 빠지는 나를 보고 제정신이 아니라고 하면서도 이런 모습에 익숙했다. 내가 새로운 연애 상대를 찾는 모습이 욕심 많은 아이가 크리스마스에 장난감 선물을 뜯어보는 것 같다고 했다. 상자를 북북 찢어서 연 다음 미친 듯이 가지고 놀다가 결국 망가트린다. 그러다 다음 날이 되면 망가진 플라스틱 조각을 찬장 뒤로 집어 던진다.

내가 데이비드와 맨 처음 통화한 녹음 파일을 팔리에게 메일로 보냈다.

"이거 들어봐. 그럼 내가 이 남자한테 왜 정신을 못 차리는지 이해할 거야." 한 시간 후 팔리가 답장을 보냈다.

"네가 왜 정신을 못 차리는지 이해가 가네."

문자를 주고받은 지 일주일 후, 우리는 통화했다. 인터뷰어와 인터뷰이라는 역할이 바뀌자 몇 달 전 처음 통화했을 때와 완전히 달라졌다. 늦은 밤 조용한 시각이라 그런지 그의 숨소리는 물론 프랑스 야외에서 우는 귀뚜라미 소리까지 들렸다. 눈을 감자 그가 내 옆에 있는 것 같았다. 이렇게 묘한 친근함이라는 마법이 지난 일주일 사이에 쌓였다.

"만나기도 전에 이렇게 서로 알아간다는 게 대단해요. 미국 배우 쉘리 윈터스가 말했죠. '누군가와 결혼하고 싶을 때마다 그의 전 부인과 점심을 먹어라.'"

"당신하고 점심을 먹기도 전에 나더러 당신 전 부인하고 먹으라는 소린가요?"

"아뇨, 사람들이 첫 번째 데이트에서 좋은 면만 부각시키면 그 사람이 진짜 누구인지 제대로 못 본다는 소립니다."

"하긴, 우리가 만날 무렵이면 좋은 면만 내세우기엔 너무 늦었겠죠."

한 주가 더 흘렀다. 수천 개의 문자, 수십 번의 통화. 그가 점점 매력적으로 다가왔다. 그의 모든 생각이 궁금해졌다. 우리는 서로 아낌없이 털어놨다. 나는 우리가 나누는 사소한 대화에 매료됐다. 내가 어떤 주제를 던지든 그에겐 할 말이 있었다. 그의 관심이라는 햇살이 내리쬐자 나는 기운이 샘솟으며 새로 태어난 기분이 들었다. 데이비드와 말할 시간이 부족했다. 시간이 더, 더, 더, 많이 필요했다.

이내 문자도, 통화도 성에 차지 않았다. 우리는 일하는 내내 글을 주고받았다. 그는 아직 출판 전인 새 책의 일부를 내게 보냈고, 나는 내가 쓴 기사와 각본의 초안을 그에게 보냈다. 대화하거나 구글링해도 알 수 없는 것들에 대해 서로 얘기했다. 불안한 기질 때문에 내가 손톱을 늘 물어뜯는다는 둥, 그가 기타를 쳐서 손톱이 단단하다는 둥. 나는 그가 출연한 단편영화를 유심히 집중해서 봤다. 그가 천재 같아서 천재 같다고 말했다. 떠오른 생각을 글로 적고 내가 아끼는 사진을 모았다가 나중에 그와 통화하며 얘기를 나눴다.

"밖에 나가서 달을 봐요." 어느 늦은 밤에 그가 통화하다 말고 말했다. 티셔츠에 팬티만 입고 있던 나는 트레이닝 바지를 입고 그 위에 코트를 걸쳤다. 도로 끝에 있는 햄프스티드 히스 공원으로 들어갔다. 그가 하이게이트에 살던 머리가 산발인 여자와 딱 한 번 데이트한 일화를 말해줬다. 그 여자가 30초를 줄 테니 밤에 공원까지 뛰어가라고 하더니 뒤쫓아왔다고 했다. 그리고 둘이 숲속 오크 나무에 몸을 기댄 채 섹스했다고 했다. 나는 런던의 스카이라인이 내려다보이는 벤치에 앉아 달빛을 받으며 맨다리를 쭉 뻗은 채 이 공원에 있는 다른 벤치 얘기를 했다. 그 벤치에 새겨진 헌사를 읽다가 눈물이 쏟아졌다고. 내가 여름 내내 수영하던 호수 옆에 놓인 벤치로, 아흔을 넘긴 나이에도 그곳에서 수영하던 윈 콘웰을 추모하는 글귀°였다.

"50년 넘게 이곳에서 수영한 윈 콘웰과 그녀를 기다린 빅 콘웰을 추모하며, 라고 쓰여 있어요. 윈이 수영하는 내내 빅이 문 옆에 서 있었겠죠. 아름답지 않아요?"

"저기……" 그가 입을 열었다.

"네?"

"아무것도 아니에요."

"뭔데요, 말해줘요."

"당신은 정말 멋진 여자예요. 여러모로 활짝 펼쳐진 책 같아요. 그런데 '나는 섬처럼 외롭다'고 대체 왜 그러는 겁니까?"

"내가 그러는지 몰랐어요. 일부러 과장하는 건 아니에요."

"당신은 과장하는 줄 모르겠지만, 과장합니다. 당신이 원하면 모든 게 당신 거예요."

"어떤 일에 감동받을 때도 있고, 알고 싶어도 모를 때도 있어요. 난 그냥 멍청이예요. 심장과 누관이 연결된 관을 청소하러 청소부가 매년 와요. 언젠가 역겨운 감정들이 싹 쓸려 내려가 깨끗하게 뻥 뚫

° 바바라 지트워가 이곳에서 영감을 받아 장편소설 《J. M. 배리 여성수영클럽》을 썼다. 슬픔에 빠져 있던 바바라가 이곳에서 수영하면서 만난 여인이 윈 콘웰이다.

리는 날이 오겠죠. 내가 당신만큼 나이를 먹으면 바람에 흔들리는 나뭇잎만 봐도 훌쩍일지 몰라요."

"운이 좋아야죠."

"내가 가진 작은 신념과 남들 머리에 굳게 박힌 생각 사이의 간극이 굉장히 벌어질 때가 있어요."

"글쎄요. 당신에겐 채워지지 않는 공허함이 있나 보군요." 그가 부드럽게 한숨을 내쉬며 말했다. "그걸 채워줄 남자는 없을 겁니다." 나는 우리가 같이 올려다보고 있을 머리 위 달을 보면서 잠이 들면 그가 한 말을 잊게 해달라고 별에게 빌었다.

생판 모르는 남에게 시간과 에너지를 퍼붓고 있다는 건 알았지만, 그를 믿을 수밖에 없는 이유를 일일이 댈 수 있었다. 우리 사이에 공기만 존재할 날을 손꼽아 기다리면서도 우리가 만들어가는 이 공간을 즐겼다. 그는 지루한 일상에서 측면으로 뚫린 통로였다. 마법처럼 선명한 색채의 세상으로 나를 끌어들였다. 문제가 생기면 그에게 조언을 구했고, 글을 쓰다가 문장을 끝맺을 때 그의 의견을 들었다.

"마음을 조금 더 열어줘서 고마워요." 어느 날 오후, 그가 문자를 보냈다. "이거 섹시한데요."

확실한 건, 내가 좋아하는 남자가 섹시하다고 하면 그게 뭐든 나는 계속할 거라는 사실이다.

우리는 그동안 주고받은 의사소통이 짜릿하면서도 어색하다고 몇 번이고 얘기했다. 그에게는 완전히 색다르고 특이하기 그지없는 일이었다. 얼굴도 못 본 사람과 이렇게 끈끈한 유대감을 쌓는 건 나도 처음이었다. 그런데 낯선 이와 대화하는 개념은 내게 훨씬 익숙했다. 인격 형성기에 MSN으로 훈련하고 성인이 된 후에 온라인 데이트를 경험했기 때문이다.

"이상하지 않아요?" 그가 문자를 보냈다. "우린 얼굴도 못 본 사이지만, 같은 장소에는 가봤죠! 친밀함과 다정함, 일요일과 웃음과 음악이 있는 세계잖아요."

"알죠!"

"눈에 보이지 않는 에너지를 이용해 우리가 서로 엮어간 겁니다. 픽셀만 써서요."

"우리가 마술사네요."

"이 픽셀로 우리가 하는 걸 봐요. 인공위성을 통해 서로 문자를 주고받잖아요."

나는 데이비드가 영국으로 돌아오기 전날 밤에 거의 잠을 이루지 못했다. 그가 아이들을 전 부인 집에 내려준 다음 런던으로 차를 몰고 와서 친구 집에서 잠을 잘 거라고 했다. 우리는 그다음 날 있을 완벽한 데이트를 위해 계획을 세웠다. 날씨도 좋을 거라고 했다. 이른 오후에 와인 한 병과 플라스틱 컵 두 개를 들고 햄프스티드 히스에서 만나기로 했다. 인디아와 벨이 내가 입고 나갈 옷을 골라줬다. 파란 원피스에 하얀 운동화. 나는 방을 치웠다. 피치 못할 사정으로 아침을 먹을 경우를 대비해 비싼 빵도 사뒀다.

"굉장히 진지한데." 인디아는 내가 책장에서 책을 살살 빼서 선반 턱을 닦고 제목 순으로 다시 정리하는 모습을 보며 중얼거렸다.

나는 그가 대단히 좋은 인상을 받는 모습을 상상했다(안드레아 드워 킨, 필립 라킨, 《먹고 기도하고 사랑하라》).

데이트하기로 한 전날 밤, 나는 다른 데이트를 하러 나가야 했다. 데이트 업체에서 다리를 놔준 소개팅 때문이었다. 업체에서는 내가 데이트 칼럼에 자사 관련 기사를 써주기를 바랐다. 데이비드와 내가 온라인 연애를 시작하기 몇 주 전에 잡힌 일정이었다. 그때만 해도 이건 타당한 일이었다. 업체는 기사에 노출되길 원했고, 나는 데이트한 후 원고를 쓰길 원했다. 불쌍한 데이트 상대를 바람 맞히고 싶지 않았기에 시내 중심가 모처에서 만나 초저녁부터 술 약속을 잡았다. 9시면 집에 갈 수 있을 것 같았다.

"나중에 전화해요, 매정한 사람." 데이비드가 출발하며 문자를 보냈다.

나는 매정한 여자가 아니라 그 반대였다. 대부분의 만남이 그렇지만 우리 둘 다 그 자리에 나오는 걸 내켜 하지 않았다. 데이트 상대는 헤어진 여자 친구와 관계를 망친 걸 후회하며 잊지 못했다. 나는 얼굴도 못 본 나이 많은 남자에게 푹 빠졌다. 우리는 각자 자기 사연을 털어놨다. 나는 그에게 꽃을 들고 전 여자 친구 집으로 달려가 사랑하는 마음을 절대로 접지 않겠다는 고백을 하라고 조언했다. 그는 내게 결혼하고 싶어서 안달이 난 남자를 만나야 하니 집에 일찍 가서 자라고 했다. 우리는 칵테일을 한잔하고 일어나 같은 전철을 타고 집으로 가다가 포옹하고 헤어졌다.

"행운을 빌게요!" 우리를 가르는 전철 문이 닫히자 그가 소리쳤다.

✧

"그쪽도요!" 나도 유리창을 통해 입으로 벙긋거렸다.

집에 와서 데이비드에게 전화해 데이트한 얘기를 했다. 그는 예정보다 런던에 일찍 도착했다면서 우리 집에서 서쪽으로 3킬로미터 정도 떨어진 친구 집 소파에서 자고 있다고 했다.

"우리 집에 와서 지내요." 내가 말했다.

"내일 완벽한 데이트는 어쩌고요?"

"알아요, 아는데, 그냥 바보짓하는 것 같아요. 우리 집에서 10분 거리에 있는데."

우리는 원안을 고수하기로 했다. 5분 후, 나는 휴대전화를 봤다. 그가 문자를 보냈다.

"그쪽으로 가는 중."

나는 까치발로 아파트에서 나가 외부 철제 계단을 내려갔다. 그가 고요한 우리 집 도로 앞에 서 있었다. 쏟아지는 달빛을 오롯이 맞고 있는 그의 훤칠하고 떡 벌어진 실루엣과 구불거리는 짙은 머리칼이 보였다. 나는 잠시 계단에서 머뭇거렸다. 낭떠러지에서 뛰어내려 잔잔한 수면에 부딪히기 직전 같았다. 그에게 달려가 두 팔로 그의 목을 감싸고 키스했다.

"어디 얼굴 좀 봅시다." 그가 내 얼굴을 감싸더니 강렬한 눈빛으로 내 이목구비를 요모조모 뚫어져라 봤다. 마치 나를 외우려는 듯이.

"만나서 반가워요."

"나도 반갑습니다." 우리는 한밤중에 집 앞 도로 한복판에서 계속 키스했다. 나는 맨발로 아스팔트 위에 서 있었다. 근처 나무에서

262

올빼미가 울었다. 나는 그의 구불거리는 머리만큼 우글우글한 네이비 셔츠에 안겼다.

"180센티미터가 안 되네요." 그가 내 이마에 대고 속삭였다.

"돼요." 내가 똑바로 서며 반박했다.

"아니, 안 되는데요. 당신이 180센티미터가 안 될 줄 알았어요. 거짓말쟁이."

나는 그의 손을 잡고 계단을 올라가 내 방으로 갔다.

이후 몇 시간은 예상대로 흘러갔다. 우리는 술을 마시고 얘기하고 음악을 듣고 나란히 누워 키스했다. 나는 그의 문신한 맨살에 대고 숨을 들이켰다. 프랑스 태양에 그을려 호두색에 잿빛이 감도는 피부에서 담배와 흙냄새가 났다. 전화와 사진으로는 감 잡을 수 없는 그의 특징을 살폈다. 눈꺼풀이 접히는 모습, 치아 사이로 미끄러지며 나오는 치찰음. 그가 내 말을 유심히 듣다가 솔직히 말했다. 개방적이고 믿음이 가지만 잘 알지도 못하는 사람을 이렇게 가깝게 느끼는 내 능력에 감탄했다.

"뭐가 재미있는 줄 알아요?" 그가 내 이마에 입을 맞추며 물었다.

"뭔데요?"

"당신은 내가 생각했던 그대로예요. 놀이터에서 노는 아이 같아요. 두 손으로 눈을 가리고는 아무도 자기를 못 본다고 생각하는 아이요."

"그게 무슨 소리죠?"

"당신은 날 피해 숨을 수 없어요." 나는 이 남자에게는 절대로

263

거짓말할 수 없다는 걸 이미 알고 있었다. 나는 망했다.

"완벽한 첫 데이트를 못 해서 짜증 났어요?" 나는 의식과 무의식 사이에 있는 휴한지로 몽롱하게 빠져들면서 웅얼거렸다.

"아뇨." 그가 내 머리카락을 쓸었다. "전혀요. 내일 뭐 해요?"

"1시에 에디터하고 미팅 있어요."

"그 후에나 당신을 만났겠군요."

나는 눈을 감았다. 평화로운 잠으로 순식간에 빠져들었다.

몇 시간 후, 무슨 소리에 잠에서 깼다. 데이비드가 옷을 차려입고 침대 발치에 서 있었다.

"무슨 일 있어요?" 나는 졸린 목소리로 물었다.

"아뇨." 그가 무뚝뚝하게 대답했다.

"어디 가요?"

"드라이브하러요."

나는 시계를 보았다. 새벽 5시.

"세상에나…… 지금요?"

"네, 드라이브를 좋아하거든요."

"그렇구나. 집 열쇠 줄 테니 이따가 열고 들어올래요?"

"아뇨." 그가 말했다. 그가 침대 위로 몸을 숙이더니 내 팔을 훑으며 입을 맞추었다. 팔꿈치에서 어깨까지. "더 자요."

그가 문을 닫았다. 아파트를 나가 차에 타더니 떠나는 소리가 들렸다.

나는 침실의 하얀 천장을 보면서 무슨 일이 벌어졌는지 애써 조각을 맞췄다. 화끈하게 거절당해 씁쓸한 기분이 차올랐다. 창자에서부터 치미는 자괴감, 자기혐오, 자기 연민이 제곱으로 불어나더니 목젖까지 찰랑거렸다. 해리에게 전화로 차인 이후 몇 년간 기분이 이랬다.

오전 7시. 나는 인디아의 침대로 파고들어 벌어진 일들을 죄다 털어놓았다.

"그 남자 현실 도피하네." 인디아가 말했다.

"어떤 면에서?"

"현실이 훅 치고 들어왔겠지, 너무 가까웠다고 할까."

"그 남자 직업이 연애 코치야. 그게 직업이라니까."

"할 수 있다면 이런저런 걸 하라…… 이런 경운가."

"이런 꼴을 당하다니 아직도 믿기지 않아."

"이유가 뭐든, 그 남잔 오늘 설명해야 할 게 산더미야."

"다시는 전화 안 할 거 같은데."

"설마. 애가 넷이니 분명 전화를 할 인정머리는 남아 있겠지."

"이쪽으로 온다는 그 사람 문자가 휴대전화에 남아 있지 않았더라면 솔직히 어젯밤에 꿈을 꿨다고 착각했을 거야. 뜬눈으로 그 남자에 관한 이런 조각들을 맞추며 날 괴롭히고 있었어. 그의 눈동자, 주근깨, 가슴의 문신……"

"역시, 가슴에 문신이 있군." 인디아가 눈을 굴리며 물었다. "무슨 문신이야?"

"말 못 해. 너무 끔찍해서."

"말해봐."

"여성을 존중하는 의미를 지닌 무슨 상징 같은 거였는데."

"예수님 우시겠네."

"거기에 각주를 달아서 수정부터 해야 할 거야. 옆에 별을 달고 이렇게 새겨야지. '돌리 앨더튼은 예외'라고."

"괜찮니?" 인디아가 내 팔을 쓸며 말했다. "꽤 충격받았을 텐데."

"뭐가 뭔지 모르겠어. 이렇게 끝나는 건가?"

두 시간 후, 데이비드가 아리송한 문자를 보냈다.

"잘 잤어요? 어색하고 이상하게 나갔다면 사과하겠습니다. 당신을 만질 수 있어서 정말 근사했습니다. 그 바람에 내가 속으로 더욱 움츠러들면서 그동안 우리가 쌓은 어마어마한 친밀감과 서로를 '모른다'는 정반대되는 사실 사이에 틈이 느껴졌습니다." 그가 문자를 입력 중이라는 표시가 떴다가 사라졌다. 그러더니 얼마 후 뭔가 말이 되긴 되는 문자를 보냈다. "이번 일로 나는 중대한 질문에 빠지고 말았습니다. 아, 당신이 괴로워하지 않았으면 좋겠네요. 어쩌면 '될 대로 되라지,' 이럴지도 모르겠지만요. 넋이 나갔을 것 같군요." 나는 뭐라고 답장해야 할지 몰라서 화면을 노려봤다. "당신이 일어나서 슬퍼하지 않았으면 좋겠습니다."

"슬퍼하면서 깼죠. 사람을 가깝게 들이는 경우는 내게 흔치 않거든요."

"압니다. 정말 미안해요. 당신을 버린 게 아니에요."

나는 해리와의 마지막 통화가 떠올랐다. 그에게 얼마나 사랑을 구걸했던가. 내가 부족했다고 눈물로 호소했다. 그의 떨리는 음성이 들리자 필사적으로 매달리려고 전화기를 꽉 움켜쥐었다. 손끝이 시퍼레졌다. 이런 행동은 더는 내가 원하는 모습이 아니었다.

✦

"지금 보낸 문자가 무슨 말인지 아예 모르겠어요. 계속 만나는 게 불편했다면 이쯤에서 접어도 난 괜찮아요."

"한숨 좀 돌리고 정신을 차려야겠어요. 꼭 끝내겠다는 말이 아닙니다."

"난 끝내야겠어요. 나야말로 지금 정지 버튼을 눌러야겠네요."

"이런, 나 때문에 상처받았군요. 느껴져요."

"괜찮아요. 우리 둘 다 인생에서 묘한 시기를 겪고 있잖아요. 당신은 얼마 전에 이혼했고, 나는 이런 분석을 당하고 있으니 말이죠. 난 날 지켜야 해요."

"그래요, 그럼."

나는 문자 내역과 통화 기록을 삭제하고 데이비드의 전화번호도 지웠다.

날이 갈수록 외로움, 민망함, 속상함, 분노가 한꺼번에 밀려왔다. 내가 바보 같았다. 친구들이 내 기분을 풀어주려고 비슷하게 민망했던 사연을 털어놨다. 처음 보는 남자에게 속아서 가짜 연애를 하게 된 사연이었다. 내게 데이트 칼럼을 의뢰한 에디터는 1997년 〈뉴요커〉에 실린 '가상 연애'라는 제목의 기사를 보내줬다. 온라인으로 사랑에 빠지는 새롭고도 신기한 현상을 다룬 내용이었다.

데이비드가 떠나고 이틀 후, 처음으로 그에게 연락하게 된 기사가 실린 잡지가 나왔다. 까맣게 잊고 있다가 가판대에서 잡지를 보는 순간 모든 게 완벽히 되살아났다. 잡지가 나왔다고 그에게 문자하지 않았다. 알려주겠다고 약속했지만 애초에 이 재앙이 여기에서 시작됐기 때문이다. 두 번 다시 그에게 연락하지 않았다.

내 연애가 남긴 후폭풍에 친구들이 휘청거렸다. 날이 갈수록 점점 어이없어 하다가 서서히 털어버렸다. 이 일을 당한 지 몇 주가 흐르고 흘러 술집에 있을 때였다. 갑자기 인디아가 와인 잔을 내려놓더니 버럭 고함을 질렀다. "어떻게 데이비드 같은 놈을 진짜로 믿을 수 있어?" 벨은 신뢰받는 지위를 남용한 죄로 그를 신고하자고 했다.

"대체 어디에다 신고하려고?" 내가 물었다.

"구루 협회가 분명 있을 거야. 구루 자격을 주는 조합 같은 데가." 인디아가 말했다.

"구의회로 전화해서 감수성이 예민한 젊은 여성들에게 위험한 구루가 있다고 신고하자. 정확히 누구라고 특정하지는 말고." 벨이 제안했다.

어떤 친구들은 그가 여성혐오자이며 힘들어하는 여성이 보이자 원하는 것만 취하고 떠난 거라고 했다. 다른 친구들은 조금 더 너그럽게 해석했다. 그가 밀레니얼 세대°에 비해 가상 연애라는 민낯이 편하지 않은 거라고 했다. 나는 얼굴도 모르는 사람과 채팅하고 사귀는 데에 꽤 익숙해서 그들과 처음 현실에서 만나는 일은 그저 간극을 좁히는 기술일 뿐이었다. 그는 '틈'이라고 했지만, 그게 바로 온라인 데이트가 전제하는 전부다.

헬렌은 다른 이론을 제시했다. 이혼으로 중년의 위기를 겪던 그에게 나는 그의 자아를 위한 충동구매에 지나지 않았다고 해석했다. 나는 그가 사고 싶었던 가죽 재킷이자 스포츠카였는데 막상 사

°   1980년도에서 1999년대 사이에 태어난 세대.

고 보니 그에게도, 그의 인생에도 전혀 어울리지 않는다는 걸 깨달은 거라고 했다.

데이비드를 잃은 슬픔은 눈에 보이지 않는 친구를 잃은 아이의 슬픔과 비슷했다. 둘 다 실재하지 않는 가상이자 소설이었다. 우리는 서로 짜릿한 담력 겨루기를 한 것이다. 허세를 떨며 위선적인 감정을 느끼려고 추파를 던졌고, 우리 자신의 어둡고 칙칙한 기저에 깔린 무언가를 느끼기를 간절히 바란 것이다. 픽셀로 문자를 적고 띄어쓰기를 한 것이다. 심즈 같은 게임, 사랑으로 변장한 게임을 한 것이다. 안무가 빽빽한 춤을 추면서 인공위성으로 문자를 뿌린 것이다.

상세하게 분석한 지 몇 시간이 지난 후에야 데이비드가 누군지 진정으로 깨달았다. 그는 사기꾼도 아니었고, 중년의 위기를 겪으며 돌아다니는 사람도 아니었으며, 버켄스탁과 리넨 옷으로 변장한 비열한 돈 후안도 아니었다. 그는 놀이터에서 노는, 자기 눈을 가리고 아무도 자길 못 본다고 착각하는 아이였다. 그런 그가 마침내 내 눈에 띈 것이다. 우리는 같은 부류였다. 둘 다 나쁜 아이였다. 그는 길을 잃고 구명보트를 찾고 있었다. 슬퍼서 기분 전환이 필요했다. 우리는 둘 다 스스로를 벗어날 판타지가 필요한 외로운 이들이었다. 나보다 스무 살이나 더 먹은 그가 더 잘 알았어야 했다. 그러나 몰랐다. 나는 그런 놀이에 가담하는 공범이 두 번 다시 되지 않기를 희망한다. 그가 찾고 있는 걸 찾기를 바란다.

이만하면
충분해

데이비드와 헤어진 후 몇 주간, 창피하고 민망한 마음에 나는 방어적인 태세를 취하며 당당히 금욕을 선언했다. 물론, 평생 금욕하겠다는 건 아니었다. 일단, 금욕은 고작 석 달 만에 끝났다. 금욕은 남자들의 시선을 끌기 위한 주요 도구였기 때문이다. 처녀로 다시 태어나는 판타지에 도전한달까. 금욕을 의도했으나 정반대 결과가 나왔다. 수녀들조차 금욕 선언을 하지 않는 걸 보면 금욕의 길을 걷는다는 건 어려울 수밖에 없어 보인다.

그러다 끔찍한 '크리스마스 특집'을 저지르고야 말았다. '크리스마스 특집'이란 유독 크리스마스를 앞두고 뒷일은 생각하지 않고 진탕 취해서 벌이는 일탈을 일컫기 위해 내 친구들이 지어낸 말이다. 이 시기엔 다들 흥에 겨워 헤벌쭉한 마음으로 술을 퍼마시기 때문에 무슨 일이 벌어질지 모른다. 크리스마스를 앞두고 나는 내 선언을 신속히 보완하기로 했다. 간편하고 빠르게 자존감을 찾기로 한 것이다.

회식이 끝난 후, 2주간 데이팅 앱으로 문자를 주고받던 남자에게 연락했다. 음악계에서 일하는 조르디° 사람으로 건방진 미소로 괜찮은 작업 멘트를 날리는 남자였다.

"지금 데이트할래요?" 나는 아무렇지 않게 대놓고 문자로 물었다. 새벽 1시 반이었다.

"물론이죠."

그가 새벽 2시에 유기농 레드 와인 한 병을 들고 우리 아파트에 왔다. 우리는 비극적인 현실에 절망하는 대신 세련된 도시 남녀가 초저녁 디너 데이트를 즐기듯 소파에 앉아 수다를 떨었다. 정확히 한 시간 동안 수다를 마치고 입을 맞추다가 내 방으로 자리를 옮겨 형식적이고 별 감흥 없이 잠자리를 했다. 고속도로 휴게소에서 샌드위치를 허겁지겁 입에 쑤셔 넣는 행위와 신체적으로 별반 다르지 않았다. 그토록 갈망했으나 막상 손에 쥐자 대체 왜 갖고 싶어 했는지 의아한 물건하고 비슷했다.

뉴욕에서 만난 애덤을 끝으로 낯선 남자와 잠자리를 하지 않았다. 어쩌다 보니 원나이트 스탠드를 삼가게 된 것이다. 언제부터인가 바비 인형을 갖고 놀고 싶은 마음이 없어진 소녀와 비슷하다고 할까. 일을 치르자마자 다시는 이러고 싶지 않다는 후회가 밀려왔다. 섹스 자체는 나쁘지 않았지만 남자라는 존재가 견딜 수 없었다. 학생 때는 부담 없이 섹스한 후 친한 척하는 모습이 웃기는 촌극 같아 보였다. 이건 그의 잘못이 아니었다. 친구들의 편지가 놓인 작은 탁자와 그 옆에 돈을 모으고 모아 산 고급 메모리폼 매트리스가 깔

○ 잉글랜드 북동부 타인사이드 출신 사람.

271

린 내 침대에서, 내 방에서, 내 아파트에서 그를 내쫓고 싶었다. 어둠 속에서 곯아떨어진 낯선 남자의 얼굴 윤곽이 보이자 속이 느글거렸다. 이 밤이 달팽이처럼 굼뜨게 지나갔다.

끔찍한 숙취에 시달리며 눈을 떴더니 조르디인이 여태 내 침대에 누워 있었다. 그는 나와 같이 침대에서 뒹굴뒹굴하며 오전을 보내려 했다. 차도 마시고, 음악도 들을 기세였다. 나는 '남친 체험'을 제공하는 그를 처리해야 했다. 수년간 써온 '남친 체험'이란 말은, 원나이트를 한 후 특정 남자들이 제공하는 행위로 다음 날 아침 그들은 생뚱맞게도 로맨틱한 행동을 한다. 상대방이 그와 사랑에 빠졌다고 착각하게 만들기 위해서, 이름도 제대로 모르는 여자와 섹스했다는 죄책감을 누르기 위해서다. 남자들은 아침을 차려 여자에게 스푼으로 떠먹여주고 드라마 〈프렌즈〉 여러 편을 보다가 어둑어둑해질 무렵에야 집을 나선 후 두 번 다시 전화하지 않는다. 언뜻 무료 서비스 같아 보여도 눈에 보이지 않는 정서적 비용이 상당히 소요된다. 나는 '남친 체험'이 제공된다고 하더라도 절대로 이용하지 않았다.

"잘 살아요." 나는 점심 약속이 있다고 둘러대고 그를 마침내 집에서 내쫓으면서 현관에서 작별 인사를 했다.

"그런 말 말아요." 그가 안아주며 말했다.

"미안해요." 나는 달리 할 말이 없어서 이렇게 덧붙였다. "메리 크리스마스."

나는 여태 버리지 않은 레오의 스웨터를 입고 소파에 누워 텔레비전을 보았다. 그때 인디아의 귀여운 남자 친구가 거실로 들어왔다. 인디아가 크리스마스 선물로 공들여 고른 폭신한 패턴 머플러를 두르고 웃고 있었다. 턱수염을 기른 그는 다정함과 사랑스러움의 표상이었다. 그 모습이 전혀 낯설지 않았다.

"돌리, 안녕?"

"머플러 근사해요."

"그렇죠?" 그가 웃으며 머플러를 내려다봤다. "인디아가 그러는데 지난밤에 크리스마스 특집을 했다면서요."

"하긴 했죠." 나는 소파 쿠션에 얼굴의 절반은 파묻고 눈으로 텔레비전을 계속 보고 있었다.

"좋았어요?"

"정말 별로였어요. 우울하고."

"이런. 그럼 다시 안 만날 거예요?"

"네. 한 번으로 끝이에요."

그다음 날, 내가 쓰던 데이트 칼럼 연재가 드디어 막을 내렸다. 일을 핑계 삼아 남자를 만나러 다닐 명분이 사라졌다. 칼럼이 끝나자 내 인생이 새로운 장으로 쓱 넘어갔다. 야심한 밤에 전화하는 전 남자 친구들과 밀고 당기기를 하거나, 디너파티에서 남자들을 어두운 구석으로 몰고 가거나, 밖에 매력적인 남자가 있으면 술집에 있다가도 담배 피우러 잠시 밖으로 나가는 일에 휘둘리지 않는 인생이 기다리고 있었다.

사실, 그동안 칼럼은 조력자였고 나는 중독자였다. 나는 활발한 성생활에 돌입하기 훨씬 이전부터 중독 상태였다. 질리 쿠퍼°가 라디오 방송에서 이런 말을 한 적이 있었다. 여학교에 다닐 때 온통 남자만 생각하느라 가끔 정원에 일하러 나온 여든 살 먹은 할아버지 정원사를 보면서 상상의 날개를 펼치기도 했다고 말이다. 나도 그렇게 큰 여학생이었다. 어떻게 보면 그때 그런 여학생 상태에서 조금도 벗어나지 못했다. 남자를 좋아했지만 그만큼 무서워했다. 남자를 이해하지 못했고, 이해하고 싶지도 않았다. 그들은 희열을 선사하는 기능을 수행했지만, 여자 친구들은 그것만 뺀 다른 중요한 모든 것을 내게 안겨줬다. 나는 남자들과 손을 뻗으면 닿을 거리를 유지했다.

*

팔리와 내가 사르데냐섬에서 돌아온 후 팔리는 20대 초반 이후 처음으로 싱글 여성으로서 첫걸음을 내디뎠다. 나는 팔리에게 복잡한 현대인의 데이트를 주제로 잘난 척하며 TED식 강의를 했다.

"먼저 명심해야 할 점이 있어. 이젠 현실에서 만나는 사람이 아무도 없어. 네가 마지막으로 매물로 나온 이후 세상이 변했어, 팔리. 안타깝지만 너도 어쩔 수 없이 변해버린 세상에 적응해야 해."

"알았어." 팔리가 고개를 끄덕이며 명심했다.

"희소식은 온라인 데이트를 좋아하는 사람이 아무도 없다는 거지. 다들 하긴 하지만 싫어해. 그러니 모두 같은 운명이야."

○   영국의 여성 작가.

"좋아."

"네가 술집이든 어디든 갔는데 말을 거는 남자가 아무도 없어도 절대로 기분 나빠 하면 안 돼. 그건 완전 정상이야. 어떤 남자가 파티에서 널 봤는데 네 외모가 자기 취향이어도 말을 안 걸고, 나중에 페이스북 메시지로 너와 얘기하고 싶다고 고백할 수도 있어."

"이상한데."

"상당히 이상하지. 그래도 적응해야 해. 이게 누군가와 처음 인연을 맺는 요즘 방식이야."

"아직도 가슴 사이에 끼고 하는 거 하니?"

"아니." 내가 위압적으로 말했다. "2009년 이후 가슴을 대주는 여자도, 끼우는 남자도 없어. 너한테 해달라고 하는 남잔 없을 거야."

"그건 좋군."

*

일주일 후 팔리가 술집에서 남자를 만났다. 두 사람은 전화번호를 교환했고 곧바로 사귀기 시작했다.

"팔리한테 남자 생겼어." 토요일에 아침을 먹으며 내가 인디아에게 말했다.

"잘됐네. 토스트 하나? 둘?"

"둘. 어디서 만났는지 알아? 나 원 참, 기막혀. 맞혀봐."

"글쎄." 인디아가 레몬커드를 퍼먹으며 말했다.

"술집."

"술집이 뭐가 어때서?"

"현실에서 만났잖아. 남자가 와서 말을 걸었고 그래서 지금 데이트한다니, 이게 말이나 돼? 팔리가 잘돼서 좋긴 하지만 화가 나. 너 마지막으로 술집에서 남자 만난 게 언제였어?"

"정말 말도 안 되는 일이잖아!" 인디아가 씩씩거리며 분개했다.

"그러니까 내 말이!"

벨이 가운을 입고 몸을 가누지 못하면서 주방으로 들어왔다.

"안녕, 얘들아." 벨이 졸음 가득한 목소리로 인사했다.

"소식 들었어?" 인디아가 분통을 터뜨리며 물었다. "팔리의 새 남자 소식?"

"아니?"

"바에서 만났대."

"무슨 바?"

"몰라. 저기 남서쪽 교외겠지. 리치먼드. 이게 말이 되니? 내가 5년간 밤에 나돌아다녀도 남자한테 번호 한 번을 못 받은 것 같은데, 팔리는 5분 만에 그런 일이 생겼어."

"템스강 남쪽이라서 그럴 거야." 벨이 골똘히 생각했다.

"팔리라서 그렇겠지." 내가 반박했다.

팔리와 나는 사랑에 있어서 극명히 다르다. 팔리는 편안하고 같이 살기 좋고 헌신적이며 진득하고 교과서처럼 한 남자만 바라본다. 나는 연애할 때 속마음을 잘 몰라 아슬아슬한 처음 몇 달간이 가장 짜릿하다. 그 시기에는 가슴이 벌렁거려 제대로 먹지도 못한다. 그런데 팔리는 이 시기를 제일 싫어한다. 내게 두려운 일들이 팔리에겐 더할 나위 없는 천국이다. 남자 친구 부모님 댁에 가서 바비큐 파티 하기, 토요일 밤 소파에 앉아 구운 감자를 먹으며 같이 텔레비전 보기, 같이 차를 타고 장거리 여행 떠나기 등등. 팔리는 가정적인 분위기에서 친밀함을 느끼고 현실적인 계획을 세우며 구운 감자를 먹는 일들과 연애 초반 3개월을 기꺼이 맞바꾼다. 나는 이케아나 시외버스 터미널에 가거나, 외곽 순환도로 경계를 벗어나 섹스 파트너의 친척 집에 들르지 않는다는 보장만 된다면 연애 초반 3개월을 평생 몇 번이라도 반복할 수 있다.

심리 치료를 받다 보면 '투영'이라는 용어를 알게 된다. 누군가 당신이 두려워하는 일을 하거나 두려워하는 모습이 되면 그를 비난하며 책임을 회피하는 방법이다. '여기 새를 보라니까'라면서 비난하는 것이다. 나는 팔리가 고른 연애 상대를 꽤 비난했다. 한 남자에게 영원히 정착하지 못하는 내 모습을 해방 행위라고 늘 착각했다. 내가 발목 잡힌 기분이 든 것도 그 때문임을 깨닫지 못했다. 팔리에겐 늘 연애가 필요했을지 모르겠지만, 적어도 자기가 뭘 원하는지 파악했고 분명히 알았다. 나는 뭔가 필요하긴 한데 그게 뭔지 전혀 몰라서 뭔가를 갈망하는 내가 미웠다.

나는 팔리와 한참 산책하다가 한동안 섹스를 쉬겠다고 선언했다. 섹스 앞뒤로 수반되는 꼬리치기, 문자하기, 데이트, 키스도 다 끊고 혼자 잘 살아보겠다고 했다. 내 인생 대부분 싱글로 살았지만 10대 시절부터 지금까지 진정한 싱글로 산 적이 없었음을 깨달았다고 했다. 팔리도 동감하며 좋은 생각이라고 했다.

"과연 내가 한 남자에게 정착할 수 있을까?" 햄프스티드 히스

✧

숲속에 있는 통나무를 폴짝 뛰어넘은 후 내가 팔리에게 물었다.

"당연하지. 제 짝을 아직 못 만나서 그래."

"맞아. 그런데 그게 문제야. 제 짝이 아니라 내 문제 같아. 남자가 죄다 하찮아 보여서 다 내치잖아." 나는 10대 소녀의 너저분한 침실처럼 정신없이 맥 빠지게 말했다.

"그런 시간을 가지면 좋지. 잠깐 참으면 큰 보상으로 돌아올 거야."

"넌 연애가 뭐 그리 쉬워? 스콧하고 별 고비 없이 연애하는 네가 늘 부러웠어. 넌 늘 사랑에 빠져 있었거든. 온 마음을 다해."

"글쎄, 모르겠는데."

"너 약혼하면서 앞으론 다른 남자하고 다시는 잠자리 못 할 텐데, 이런 생각한 적 있어? 이것 때문에 괴롭진 않았니?"

"뭐라고? 이제 와 생각하니 한 번도 그런 생각은 안 한 것 같아."

"그럴 리가." 나는 걸으면서 아이처럼 콩콩 뛰어서 손끝으로 나뭇가지를 건드렸다.

"이상하게 들리겠지만, 솔직히 그런 생각을 해본 적이 아예 없어. 난 그저 스콧과 함께할 미래만 바랐거든."

"한 사람에게 마음을 다하는 게 도대체 어떤 기분인지 알고 싶어. 한쪽 발을 밖으로 빼지 않은 채 말이야."

"널 너무 몰아세우네. 너도 진득하니 사랑할 수 있어. 내가 아는 누구보다 더."

"어떻게? 길어봤자 2년이었고, 그것도 스물네 살 때 일이잖아."

"너하고 나의 사랑을 얘기하는 거야."

그 후 며칠간 팔리가 한 말이 머리를 떠나지 않았다. 우리가 어쩌다 20년을 알고 지냈으며, 그 오랜 세월 동안 나는 어떻게 팔리에게 질리지 않았을까. 나이를 먹을수록, 더 많은 경험을 공유할수록 내가 팔리에게 더 깊이 빠져드는 이유를 생각했다. 팔리에게 좋은 기사를 읽어보라고 하거나, 힘들어서 의견을 구할 때 내가 얼마나 들뜨는지 생각했다. 같이 춤추고 싶은 사람 1순위가 왜 여전히 팔리인지 따져봤다. 그녀라는 존재 가치가 날이 갈수록 소중해지고 우리의 역사가 깊어질수록 팔리는 우리 집 거실에 걸린 아름답고 귀한 예술 작품 같았다. 그녀의 사랑은 친근감과 안정감과 차분함으로 나를 물들였다. 나는 어리석게도 연애 관계에서 내가 지닌 가치가 '섹시함'이라고 믿었기에 늘 드라마에 나오는 섹스를 밝히는 여자 캐릭터처럼 행동했다. 내 친구들이 사랑해주듯이 남자도 나를 그렇게 사랑해주리라고는 생각하지 않았다. 내가 친구들을 사랑하듯 한 남자에게 헌신과 관심을 쏟을 수 있다고는 상상조차 하지 않았다. 하지만 사실 그 오랜 세월, 나는 나도 모르게 성공적인 결혼 생활을 하고 있었다. 팔리가 내게 제대로 된 연애가 어떤 건지 느끼게 해주는 사람인지도 몰랐다.

나는 박사 논문을 쓰는 사람처럼 금욕을 연구했다. 섹스와 사랑 중독에 관한 책과 사연과 블로그를 읽을수록, 그동안 내가 너무 잘못했다는 사실을 절실히 깨달았다. 데이트란 순간의 희열을 주는 원천이자 나르시시즘의 연장이었을 뿐, 타인이나 그와의 관계와는 아무 상관없었다. 나는 한 남자에게 강렬함을 느끼다가 가까워지면 헷갈렸다. JFK 공항에서 낯선 남자에게 프러포즈 받은 일. 중년의 구루가 프랑스에서 일주일간 같이 보내자고 제안한 일. 이런 건 헛헛함만 남기는 아무 의미 없는 해프닝이었을 뿐. 타인과 가까운 관계를 맺는 게 아니었다. 강렬함과 친근함. 왜 이 둘을 구별하지 못했던가?

　한 달이 지났다. 걷잡을 수 없이 안도감만 밀려왔다. 휴대전화에 데이트 앱을 지웠다. 마음이 동할 때 거는 전화번호도 삭제했다. 새벽 3시에 전 남자 친구들이 '잘 지내, 자기?'라든가 '자니?' 등 그저 가볍게 툭 던진 문자에 답장하지 않았다. 데이트할 상대를 온라인에서 검색하는 일도 그만뒀다. 이런 이유로 페이스북 계정도 없앴다. 비밀을 품고 사는 생활도 그만뒀다. 올빼미 생활도 정리했다. 내일과 우정에 모든 시간을 투자했다.

　두 달이 지났다. 나는 결혼식에 가는 의미를 터득했다. 결혼식엔 결혼하는 친구의 모습을 지켜보러 가는 것이지, 8시간 동안 열리는 우시장에 가는 게 아님을 깨달았다. 교회 성가대의 아름답고 종소리 같은 합창을 즐기러 가는 자리지, 미친 듯이 신도석을 훑고 남자들의 손가락을 확인하면서 결혼 여부를 파악하는 곳이 아니라는 걸 알았다. 저녁을 먹을 때 내 옆자리 남자와 얘기하면서 그의 혼인 여부와 관계없이 대화를 즐기는 법을 터득했다. 같은 식탁에 앉은 유일한 미혼남성의 관심을 끌려고 엉뚱한 소리를 아슬아슬하고 위태롭게 지껄이지 않는 법을 배웠다. 피로연에서 5년 만에 레오를 만났다. 옆에 새 신부가 있었다. 나는 두 사람을 안아주고 혼자 뒤돌아섰다. 해리가 약혼했지만 조금도 속상하지 않았다. 애덤이 여자 친구와 동거에 들어가 그에게 축하 문자를 보냈다. 그들의 사연은 나와 더는 상관없었다. 그들의 관심은 필요 없었다. 마침내 나만의 길을 달리며 나만의 페이스를 유지하자 탄력이 붙는 느낌이 들었다.

　전철에 앉아 남자의 시선을 끌겠다고 애쓰는 대신 정신없이 책에 빠져들었다. 내가 좋아하는 남자를 찾고야 말겠다는 희망이 결국 씁쓸함으로 바뀔 때까지 애가 타서 파티장을 맴돌지 않고, 나오고 싶을 때 나왔다. 누가 온다는 소리에 어떤 자리에 가는 일을 그만뒀다. 좋아하는 남자와 만날 기회를 일부러 도모하지 않았다. 어느 날 밤, 로렌과 춤추러 갔는데 웬 남자가 로렌에게 말을 걸었고, 나는 남자를 찾겠다고 버둥거리는 대신 댄스 플로어 정중앙에서 한 시간 동안 혼자 땀을 뻘뻘 흘리며 온몸을 흔들고 뱅뱅 돌며 춤을 추었다.

　"혹시 일행을 기다리고 있어요?" 어떤 남자가 나를 잡아당기며 물었다.

　"아뇨, 내가 일행인데요." 나는 이렇게 말하고 그의 손을 뿌리쳤다.

　"널 알고 지내면서 이런 말을 할 줄 정말 몰랐지만, 기분 나빠하지 않았으면 좋겠어." 몇 주 후, 팔리가 술집에서 술을 석 잔 마신 후 털어놓았다. "최근 몇 달 들어 네가 굉장히 차분해진 것 같아."

　"내가 마지막으로 차분했던 게 언제였어?" 내가 물었다.

　"흠, 그런 적 없었던 것 같은데." 팔리가 남은 보드카 토닉을 쭉 들이켜더니 얼음 하나를 와그작와그작 씹었다. "못 봤어. 지난 20년간."

✧

 지난봄, 여행 잡지에 기고할 '혼자 떠나는 휴가'라는 기사를 쓰러 비행기를 갈아타고 오크니제도로 향했다. 항구가 내려다보이는 술집 위층에 있는 호텔에 묵었다. 밤이면 아래층으로 내려가 맥주한 잔과 홍합찜 한 접시를 먹은 다음 해안가를 따라 한참 산책하다가 탁 트인 하늘을 올려다봤다. 지금껏 본 어떤 하늘보다 광활했다.

 밤에 평화로운 외로움에 젖어 생각에 잠기기를 며칠 동안 했다. 별들이 펼쳐진 밤하늘 아래에서 자갈길을 따라 걷다 보니 어떤 생각 하나가 등나무처럼 힘차게 뻗어 나가 내 온몸을 휘감았다. 내 이야기를 가사로 써서 노래를 불러주며 황홀한 카리스마를 풍기는 음악가도 필요 없다. 나도 모르는 내 얘기를 해주는 구루도 필요 없다. 잘 어울릴 거라는 남자의 말에 머리를 싹둑 자를 필요도 없다. 누군가의 사랑을 받을 자격이 있는 나로 만들겠다고 내 몸을 바꿀 필요도 없다. 내 존재가 남들 눈에 보인다는 걸 믿기 위해, 내가 여기에 있다는 걸 믿기 위해 남자의 말과 시선, 평가는 필요하지 않다. 불쾌함을 외면하며 남성적 시각에 맞출 필요가 없다. 그런 곳에서 내가살아 숨 쉬지 않기 때문이다.

 나는 이만하면 충분하기 때문이다. 내 심장도 이만하면 충분하다. 내 마음을 쥐고 비트는 사연과 말들도 이만하면 됐다. 나는 부글부글 거품을 일으키고 윙윙거리며 폭발하고 있다. 거품이 넘치며 타오르는 중이다. 새벽 산책과 늦은 밤 목욕도 이만하면 충분하다. 술집에서 박장대소도 이만하면 충분하다. 샤워하면서 귀 따갑게 휘파람을 불며 노래를 하는 것도, 인대가 늘어난 발가락도 이만하면 됐다. 나는 방금 따른 술잔 맨 위에 인 거품이다. 나는 나만의 우주이

282

자 은하수이며 태양계다. 내가 워밍업이자 본 게임이자 코러스 가수다.

정말로 그렇다면, 정말 다 그런 거라면(나와 나무와 하늘과 바다가 전부라면) 이제야 내가 이만큼 충분하다는 사실을 깨닫는다.

나는 충분하다. 나는 충분하다. 이 말이 내 몸속을 스쳐가며 온몸의 세포를 뒤흔들었다. 느꼈다. 이해했다. 그러자 이 말이 뼛속에 녹아들었다. 생각이 경주마처럼 질주하며 안에서 날뛰었다. 어두운 하늘에 대고 이 말을 외쳤다. 나의 선언이 타잔처럼 이쪽에서 저쪽으로 흔들거리며 이 별에서 저 별로 옮겨 다니는 모습이 보였다. 나는 온전하며 완벽하다. 절대 바닥나지 않을 것이다.

나는 넘치도록 충분하다.

(남들은 이걸 '개과천선'이라 하겠지.)

✧

✦

28년간 터득한
28가지 교훈

✧

1. 장기간 폭음과 강력한 마약을 주기적으로 즐기면서도 심한 갈증이나 공허함을 느끼지 않는 사람은 100명 중 하나다. 마약이 끼치는 악영향에 중독되지 않는 사람은 200명 중 하나다. 수년간 해답을 알려고 애쓴 끝에, 나는 키스 리처즈°가 여기에 어긋나는 예외라고 결론 지었다. 그는 존경받아야 하나, 그를 따라 하려면 조심해야 한다.

2. 일주일에 사흘을 각기 다른 이방인과 잠자리를 할 수 있는 사람은 300명 중 하나다. 사람들은 뭔가를 필사적으로 기피하기 때문에 그러지 않는다. 그들의 생각이나 행복, 몸 때문일지도 모른다. 외로움, 사랑, 늙음과 죽음 때문일지도 모른다. 수년간 해답을 알려고 애쓴 끝에, 나는 로드 스튜어트°°가 여기에 어긋나는 예외라고 결론 내렸다. 그는 존경받아야 하나, 그를 따라 하려면 조심해야 한다.

°   영국의 음악가 겸 롤링스톤스의 원년 멤버.
°°   영국의 록 싱어송라이터.

3. 더스미스의 ⟨Heaven Knows I'm Miserable Now⟩의 가사°
°°가 인생의 현실을 가장 깔끔한 언어로 설명한다. 희망을 품고 시
작했으나 김이 빠지며 박살나는 20대의 초반 5년을 우아하고 정확
하게 요약한다.

4. 인생은 어렵고 힘들고 불합리하며 비이성적이다. 거의 말이
되지 않는다. 인생은 대부분 불공평하다. 그런 인생을 졸이면 행운
과 불행이라는 탐탁지 않은 공식만 남는다.

5. 인생은 아름답고 넋을 빼는 마술처럼 재미있고 웃기다. 인간
은 경악스러운 존재다. 모두 죽는다는 걸 알면서도 꾸역꾸역 살아간
다. 꽉 찬 쓰레기통이 부서지면 소리치고 욕한다. 매 순간을 흘려보
내며 종말을 향해 조금씩 다가간다. 고속도로 위로 번지는 복숭앗빛
석양에, 아기 머리에서 솔솔 풍기는 냄새에, 납작하게 포장된 조립
식 가구의 효율성에 감탄하면서도, 언젠가 사랑하는 이들의 수명
이 다하리라는 것을 안다. 사람이 어떻게 그럴 수 있는지 나는 모르
겠다.

6. 당신이란 존재는 당신이 방금 마신 마지막 차 한 모금까지
그동안 일어난 일을 다 더한 총합이다. 부모가 어떻게 안아줬는지,
처음 사귄 남자 친구가 당신의 허벅지를 보고 뭐라고 했는지. 이런
것들이 벽돌처럼 발바닥부터 차곡차곡 쌓인 것이다. 당신의 별남,

°°° '나는 왜 내가 죽든 말든 신경도 안 쓸 사람들에게 내 소중한 시간을 바치
고 있나? 눈에 주먹이라도 날리고 싶은 사람들에게 왜 나는 웃어주고 있
나?' 등의 내용이다.

약점, 고약함은 당신이 처음 눈을 뜬 순간부터 텔레비전에서 본 것, 교사한테 들은 말, 남들이 바라보는 시선에서 비롯된 나비 효과다. 과거를 찾는 탐정이 된다는 건(전문가의 도움을 받아 과거를 거슬러 수원까지 올라가는 일) 놀라울 정도로 유용하고 홀가분하다.

7. 심리 상담을 받아봐야 어느 정도까지만 자신을 파악할 뿐이다. 운전을 배우려고 필기시험을 치르는 것과 비슷하다. 시험지에는 아는 만큼 적어낼 수 있지만, 어느 시점이 돼서 운전석에 앉으면 운전을 어찌해야 하는지 완전히 난감해진다.

8. 모두가 심리 상담을 받으며 자신의 내면을 탐험할 필요는 없다. 다들 어느 정도는 고장 난 게 확실하지만, 많은 이들이 고장 난 채 살아갈 수 있다.

9. 연애하고 싶지 않은데 꼭 해야 하는 사람은 아무도 없다.

10. 공항에서 여행을 떠나는 길에 편의점에서 모기 쫓는 스프레이 두 통을 사지 않으면 휴가를 완전히 망치게 된다. 여행지에 가서는 절대로 사게 되지 않는다. 매일 밤 야외에 앉아 저녁을 먹는 내내 같이 휴가 온 사람들에게 "온몸을 물어 뜯겼어"라고 투덜거렸다간 다들 공격적인 성향을 슬쩍 드러낼 것이다. 만일 누군가 깜박하고 스프레이를 챙겨오지 않았다면 당신도 분명 짜증을 냈을 것이다. 출발할 때 공항에서 꼭 사도록. 그럼 다 해결된다.

11. 설탕을 매일 섭취하지 말라. 설탕은 몸을 안팎으로 망가뜨린다. 매일 물 3리터를 마시면 신진대사가 원활해진다. 레드 와인 한 잔은 몸에 좋다.

12. 누군가의 생일에 바닥에서 천장까지 닿는 크기로 우정의

콜라주를 만들어달라고 당신에게 부탁한 사람은 아무도 없다. 하루에 세 번씩 전화하라고 당신에게 부탁한 친구도 아무도 없다. 당신 집에 의자가 모자라 저녁 식사에 초대받지 못했다고 해서 아무도 울지 않는다. 사람에게 시달려서 지쳤다면, 그들에게 귀여움받으려고 당신이 순교자를 자처했기 때문이다. 이건 그들이 아니라 당신 잘못이다.

13. 사소한 선택을 내릴 때마다 당신의 도덕적 잣대를 증명하려고 애써봐야 부질없고 진만 빠진다. 이런 계획이 피치 못하게 어그러지면 큰 타격을 받는다. 페미니스트도 왁싱을 할 수 있다. 할 수 있을 만큼만 잘해라. 세상의 대표라는 무거운 짐을 지고 모든 결정을 내리지 말라.

14. 자신이 좋아하는 앨범, 책, 영화는 다들 하나씩 소장해야 한다. 책장에 이 세 개만 있다면 가장 길고 춥고 외로운 밤도 버틸 수 있다.

15. 아파트에 세 들어 산다면 크림색 말고 흰색 페인트로 벽을 칠하라. 싸구려 크림색은 지저분하고 촌스럽고 조악하다. 저렴하나 환한 흰색은 근사하고 깔끔하고 차분하다.

16. 워드에서 글자를 쓴 다음 shift와 F3을 동시에 누르면 대문자 혹은 첫 글자만 대문자로 일괄 적용할 수 있다.

17. 남들의 비웃음을 사라. 바보가 돼라. 잘못 발음하라. 요구르트를 셔츠에 쏟아라. 그냥 두면 아주 마음이 놓인다.

18. 밀가루를 먹어도 소화에 아무 지장이 없다면 평균 섭취량 이하로 먹은 것이다. 파스타 90-100그램, 식빵 한 통을 다 먹으면

누구나 속이 더부룩하다. 앉은 자리에서 수박 한 통을 다 먹으면 속이 부대낀다.

19. 나쁜 남자와 꺼슬꺼슬한 턱수염을 주제로 삼는 대화보다 여자들을 단결시키기에 더 빠른 길은 없다.

20. 섹스는 나이가 들수록 좋아진다. 지금까지도 좋아졌는데 앞으로 더 좋아진다면 아흔이 되면 쉬지 않고 섹스하는 상태가 될지도 모른다. 다른 걸 하기가 불가능하다. 오후에 케이크 한 조각 먹으려고 잠시 쉴 때만 빼고.

21. 당신에게만 집중해도 정말로 괜찮다. 하고 싶은 대로 여행하고 생활하고 당신이 번 돈을 당신에게 몽땅 쓰고 좋아하는 상대가 누구든 연애하고 마음껏 미친 듯이 일해도 된다. 꼭 결혼해서 아이를 낳을 필요는 없다. 상대에게 당신의 생활을 공개하거나 공유하지 않는다고 해도 쪼잔한 게 아니다. 혼자 있고 싶으면서도 연애하는 건 전혀 괜찮지 않다.

22. 성별, 나이, 신장과 무관하게 흰 셔츠, 도톰한 터틀넥, 갈색 가죽 부츠, 데님 재킷, 네이비 피코트를 입으면 누구나 근사해 보인다.

23. 아무리 끔찍하다 해도 이웃과 잘 지내라. 쓰레기를 버릴 때 존중의 의미로 당신이 고개를 숙이는 옆집 사람을 적어도 한 명은 사귈 것. 가스 누출, 무단 침입, 부재 시 오는 택배가 있을 것이다. 문을 두드릴 누군가가 늘 있다면 상황이 훨씬 수월해진다. 미소로 그들을 견뎌라. 유사시에 대비해 당신 집의 스페어 키를 그들에게 맡겨라.

24. 전철에 와이파이가 없다고 치자. 있어도 완전 구리다. 가방에 늘 책을 넣고 다녀라.

25. 매사가 버겁게 느껴지면 다음 일들을 실행하라. 방 청소를 하고, 답장을 보내야 할 메일에 답장을 쓰고, 팟캐스트를 듣고, 목욕하고, 11시 전에 잠자리에 들어라.

26. 기회가 생길 때마다 알몸으로 바다에서 수영하라. 그러려면 가던 길을 벗어나 뛰어들어야 한다. 해안가 근방 어딘가를 달리다 보면 짠내음이 느껴질 것이다. 차를 세우고 옷을 벗고 단숨에 바다로 뛰어가 차가운 바닷물에 가슴까지 몸을 담가라.

27. 네일이냐 기타 연주냐, 살면서 이런 결정을 내려야만 하는 때가 닥친다. 여자라면 둘 다 취할 수는 없다.

28. 상상을 초월할 정도로 세상이 급변할 것이다. 세상은 당신이 생각하는 가장 과격한 예상을 훌쩍 뛰어넘을 것이다. 건강한 사람도 마트에서 줄을 서다 갑자기 죽을 수 있다. 미래에 만날 사랑이 버스 옆자리에 앉은 남자일 수도 있다. 중학교 수학 선생과 럭비 감독이 이제 여자일 수도 있다. 세상은 변할 것이다. 언제든 무슨 일이든 일어날 수 있다.

나에게
돌아오다

나는 사랑에 대해 모르는 것 천지다. 무엇보다, 2년 이상 진득하게 사귀는 관계가 뭔지 모른다. 결혼한 커플들은 두 사람이 같이한 세월을 '시절'이라 칭하던데, 그들이 말하는 시절이 내가 가장 길게 한 연애보다 훨씬 길다. 이런 경우가 아주 흔하다. 어느 부부는 두 사람이 같이한 처음 10년을 '허니문 시절'이라고 불렀다. 나의 허니문 시절이 고작 10분이라는 건 이미 유명하다. 연애를 제3의 인물로 지칭하는 친구들도 있다. 둘이 오래 사귀다 보면 연애도 생물처럼 뒤틀리며 변모하고 꿈틀대고 성장한다. 함께 인생을 걷는 두 사람의 모습이 변하는 만큼 유기체도 변한다. 나는 그 제3의 존재를 키우는 게 뭔지 모른다. 오래 사귀는 기분이 어떤 건지도 모른다.

나는 사랑하는 사람과 함께 사는 게 뭔지 모른다. 같이 집을 구하러 다니면 어떤 기분인지 모른다. 부동산 업자의 술수에 놀아나지 않으려고 둘이 화장실에서 속닥거리며 작전을 짜는 것도 모른다. 매일 아침, 잠이 채 깨기도 전에 화장실에 있는 누군가를 피해서 익숙한 순서에 따라 돌아가며 양치하고 샤워하는 동선이 뭔지 모른다.

헤어지고 집에 가지 않아도 되는 게 뭔지 모른다. 집에서 매일 밤낮으로 곁에 있는 기분이 뭔지 모른다.

사실, 누군가와 한배를 탄다는 게 뭔지 모른다. 서로 힘이 되어주는 로맨틱한 관계가 뭔지 전혀 배우지 못했고, 그걸 받아들이는 법도 알지 못한다. 나도 사랑을 해봤고 이별도 경험해봤기에 떠난다는 것, 남겨진다는 것이 뭔지는 안다. 언젠가 다른 모든 것을 터득할 날이 오리라 믿는다.

사랑에 대해 내가 아는 대부분은 여자 친구들과의 오랜 우정을 통해 터득했다. 특히 이리저리 같이 산 친구들에게 배웠다. 나는 친구들 한 사람 한 사람이 연구 주제라도 되는 양 그들에 대해 세세한 부분까지 파악하는 걸 즐긴다. 나와 같이 산 여자들 얘기를 하자면, 나는 어느 식당에 가든 남편이 뭘 시킬지 안 봐도 아는 아내가 된 듯한 느낌이 든다. 인디아는 차 마시는 걸 싫어하고, 에이제이가 가장 좋아하는 샌드위치는 치즈와 샐러리가 들어간 것이다. 벨은 빵을 먹으면 속 쓰려 하고, 팔리는 버터가 녹지 않는 식은 토스트를 좋아한다. 다음 날 일을 하려면 에이제이는 여덟 시간은 자야 하고, 팔리는 일곱 시간, 벨은 대충 여섯 시간이면 된다. 인디아는 마거릿 대처처럼 네다섯 시간만 자면 된다. 팔리의 알람은 캐럴 킹의 〈So Far Away〉다. 팔리는 비만 문제와 관련된 서사가 담긴 프로그램을 좋아한다. 에이제이는 유튜브로 옛날 드라마를 보는 것과 놀랍게도 침대에서 할 스도쿠 관련 책을 사는 걸 좋아한다. 벨은 출근 전 침실에서 운동 비디오를 보며 따라 하고, 욕실에서 트랜스 음악을 듣는다. 인디아는 침실에서 직소 퍼즐을 맞추고 주말 드라마를 본다.

＊

나는 의욕적으로 산소 탱크를 메고 한 사람의 독특함과 불완전함 속으로 깊이 잠수한 후 발견하는 짜릿한 순간을 즐긴다. 팔리는 늘 치마를 입고 잔다. 왜일까? 벨은 금요일 밤에 퇴근 후 집에 오면 연한 주황색 스타킹을 북북 찢는다. 기업 체제에 반기를 들며 조용히 분노하는 그녀만의 특징일까? 아니면 그냥 좋아서 하는 단순한 의식일까? 에이제이는 힘들면 머리에 스카프를 두른다. 문화적 차용이 아닌 건 확실한데 대체 이게 뭐지? 어릴 때 배내옷에 꽉 싸여 있다 보니 그렇게 하면 아기가 된 듯 마음이 평화롭기 때문인가? 인디아에겐 애착 담요도 있고, '나이나이'라고 불리는 해진 네이비 스웨터도 있다. 인디아는 이걸 입고 자는 걸 좋아하는데 왜 '그이'라고 부르는 걸까? 대체 몇 살 때부터 스웨터를 남자로 여겼을까? 사실 나는 일종의 문학 살롱을 열고 싶은 마음뿐이다. 사랑하는 친구들이 어린 시절부터 아끼던 애착 담요를 가져와 식탁에 펼쳐놓고 성 정체성에 대해 토론할 것이다. 믿거나 말거나, 그렇게 하면 완벽하게 설득력을 얻을 수 있을 것이다.

나는 힘을 합쳐 가정을 일구고 꾸려나가는 게 뭔지 안다. 신용을 바탕으로 한 경제 공동체가 뭔지도 안다. 월급날까지 돈을 빌려줄 사람이 늘 곁에 있고 당신이 그 돈을 갚는다. 그러면 그들도 당신에게 그만한 돈을 빌릴 수 있음을 안다(서로 샌드위치를 계속 바꿔 먹는 초등학생과 비슷하다). 나는 12월의 우체통을 볼 때 드는 짜릿함이 뭔지 안다. 겉면에 이름 세 개가 조르르 적힌 카드를 보면 진짜로 가족이 된 것 같다. 온라인 뱅킹 사이트에 접속해 우리가 사용하는 공동 계좌에 다른 성 세 개가 올라간 걸 보면 묘하게 마음이 놓이는 기분이 뭔지 안다.

나는 나보다 더 큰 존재가 있다는 게 뭔지 안다. '우리'의 일원이 된 것이다. 팔리가 식탁 건너편에 앉은 사람에게 '우린 붉은 살코기는 안 먹어요'라든가, 로렌이 '우리가 제일 좋아하는 앨범은 밴 모리슨이에요'라고 파티에서 만난 남자에게 떠드는 소리를 들을 때면 가슴이 뜨거워진다. 그게 꽤 기분 좋은 소리란 걸 안다.

나는 나쁜 경험을 극복하여 우리의 신화로 끌어올리는 법을 안다. 지난 휴가에 부부가 가방을 분실해 각자 뛰어다녔다는 얘기를 연극하듯 말하듯, 우리도 우리에게 닥친 자잘한 재앙을 그런 식으로 얘기한다. 한번은 인디아와 벨과 내가 이사를 할 때 일이 죄다 어그러졌다. 열쇠를 분실해서 친구들에게 돈을 빌리고 소파에서 잠을 자고 짐을 차고에 넣어둬야 했던 것이다. 이런 사건은 꽤 그럴듯한 신화가 된다.

나는 누군가를 사랑하면서 절대로 바뀌지 않는 부분까지 받아들인다는 게 뭔지 안다. 로렌은 문법과 철자에 굉장히 깐깐하다. 벨은 지저분하다. 사브리나는 말이 정말 많다. 에이제이는 문자를 보내도 절대로 답장하지 않는다. 팔리는 힘들거나 배가 고프면 늘 우울해한다. 그 대가로 누군가가 나를 사랑하고 내 흠까지 받아준다는 게 얼마나 자유로운지 안다. (나는 지각 대장에 핸드폰은 늘 꺼져 있다. 지나치게 예민하고 강박증이 있다. 게다가 쓰레기통이 넘칠 때까지 그대로 둔다.)

사랑하는 사람이 당신이 5,000번도 더 들은 이야기를 타인에게 하고 있고 그들이 그 얘기에 푹 빠진 모습을 보는 게 뭔지 안다. 나는 그 사람이(바로 로렌이다) 매번 어떤 얘기를 할 때마다 훨씬 부풀려 말하는 모습이 어떤 것인지 안다('11시에 그 일이 벌어졌지'에서 '새벽 4시에 그렇게 된 거야'가 된다. '내가 플라스틱 의자에 앉아 있었는데'가 '유리로 만든 등받이가 젖혀지는 의자에 앉아 있었어'로 바뀐다). 누군가를 많이 사랑해도 전혀 짜증나지 않는다는 게 뭔지 안다. 그 사람이 이미 수없이 했던 얘기를 또 하고, 흥을 돋우려고 북 치고 장구 쳐도 그냥 지켜봐 주는 것이다.

나는 관계에서 위기를 겪는다는 게 뭔지 안다. 맞서 고칠 것인가, 아니면 각자 갈 길을 가느냐의 기로에 서는 것이다. 술집에서 만나서 까칠하게 시작해 세 시간 후에는 얼싸안고 찔찔 짜면서 두 번 다시 안 그러겠다고 약속하는 게 뭔지 안다.

나는 나를 뭍으로 인도해주는 등대가 하나가 아니라 여럿 있다는 게 어떤 기분인지 안다. 등대가 내뿜는 따뜻한 불빛을 느낀다는 건 사랑하는 사람을 잃은 장례식장에서 누군가가 당신의 손을 꽉 쥐어주는 일이다. 혹은 결혼한 전 남자 친구가 아내를 대동하고 등장한 끔찍한 파티에서 인파를 헤치며 등대 불빛을 찾아가는 일이다. 불빛이 말한다. "감자칩 챙겨서 심야 버스 타고 집에나 가자."

나는 사랑이란 게 시끄럽게 환호하는 것일 수 있음을 안다. 사랑은 비 내리는 여름날 록 페스티벌에서, 질척거리는 진흙탕 속에서 춤을 추다가 무대 위 밴드를 향해 열렬한 마음을 고백하는 일이다. 친구들을 회사 행사에 데려가 동료들에게 소개하고 그들이 동료들을 웃기는 모습을 보며 뿌듯해하는 것, 그런 친구들에게 사랑받는 것 자체만으로 스스로를 더 사랑스럽게 느끼는 일이다. 사랑은 숨이

가쁠만큼 깔깔대며 같이 웃는 일이다. 처음 가보는 도시에서 눈을 뜨는 일, 새벽에 알몸으로 수영하는 일, 토요일 밤에 거리를 함께 걸으며 이 도시가 온통 우리 것이라 느끼는 일이다. 사랑은 위대하고 아름답고 열정적인 자연의 힘이다.

나는 사랑이 꽤 조용한 것임을 안다. 사랑이란 소파에 누워 같이 커피를 마시며 커피를 더 마시러 어디로 나갈지 의논하는 일이다. 책을 읽다가 재미있는 대목이 나오면 그곳을 접어놓는 일, 깜박하고 세탁기에서 빨래를 꺼내지 않았을 때 그 빨래를 대신 널어주는 일이다. 그리고 더블린행 저가 비행기를 타고 가다가 혁혁거리며 이렇게 말하는 일이다. "차 타고 가는 것보다 비행기가 더 안전해. 한 시간 후에 비행기에서 죽을 확률보다 보디 펌핑 첫 수업에서 죽을 확률이 더 높다니까." 사랑은 이렇게 문자를 보내는 일이다. '오늘도 잘 보내.' '오늘 어땠어?' '오늘 네 생각 나더라.' '두루마리 화장지 샀음.' 달과 별, 폭죽과 석양 아래에서 에어 매트리스를 불고 그 위에 누워 있을 때, 응급실에 앉아 있을 때, 출입국 심사를 위해 줄을 설 때, 막히는 도로에서 차 안에 갇혀 있을 때 사랑하고 있음을 깨닫는다. 사랑은 고요히 확신을 주고 마음을 느긋하게 풀어 빈둥거리게 하며, 깐깐하게 따지면서도 조화로운 허밍을 만들어낸다. 그곳에 있다는 걸 쉬이 망각하지만 당신이 넘어지는 순간 그 밑으로 손을 쭉 뻗어주는 무언가가 바로 사랑이다.

나는 친구들과 5년을 같이 산 다음 이 생활을 정리했다. 맨 처음, 팔리가 남자 친구와 동거하기 위해 나를 떠났다. 그다음은 에이

✧

제이가 떠났다. 어느 날 인디아가 집을 나가겠다면서 전화로 얘기하다가 울음을 터트렸다.

"왜 울어? 팔리가 스콧하고 사귈 때 내가 팔리하고 서먹해진 것 때문에 그래? 내가 화낼까 봐 무서워서 그래? 내가 무슨 미친 사람이야? 벌써 4년 전 일이잖아. 이젠 이런 거 훨씬 잘 받아들일 수 있어."

"아니, 그게 아니라." 인디아가 코를 들이마셨다. "너 보고 싶어서 그래."

"알지, 나도 보고 싶을 거야. 올해 너 서른이잖아. 너희 관계가 한층 더 깊어지니 좋아. 변하는 게 당연하고 맞는 거잖아." 나는 세상을 바라보는 나의 이성에 감탄하면서 우정 봉사상이라는 훈장을 스스로 조용히 수여했다.

"이제 어쩔 거야? 늘 혼자 살고 싶다는 말을 입에 달고 살더니."

"글쎄, 준비됐는지 모르겠어. 벨이 남자 친구하고 동거하겠다고 할 때까진 같이 살아야지. 적어도 6개월은 벌 테니 그다음에 생각할래."

"〈헝거 게임〉 찍지 마. 누가 너랑 제일 오래 버티나 인내심 테스트하는 것 같잖아."

나는 기회가 왔음을 깨달았다. 친구들이 남자를 만나 하나둘 이사 나갈 때까지 기다릴 수도 있었다. 내가 하루빨리 남자를 찾아서 이사 나가려고 면도 크림을 냉장고에 넣어두는 사람을 인터넷 사이트에서 구해서 같이 살 수도 있었다. 아니면 나만의 새로운 이야기를 시작할 수도 있었다.

내가 쥔 예산으로 방 하나짜리 아파트를 구하는 것도 만만치 않았다. 오븐 바로 옆에 침대가 있거나, 샤워기가 분리되지 않고 변기 위에 샤워 헤드가 달린 집들을 숱하게 돌아다녔다. '넓은 침실'이라고 해봤자 20제곱미터였고, 정문에 경찰 폴리스 라인 테이프가 붙은 집도 있었다. 인디아가 같이 집을 보러 다니면서 가격을 조정하고 부동산 중개인에게 질문 공세를 퍼부었다.

결국 캠던 중심가에서 내 분수에 맞는 집을 구했다. 침실, 욕실, 거실이 있는 1층 아파트였다. 옷장을 놓을 공간이 충분했고 욕조가 제대로 있고 그 위에 샤워기가 달린 집이었다. 뒤쪽에 눅눅한 지하 주방이 있었다. 찬장이 아예 없고 너무 좁아서 돌아서지도 못할 지경이었다. 둥근 창으로 수로가 보여서 마치 배에 탄 듯한 느낌이 들었다. 완벽하진 않아도 여기가 내 집이었다.

같이 살던 우리들은 '동거에 작별'을 고하며 20대들이 자주 다니는 술집을 순례했다. 우리는 20대에 한집에서 같이 살던 시절 인상적이었던 모습으로 꾸미고 만났다. 말 그대로 다들 제정신이 아니었다. 에이제이는 우리의 첫 번째 집주인 고든처럼 꾸미고 나타났다. 중년의 위기를 겪을 때 입는 바이커 가죽 재킷에, 흰 트레이닝 바지를 입고 짧은 갈색 가발을 쓴 채 연신 억지 미소를 지었다. 지나치게 깔끔한 세입자였던 팔리는 영업용 대형 진공청소기로 분장하고 나타났다. 원통처럼 생긴 옷을 입고 바닥에 질질 끌리는 파이프를 달고 왔다. 벨은 끔찍하고 시끄러웠던 옆집 사람으로 꾸몄는데, 입술을 지저분하게 바르고 일자 단발 가발을 쓰고 왔다. 인디아는 대형 쓰레기통으로 변장했다. 쓰레기봉투를 구두에 묶고 뚜껑을 모자 삼아 쓴 다음 다 쓴 클렌징 티슈 통과 과자 봉지를 몸에 붙였다. 우리가 함께한 세월 중 가장 많이 한 행동에서 모티프를 따온 것 같았다. 그동안 우리는 쓰레기통을 비우고 봉투를 끼웠다가 또 다시 내다버리는 과정을 반복했다. 나는 초대형 담뱃갑으로 꾸미고 갔다가 곧바로 후회했다. 다들 나한테 와서 공짜 담배를 달라고 했기 때문이다. 말보로를 홍보하는 여자로 착각한 것 같았다.

우리는 술집을 옮겨 다니다가 우리의 첫 번째 집이었던 노란색 벽돌집까지 갔다. 이반을 보러 마트에 들렀는데 다른 직원이 말하길 이반이 '매듭짓지 못한 일로 아무도 모르게 해외로 나가 흔적도 없이 사라졌다'고 했다.

"예술가들이 다 떠났으니," 초승달처럼 생긴 동네를 걸으면서 벨이 아쉽다는 듯이 혀 꼬부라진 소리로 말했다. "이제 은행가들이 이사 들어오겠군."

일주일 후, 나는 새집으로 옮기려고 화분과 책을 종이 상자에 담아서 테이프를 붙였다. 우리가 같이 사는 마지막 날 밤, 인디아와 벨과 나는 할인받아서 산 화이트 와인을 마셨다. 피가 낭자하던 10년간 마시던 술. 취기가 오르자 휑한 거실에 둥글게 모여 노래에 맞춰 춤을 췄다. 다음 날 아침, 각자 부른 이삿짐 차를 기다리다가 와인 얼룩이 생긴 카펫 구석에서 옹기종기 모여 앉아 별말 없이 서로 무릎을 맞대고 있었다.

내가 아는 가장 뛰어난 정리의 달인 팔리가 이사 당일 짐 정리를 도와주러 새집으로 왔다('정말 도와주려고?' 내가 문자를 쳤다. '응. 짐 정리는 내 기쁨이야.' 그녀가 답 문자를 보냈다). 우리는 베트남 음식을 주문해서 거실 바닥에 퍼질러 앉아 후루룩 소리를 내며 쌀 국수를 먹고 스프링롤을 스리라차소스에 찍어 먹었다. 소파와 의자 는 어떻게 놓고 램프와 선반은 어디에 둘 것이며 어디에 앉아 매일 글을 쓸 건지 의논했다. 어두워질 때까지 짐을 풀다가 침실 벽에 딱 붙여놓은 매트리스 위에서 잠이 들었다. 주변에 구두, 가방과 옷가 지, 책이 든 종이 상자를 널어둔 채.

눈을 떠보니 팔리는 이미 출근해서 보이지 않았다. 베개 위에 메모가 한 장 놓여 있었다. 과학 시험 시간에 내 바인더 위에 수정액 으로 글씨를 쓴 이후 조금도 변하지 않은 아이 같은 글씨체가 보였 다. '새집 마음에 든다, 사랑해.'

아침 태양이 내 방으로 숨어 들어오자 매트리스 위에 하얗고 환한 빛 웅덩이가 고였다. 나는 시원한 시트 위에 대각선으로 벌렁 누웠다. 철저히 외로웠지만 이보다 더 안락할 수 없다는 기분이 밀 려왔다. 우여곡절 끝에 구한 이 집의 벽체 때문도 아니었고, 내가 가 장 고마워하는 머리 위 지붕 때문도 아니었다. 이제 달팽이처럼 내 등에 인 이 집 때문이었다. 마침내 사랑스러운 내 두 손으로 책임지 게 됐다는 기분 때문이었다.

사랑은 휑한 내 침대에 있었다. 사춘기 시절 로렌이 사준 앨범 속에도 차곡차곡 쌓였다. 주방 찬장에 넣어둔 번진 요리 카드 속에 담겨 있었고, 인디아가 리본을 달아 내게 들려 보낸 술병 속에도 들 어 있었다. 냉장고에 붙여놔서 끝이 말리고 끈끈해진 즉석 사진 속 에 담겨 있었고, 베개 위에 올려놓은 팔리의 메모 속에도 있었다. 나 는 그것을 접어서 팔리가 그동안 적어준 메모들을 모아두는 신발

◇

상자 속에 집어넣었다.

　나는 나 혼자 타고 가는 배 안에서 안전하게 눈을 떴다. 사랑의
바다에 둥둥 떠서, 새로운 수평선을 향해 나아가고 있었다.

　사랑은 그곳에 있었다. 누가 알았겠는가? 사랑은 줄곧 그 자리
에 있었다.

스물여덟에
내가 알던
사랑

괜찮은 남자는 잘 보이려고 수작을 부리는 여자보다 평온한 여자를 선택한다. 남자의 관심을 끌려고 전혀 애쓸 필요 없다. 계속 관심을 갖게 해야 하는 남자라면 문제가 있다. 당신이 감당할 남자가 아니다.

가장 친한 친구의 남자 친구와 아주 친해지는 건 불가능하다. 그런 꿈은 버려라. 그런 환상에 작별을 고하라. 그가 친구를 행복하게 해준다면 점심을 오래 먹는 자리에서 그를 견디기만 하면 된다. 그거면 된다.

남자는 여자의 알몸을 좋아한다. 나머지 부차적인 것들은 금쪽같은 시간을 낭비하는 일이라고 생각한다.

온라인 데이트는 용감한 자들을 위한 것이다. 실제로 사람을 만나는 게 점점 어려워지자 직접 행동에 나서는 사람들이 로맨스의 영웅으로 떠오른다. 매월 회비를 내고 사랑에 더 가까이 다가갈 기회를 구하고, 같이 손잡고 장을 볼 특별한 사람을 찾는다면서 민망한 프로필을 작성한다.

✧

브라질리언 왁싱을 하고 싶으면 하라. 하기 싫으면 안 하면 된다. 맨살을 느끼고 싶고 들일 돈이 있다면 1년 내내 왁싱을 받아라. 남자를 위해서 하지는 말자. '자매애'를 위해서도 하지 말라. 자매애가 무슨 상관인가. 쓸모 있는 사람이 되고 싶다면 여성 쉼터에 가서 자원봉사를 하라. 정치학적 관점에서 음모가 이러니저러니 몇 시간씩 언쟁하지 말라. 제모하지 않은 사람이 더럽고 보기 흉한 것 같다는 생각은 말길. 그게 사실이라면 평생 제모하지 않고 사는 남자는 얼마나 더러운가. (재력이 허용하는 한, 셀프 제모 크림엔 절대로 손도 대지 말라.)

헤어지고 난 후 처음 얼마간은 연애하면서 듣던 노래를 차마 듣지 못한다. 그럼에도 곧 당신은 그 앨범들을 다시 즐기게 될 것이다. 토요일마다 하던 일들의 추억, 일요일 밤이면 소파에서 먹던 스파게티가 심금을 울리다가 서서히 감정이 옅어지고, 마침내 사라질 것이다. 그 노래가, 그 사람이 세상의 중심이었던 때가 생각나 몸속 깊은 곳이 아파올 수도 있지만, 어느 시점이 되면 그 노래도, 그 사람에 대한 생각도 더 이상 가슴을 먹먹하게 하지 않는다는 사실을 알게 된다.

남자 친구를 사귀면서도 여전히 당신이 술에 잔뜩 취하고, 남자들에게 플러팅하느라 정신이 없다면, 당신의 연애는 뭔가 잘못된 것이다. 더 정확히는 당신이 잘못됐을 수 있다. 나에게 얼마나 많은 관심이 필요한 것인지, 왜 그런 것인지 솔직히 털어놔 보자. 오로지 당신의 공허함을 채우기 위해 끝없는 인내심과 관심을 제공해줄 남자는 존재하지 않는다.

대개 당신이 받는 사랑은 스스로 주는 사랑의 거울이다. 당신이 자신을 다정히 보듬고 참아주지 않으면 남들도 당신을 그리 대해주지 않을 가능성이 높다.

말랐느냐 뚱뚱하냐는 당신이 받아야 할, 혹은 받게 될 사랑의 지표가 아니다.

이별은 나이가 들수록, 해가 갈수록 더 힘들어진다. 젊을 때는 남자 친구를 잃지만, 나이를 먹으면 인생의 일부를 잃는 느낌이다.

그럼에도 잘못된 연애를 질질 끌고 가야 할 만큼 중대한 문제는 존재하지 않는다. 휴가는 취소하면 되고 결혼식도 파혼하면 되고 집도 팔면 그만이다. 현실적인 문제에 비겁함을 감추지 말라.

그에 대한 존중이 사라진다면, 다시 사랑에 빠지기는 어려울 것이다.

서로의 삶에 대해 물으려면 완벽하게 공평해야 한다. 친구와 가족, 관심과 일에 관여하려면 서로 노력해야 한다. 균형이 깨지면 그 분노는 당신을 향할 뿐이다.

당신이 괜찮다고 느낀다면 첫 데이트에서 자도 좋다. 남자는 망아지고 여자는 당근이라는 식의 말도 안 되는 자기계발 학파의 조언은 절대로 신경 쓰지 말자. 당신은 누군가가 획득하는 물건이 아니다. 피와 살, 용기와 육감으로 이루어진 인간이다. 섹스는 파워 게임이 아니다. 상호 동의하에 존중하며 즐겁게 창의적으로 협력하는 경험이다.

누군가와 헤어지는 것처럼 끔찍한 기분은 없다. 하지만 그 극심한 고통은 어느 시점에 다다르면 새로운 에너지로 전환된다. 헤어짐의 상처와 슬픔이 아무 데도 가지 못하고 마음속에 갇히게 될 수도 있지만, 당신이 원한다면, 그 고통은 마음의 서킷 트레이닝°으로 바뀌게 될 것이다. 나는 W.H. 오든의 시에 공감한다. "만일 사랑하는 마음이 같을 수 없다면 / 더 사랑하는 쪽이 나이길."

누군가 서른이나 마흔, 아니 140세까지 혼자일 때에는 다 그럴 만한 이유가 분명 있다. 그들을 부적격자라고 치부하지 말라. 저마다 사연이 있는 법. 시간을 들여 그들의 사연을 들어라.

처음 보는 사람과 섹스를 하면 늘 어색하다. 남의 침실에서 남의 이불을 덮고 있든, 당신 집에서 당신 이불을 덮고 있든 어색하지만, 남의 집에 있으면 훨씬 어색하다.

미안하지만, 당신에게 행복을 제공하는 것만을 업으로 삼은 사람은 없다.

완벽한 남자란 친절하고 유머러스하며 자상한 사람이다. 몸을 숙여 개에게 인사하고, 선반을 달아준다. 그가 엄청난 이두박근을 소유한 장신의 유대인 해적처럼 생겼다면 그저 덤일 뿐, 외모 때문에 시작해서는 안 된다.

누구나 강렬한 끌림을 지닌 존재가 될 수 있다. 이건 단순히 사랑받는 일보다 훨씬 대단한 일이다.

오르가슴을 연기하지 말라. 아무에게도 도움이 되지 않는다. 남자들은 생각보다 진실을 감당할 준비가 되어 있다.

당신이 타당한 이유로 섹스를 즐기고 양쪽 다 만남의 성격을

° 가벼운 운동을 쉬지 않고 지속적으로 해서 운동 효과를 높이는 방법.

제대로 안다면, 부담 없이 즐기는 섹스는 정말 좋을 수 있다. 하지만 처방전 없이 약을 사듯, 더 나은 기분을 느끼려고 가볍게 하는 섹스는 불쾌한 경험으로 남을 수 있다.

연애에서 가장 짜릿한 건 상대방에 대해 확신을 갖기 전인 처음 3개월이다. 하지만 진짜 좋은 연애는 그가 내 것임을 알게 된 후에 시작된다. 수년간 사귄다는 건 대단한 일이다. 나는 경험해보지 못했다. 항상 짜릿하지만은 않다고 하지만, 내가 듣기론 최고라고 한다.

누군가 죽는 경우를 제외하곤 연애가 어그러지는 경우 당신에게도 어느 정도 책임이 있다. 이걸 깨달으면 자유로워진다. 남자라고 다 나쁘고, 여자라고 다 착하지 않다. 우리는 사람이기에 실수를 저지르고 서로 이해하고 용서한다.

다정함은 목표가 될 수 있지만 게으름은 목표가 될 수 없다.

친구가 당신을 버리고 연애에 몰입하면 한 번은 눈감아주자. 좋은 친구라면 언젠가 돌아올 것이다.

밤에 도저히 잠이 오지 않아서 심박을 가다듬고 잠을 자려 할 때, 당신 앞에 펼쳐질 모험과 저 멀리 떠나는 여행을 상상하라. 양팔로 몸을 꽉 감싸 안고 자신을 포옹하며 조용히 말해보자. "나에겐 내가 있잖아."

서른

서른이 된다고 묘한 기분에 빠지고 싶지 않았다. 흔히 서른이 코앞이면 이상해진다고 하던데, 그런 건 페미니스트답지도 않고 쿨하지도 않다. 세련되지 않으며 진취적으로 보이지 않는다. 연애에만 초점을 맞춘, 예민하고 속물 같고 촌스러운 태도다. 너무 빤하지 않은가. 까다롭고 한심할 뿐. 나는 그러고 싶지 않았다.

서른이 된다고 생각하니 가슴이 철렁했다. 고맙게도 주변 친구들이 먼저 서른을 맞이한 덕분에 나는 연습하고 대비할 시간이 충분했다. 8월 31일에 태어나 혜택이 많았다. 이 날이 영국 취학 연령기준일의 마지막 날이기에 나는 내 친구들 중에 제일 막내였다. 학교를 다닐 때는 막내라는 게 비참했다. 소중한 내 생일 무렵이면 이미 다들 생일이 지나 있었다. 열세 번째 생일에는 바비 인형 같은 차림새에 재킷을 걸치고 시청에서 디스코 파티를 열려고 했으나 아무도 오려고 하지 않았다. 다들 춤을 출 만큼 췄기 때문이다. 그런데 이제 내가 맨 마지막으로 서른이 된다니 고마웠다.

벨의 서른한 번째 생일은 내 서른 살 생일보다 3주 앞이었다.

우리는 포르투갈로 휴가를 떠났는데, 빌라 화장실에서 벨이 울음을 터트렸다.

"서른보다 서른하나가 훨씬 힘들어." 벨이 말했다. 우리는 욕조에 걸터앉아서 술에 취한 인디아와 에이제이가 주방에서 칵테일을 만드는 걸 지켜보고 있었다. "나이 서른에 뭘 이루는 게 예전엔 정말 대단해 보였는데 이제는 당연해 보여."

"예를 들어?"

"예를 들어……" 벨이 생각을 가다듬었다. "소프트웨어 회사를 세워서 올해 주식을 상장한 칼렙 커리가 서른하나거든. 딸 하나에 쌍둥이 아들 둘을 둔 엄마가 된 켈리도 서른한 살이고."

"그러게." 나는 힘없이 대답했다. "무슨 말인지 알겠어."

"뭘 하든 이상할 게 없는 나이야. 이제는 어린 나이에 성공했다는 느낌이 전혀 없어." 벨이 몸을 앞으로 숙여 손바닥에 이마를 갖다 대자 긴 금발이 앞으로 쏟아졌다. "서른하나는 뭐랄까……" 벨이 발음부터 배우는 외국어를 말하듯 말을 이었다. "어떻게 우리가 서른하나일 수가 있어? 내 친구들 얼굴을 보면 나이 먹은 거 모르겠던데. 전혀 30대 같지 않잖아." 그러더니 한참 입을 열지 못했다. 나는 그녀의 등을 토닥였다.

"내가 이 말 하면 기분이 나아질지 모르겠는데." 나는 그녀의 머리를 뒤로 넘겨 한 손으로 잡았다. "나는 아직 서른 아니야." 그녀가 멍한 눈빛에 무표정한 얼굴로 나를 올려다봤다. "아직 스물아홉이야."

"네가 어떻게 나한테 이럴 수 있어? 허구한 날 중에서 하필 오늘 밤에?"

나는 벨이 무슨 말을 하는지 알았다. 나 역시 믿기지 않았다.

*

팔리의 서른한 번째 생일 파티는 우리 집에서 했다. 내가 서른이 된 지 일주일 뒤였다. 나는 팔리에게 생일 케이크를 만들어주려고 장바구니에서 재료를 꺼냈다. 그때 마침 숫자 모양의 생일 초도 같이 떨어졌는데, 하필 뒤집혀서 31이 아니라 13으로 보였다. 교회에서 열린 팔리의 열세 번째 생일이 떠올랐다. 팔리는 미스셀프리지에서 산 반짝거리는 분홍색 원피스 차림이었다. 내가 들어가자 팔리는 치아 교정기를 낀 채 활짝 웃으며 긴장했던 마음이 놓인다는 듯이 나를 안았다. 우리는 열세 살을 회상했다. 파인애플 댄스 스튜디오 티셔츠를 똑같이 입고 우리 집 크림색 카펫 위에 멍하니 누워서 큼직한 봉지에 든 과자를 먹으며 드라마를 보고 이상형의 남자친구가 갖춰야 할 자질에 대해 토론했다. 나는 주방에서 생일 초를 31로 돌려놓으며 그 세월을 이해하려고 애썼다. 그다음 다시 13으로 바꿔놓고 한참을 더 바라봤다. 저렇게 순서를 바꿔놓고 보니 우리가 훨씬 가까워진 듯했다. 그러나 내 나이를 절반으로 뚝 잘라내고도 더 오래전 일이었다.

결혼한 사람들은 서로 나이 들어가는지 모르겠다고 종종 말한다. 오래 사귄 커플들은 연애 극초반부터 셰익스피어 희극과 비슷한 마술에 걸리는 게 분명하다. 이 말인 즉, 사랑에 빠질 당시의 얼굴만 계속 보인다는 뜻이다. 나도 내 친구에게 비슷한 느낌을 받는다. 내 눈에는 우리가 처음 만났을 때와 조금도 달라지지 않았다.

로렌의 서른한 번째 생일은 내 생일보다 7개월 앞이었다. 생일 날 오후, 친구 몇 명이 로렌네 집으로 가서 거실 중앙에 테이블을 펼치고 풍선을 불고 라자냐를 만들었다.

"기분이 어때, 친구?" 나는 저녁 식사 중간에 나와 담배를 피우다가 물었다.

"솔직히 말해줘?" 로렌은 전자 담배를 피우고 있었다(요즘은 전자 담배를 피운다. 서른이 되자 다들 담배라면 화들짝 놀란다. 국민건강서비스° 소속 의사들이 20대에는 흡연해도 '상관없지만' 30대부터는 모든 게 바뀐다고 했다는 엉터리 루머 때문이다. 로렌은 요즘 계피맛 애플파이 향이 나는 전자 담배 연기를 계속 내뿜는다). "끔찍해, 정말 기분 더러워."

"정말?" 나는 놀라서 말했다. "서른하나가 되면 오히려 마음이 놓인다던데? 스물아홉이 제일 끔찍하고 막상 서른이 되면 꽤 좋대."

"전혀 그렇지 않아. 뭐랄까, 최근 1, 2년은 30대가 어떤 건지 간만 보면서 단련시키는 것 같아. 발을 담갔다가 빼는 느낌이랄까. 경험 삼아 시도해보는 것처럼 말이야."

"이를테면?"

"이를테면…… 글쎄, 주말에 잠깐 짬을 내서 코츠월드°°에 갔

다 오는 느낌이랄까?."

"무슨 말인지 알겠어. 그러니까, 한 달에 한 번 집으로 도우미를 부르는 기분이라는 거지?"

"그거야! 어쩌다 한 번씩 다리미를 사거나 북클럽에 가입하는 것하고 비슷해. 그런데 오늘 밤 깨달았어. 내가 더는 관광객이 아니라는 걸. 30대로 휴가를 갔다가 20대가 되기를 바라는 마음으로 초라하게 되돌아올 수는 없다는 걸 알았어. 이제 꼼짝없이 30대야."

"세상에." 나는 그녀의 묵직한 신랄함을 느꼈다. "절대로 벗어날 수 없다는 거네. 30대에 정착했으니 성인이 되고 느꼈던 아이러니가 몽땅 사라졌구나."

"딱 그거야! 예전엔 주방 창틀에 허브를 올려놓고 키우면 키치하다느니, 귀엽다느니 그랬잖아. 그런데 지금은……"

"그냥 따분한 30대가 된 거야." 내가 문장을 마저 채우는 순간 깨달음을 얻으며 마음이 혼란스러웠다.

"맞아."

"그럼 이제 뭘 하지? 카드놀이라도 해야 하나? 통풍이 오려나?"

"아니, 아니, 그런 건 40대도 아니고 60대는 돼야지. 우린 10년 후에나 그런 휴가를 즐기겠지." 우린 둘 다 한참 생각에 빠졌다. 마침내 로렌이 입을 열었다. "박물관 멤버십! 40대에는 이런 데에 다니자. 집을 미니멀리즘으로 꾸미고."

"9시 반에 자러 가고?"

"응, 똑같은 로퍼를 세 가지 색으로 사두는 거야."

상기 대화를 기점으로 나는 서른을 앞두고 나이 듦으로 인해 겪는 실존주의적 몰락이 점차 확장됐다고 생각한다. 로렌의 생일 이후, 나는 곳곳에서 상황이 변하고 있다는 힌트를 찾아 헤매기 시작했다. 기력도 떨어지고, 삶의 기쁨도 줄었다. 예를 하나 들겠다. 근사한 표지판 사진을 찍던 버릇이 느닷없이, 나도 모르게 완전히 사라졌음을 깨달았다. 10대부터 20대까지는 버스에서 한 정거장 먼저 내려 유명한 생맥줏집 사진을 찍고, 약속에 늦는 한이 있더라도 완벽하게 사진을 찍으려고 복잡한 도로를 횡단하던 나였다. 그런데 최근에 인디아와 둘이서 길을 걷는데 둘 다 휴대전화를 꺼낼 생각조차 하지 않았음을 깨달았다.

"슬프지 않니? 우리 그동안 도로 표지판 옆에 서서 서로 사진 찍은 다음 팔리에게 보내곤 했는데, 지금은 아무도 신경 쓰지도 않잖아."

'이게 다 무슨 소용이야?' 이 질문은 나이와 관련된 위기를 겪느라 날이 서 있는 삶의 단편들을 모두 아우르는 말이었다. 내 친구 해나는 그의 서른 살 생일에 이렇게 말했다. "이런 거니? 인생이 고작 이런 거야? 젠장, 하염없이 버스를 기다리고 쓸데없이 인터넷 쇼핑이나 하는 게 인생이니?" 이 말을 들을 때 나는 스물하나였고, 심리적 붕괴를 겪는 듯한 그의 말을 들으며 당황했었다. 해나는 내가 서른이 되면 자기를 이해할 거라고 했다. 그리고 그 말이 맞았다. 이제야 나는 이해할 수 있었다.

나는 실존이라는 허상에 매달리고 싶지 않았다. 일요일 밤에 부랴부랴 세탁기를 돌린 다음 양말을 라디에이터 위에 죽 널어놓고

311

평생 이런 짓을 몇 번이나 더 해야 하는지, 이런 게 무슨 의미가 있
는지 의아해하는 사람이 되고 싶지 않았다. 로렌과 나는 그저 '흘러
가듯' 사는 사람들을 보며 우스갯소리를 하곤 했다. 인생을 길고 따
분한 여행처럼 생각해서 마음에 들지 않는 호텔에서 매일 밤을 보
내도 무덤덤하며, 가방을 아예 풀지도 않는다고 말이다. 이런 부류
는 굳이 시간을 들여 노트북 컴퓨터 바탕 화면을 원하는 사진으로
바꾸지 않는다. 30년간 매일 출근하면서 똑같은 샌드위치 패스트푸
드 전문점에서 똑같은 샌드위치를 집어 들고, 그림을 액자에 끼우지
않고 점토 접착제로 고정해놓고도 거슬려 하지 않는다.

그게 다 무슨 소용인데?

나는 그저 흘러가는 대로 산다는 기분을 느끼며 살고 싶지 않
았다. 그러나 나이가 들수록 어쩔 수 없이 이렇게 될 수밖에 없고 끝
을 향해 갈수록 점점 더 그렇게 된다는 게 두려웠다. 인생의 즐거움
은 사라지고 그저 견디는 일만 늘어가는 것 말이다.

"버스와 쇼핑은 어떠신가?" 이제 서른여덟이 된 해나가 서른을
코앞에 둔 내게 꼬박꼬박 문자를 보냈다. 내가 허무주의에 빠져 인
사불성이 됐는지 확인하는 문자였다. "막상 서른이 되면 기분이 훨
씬 나아져. 내가 장담하지."

해나는 삶에서 비슷한 것을 먼저 경험한 친구로서 깊은 이해심
을 베풀어주었다. 나는 무척이나 고마웠다. 나보다 나이가 많은 다
른 친구들은 나의 불안감에 그닥 공감하지 못했다. 서른이 되는 게
두렵다고 하자 다들 내가 그들의 나이를 들먹이며 비꼰다고 곡해했
다. 나와 남동생이 우리 집 소파에서 뒹굴뒹굴하며 조만간 20대가

끝난다며 한탄하자 아버지는 이렇게 버럭 소리를 치셨다. "지랄 같은 일흔둘이나 돼보고 말해!"

단순히 나이가 든다는 사실이 버겁게 느껴진다기보다는, 내가 익숙하게 알던 인생의 특정 구간에서 그다음 구간으로 넘어가야 한다는 사실이 두려웠다. 사실 나의 20대는 근심과 불안, 잘못된 선택으로 가득했다. 그럼에도 20대를 마무리하기 직전이 돼서야 만사가 편안하고 느긋했음을 깨달았다. 20대엔 딱히 뭘 해야 할 의무가 없었다. 그래서 그런지 갈피를 잡지 못하고 온몸으로 겪었다. 어디에 있어야 하는지, 뭘 꼭 해야 하는지 전혀 몰랐다.

나는 인내심과 관심, 호들갑과 공감이 보장되는 인생의 단계에 더는 머물 수 없음을 가슴으로 실감했다. 나는 20대를 통과하는 내내 우리 또래 중 막내였다. 지난 10년간 참석하는 모임마다 주인공은 우리였다. 우리에게 시선이 쏠렸다. 사회가 발달할수록 이런 만남에 열을 올린다는 소리가 텔레비전에서 들린다. '밀레니얼 세대의 온라인 쇼핑 방식에 대해 연구할 필요가 있다'고 에디터가 말한다. 신문을 펼 때마다 기자들이 우리를 우려하는 소리가 들렸다. '과연 밀레니얼 세대가 집을 사서 늘려갈 수 있을까? 집을 살 수나 있을까? 포르노로 섹스를 배워 평생 망가지는 건 아닐까? 학자금 대출은 어떻게 해결할 것인가?' 밀레니얼 세대는 남들의 마음을 사로잡고, 남들에게 혐오감을 조장해 걱정을 끼치며, 타인을 기만하며 시대정신을 형성했다. 나는 그 당시엔 그들이 히스테리를 조장한다며 한탄했다. 밀려나기 전까지 우리가 영국의 문제아 취급을 받는 게 얼마나 좋은 건지 미처 몰랐다.

◇

사람들이 'Z세대°'라는 말을 하자 나는 처음에는 무슨 소린지 모르면서도 의식적으로 무시했던 기억이 난다. 헤어진 남자 친구가 새로 사귄 여자 친구의 이름이 짜증날정도로 듣기 좋을 때 당신이 하는 행동과 동일하다. Z세대로 모든 이들의 관심이 쏠렸다. 나보다 열 살 정도 어리고 한때 내 친구들의 짜증스러운 어린 조카였던 그들에게 공식 명칭이 생겼다. 다들 그들에게 매료됐다. Z세대는 왜 밀레니얼 세대보다 술을 덜 마시는가? 그들은 젠더와 섹슈얼리티를 어떻게 달리 부르는가? 그들은 어떤 식으로 투표하는가? Z세대가 젊음, 유행, 섹스, 현대성, 발전을 아우르는 용어가 됐다. 그게 타당했다.

나는 스물여섯 살 때 텔레비전 쇼의 보조 작가로 일했다. 학생들의 생활을 그린 코미디 프로였는데 매번 대본이 나올 때마다 작가들은 나에게 '신세대 검토'를 맡겼다. 신세대 검토란 대본에 쓰인 표현이 젊은이들에게 뒤처진 건 아닌지 확인하는 작업이었다. 정말 쓰는 말인지, 대본에서 중년 작가의 냄새가 나진 않는지 확인하는 일이었다. 나는 요즘 애들이 어떤 술을 마시고, 영어 수업에 어떤 교재를 읽고, 어떤 앨범을 듣는지 조언했다. 나는 성인으로 사는 내내 방송국에서 신세대 대변인으로 통했다. 그런데 서른이 되자 내 허락도 없이, 공식 이임식도 없이 내 일을 빼앗겼다. 더는 그 일을 할 수 없었다. 밀레니얼 세대의 목소리가 이제는 참고용으로 영향력을 발휘할 수 없었다. 내 어린 시절이 역사의 한 시절로 회자된다. DVD

° 밀레니얼 바로 다음 세대. 2010년까지 태어난 세대.

가 LP판만큼이나 구식이 됐다. 최근엔 우리 세대가 보고 자란 90년 대 영화를 '시대극'이라고 표현하는 사람도 등장했다.

밀레니얼 세대, 일명 Y세대는 우리가 X세대를 밀어낸 동일한 방식으로 공식 축출됐다. X세대도 베이비붐 세대를 같은 식으로 밀어 냈다. 베이비붐 세대도 한때는 젊은이를 대변했다. 동네 합창단에서 활약하는 은퇴자들과 고무장화를 신은 은발의 할머니들, 기분 나쁜 농담을 내뱉는 아빠들이 베이비붐 세대였다. 나는 알았다. 모를 수가 없었다. 우리 부모님은 급진적이고 무모했던 당신들의 60년대에 대해 말해주시곤 했다. 그럼에도 밀레니얼 세대가 이 세상에서 순진한 처녀, 후배, 건방지고 활기찬 청년, 파티광, 혁명가, 똑똑한 젊은이, 완전히 핫하고 정신없으면서도 덩치만 큰 사춘기가 아닌 다른 모습으로 밀려날 수 있음을 제대로 이해하지 못했다.

나이 듦에 관해 말하는 온갖 클리셰에 대비하라. 모든 클리셰는 옳다. 내가 이런 일을 겪을 줄은 정말 생각도 못 했다.

얼마 전 나는 도로 끝에 있는 우체통까지 걸어가 편지를 부친 다음 주차된 차를 지나쳤다. 차 안에는 머리가 희끗희끗한 50대 여성이 운전석에서 두 손으로 머리를 부여잡고 있었고, 옆에는 교복을 입은 소녀가 울고 있었다. 소녀는 분명 열일곱 살일 테고, 얼마 남지 않은 A레벨°°의 가장 긴 구간을 통과하는 것 같았다. 피어싱을 잔뜩 뚫은 귀 뒤로 풍성한 갈색 머리를 넘기면서 실망한 듯 온몸을 동

°° 영국의 대학 진학 교육 과정.

원해 말하고 있었다. 물어뜯긴 손톱에는 남색 매니큐어가 칠해져 있고 얼굴은 절망으로 일그러져 있었다. 숨을 고르다가 중간중간 미친 듯이 딸꾹질했다. 별안간 나는 저 장면이 내 인생에서 얼마나 긴 세월 등장했는지가 생각났다. 나도 주차된 차의 조수석에 앉아 울었다. 우리가 했던 말다툼이 생생히 떠올랐다. 엄마는 내가 휴대전화를 가질 수 없으며, 자정 전에는 집에 들어와야 하고, 남자 친구가 자고 갈 수는 있지만 다른 방이어야 한다고 했다. 그 시절은 지나갔다. 벌써 10년도 더 전에. 나도 모르는 사이에 차 안에서 엄마와 싸우는 일이 사라졌다. 두 번 다시 그럴 일은 없다.

향수병은 원래 병으로 분류됐다. 향수병이란 스위스 군대가 이탈리아 저지대에 갔을 때 고산지대가 내려다보이는 고향 집이 그리워 신체적으로 극심한 통증을 느끼는 현상을 설명하기 위해 1600년대에 만들어진 단어다. 향수병과 그 증상(어지럼증, 고열, 소화 불량)이 꽤 치명적이라서 특정한 스위스 노래를 부르면 사형이 선고됐다.

서른을 코앞에 둔 나에게 20대는 고산지대에 위치한 꿈의 땅이 됐다. 20대는 나의 집이었다. 익숙해서 내게 편안함을 주는 곳이었다. 이성적으로 따져보면, 나의 20대는 상심, 자기혐오, 질투로 대부분 가득 차 있었음을 너무나 잘 안다. 방향을 잃고 안정감도 돈도 없던 시절, 그럼에도 향수병 때문에 몸을 가누지 못했다. 나에게 스위스 노래는 우리가 2012년 처음 노란 벽돌집으로 이사 갔을 때 틀던 LP판이었다. 서른 살 생일을 몇 주 앞두고 캠던에 있는 마트에서 집으로 걸어오던 내 귀에 우리가 레코드플레이어에 걸어놓고 마르고 닳도록 듣던 로드 스튜어트 1집의 첫 번째 곡이 무심결에 들리는 순간, 남의 집 현관 앞에서 눈물이 터졌다.

"이렇게 긴 복도를 걸어가는데 갈수록 문이 점점 쾅쾅 닫혀서 들어갈 데가 없어진 느낌이야." 헬렌이 이런 은유적인 장면을 그려주자, 내 눈에도 여기저기 문이 쾅쾅 닫히는 모습이 보였다. 나는 젊은 작가 양성 프로그램을 들을 자격이 더는 없었다. 어울리지 않는 옷들이 생기고 더는 출입할 수 없는 클럽이 등장했다. 병원 대기실에서 본 생리컵 광고지에는 20대 여성용으로는 두 가지 사이즈가 있었고, 30대부터는 대형 사이즈 딱 하나뿐이었다.

데이비드 포스터 월리스는 시간이 흐르면서 문이 닫히는 낭랑한 소리를 이해하고 서른셋에 다음과 같은 글을 썼다.

하루하루 좋은 것, 중요한 것, 재미있는 것 등 온갖 선택을 내려야만 한다. 그러한 선택으로 배제된 다른 선택지를 모조리 몰수당한 채 살아야 한다. 그러다가 시간이 모멘텀을 얻으면서 내가 내린 선택이 좁혀지고 선택을 내림으로써 배제된 것들이 기하급수적으로 늘어간다는 걸 점차 깨닫는다. 그러다 보면 모든 인생에서 호사스럽게 가지를 내뻗는 복잡한 어느 가지의 어느 지점에 도달하게 되는데, 거기까지 이르게 되면 결국 그 자리에 붙들려 단 하나의 길 위에 서게 된다. 시간이 멈춰 움찔했다가 부식하는 단계를 거쳐 나를 관통하고, 결국 제3의 시간에 빠진다. 그곳에서는 아무리 버둥거려도 소용없고 시간에 빠져 익사하고 만다.

✧

실비아 플라스 역시 시간의 흐름을 벅차게 뻗어 나가는 가지로 묘사했다. 《벨 자》(작가가 스물아홉 살 때 발표한 작품)에 다음과 같은 구절이 나온다.

내 인생의 가지가 이야기 속 푸르른 무화과나무처럼 내 앞에서 뻗어 나가는 모습이 보였다. 통통한 보라색 무화과가 매달린 가지 끝마다 놀라운 미래가 손짓하고 윙크했다. 이 무화과는 남편과 행복한 가정과 자녀들이었고, 저 무화과는 유명 시인이었다. 어떤 건 똑똑한 교수였고, 다른 건 훌륭한 편집자였다. 유럽과 아프리카와 남미인 무화과도 있었고, 콘스탄틴, 소크라테스, 아틸라 등 독특한 이름과 별난 직업을 가진 연인들도 있었다. 올림픽 여자 조정 챔피언인 무화과도 있었고, 저 위에 있는 무화과들은 뭐가 뭔지 알아볼 수도 없을 만큼 주렁주렁 달려 있었다. 나는 이 무화과나무 지주에 걸터앉아 배가 고파 죽을 지경이었다. 뭘 따야 할지 마음을 정하지 못했기 때문이다.

문이 닫히고 가지가 꺾이고 열매가 떨어진다. 뭔가 놓칠까 봐 두려워하는 마음이 밀레니얼 세대의 산물만은 아니라는 생각에 마음이 놓였다. 내가 좋아하는 작가들은 개인의 시대가 짜릿하지 않고 우울한 모습으로 바뀌고 있음을 깨달았다. 내가 좋아하는 밴드 펄프는 그들의 노래에서 청춘에 딸려오는 화려한 시간을 완벽히 묘사했다. "할 것도 산더미, 볼 것도 산더미, 만질 것도 산더미, 갈 곳도 산더미, 네가 시간을 쓸 방법은 정말 많아. 네게 얼마나 시간이 많은지

나는 알지." 마트 봉지를 잔뜩 들고 캠던 거리를 걷다가 남의 집 현관 앞에서 내가 눈물을 흘리며 그리워한 건 20대의 인생도, 20대라는 정체성도 아니다. 내가 그리워한 건 시간 부자라는 느낌, 어마어마하게 선택지가 많다는 느낌이다. 영영 무한정한 시간의 주인이던 10대와 20대에 느꼈던 기분을 영원히 목 놓아 그리워할 것이다. 새털같이 많은 나날이 내 앞에 펼쳐져 있다는 기분. 몇 살이 되든 늘 그걸 찾아 헤매고 있을 것이다.

　서른 살 생일을 이틀 앞두고 실존적 위기를 겪던 내게 최악의 순간이 닥쳤다. 옷을 사러 갔는데 죄다 촌스러워 보였다. 조금 더 젊어 보이고 저렴하면서도 별난 옷이 가득한 층으로 가서 30대로 접어들 나를 위해 새로운 스타일을 추구하기로 했다. 역시나, 딱히 괜찮은 옷이 하나도 보이지 않았다. 그때 팔리가 생각났다. 키도 덩치도 내 몸의 절반밖에 안 되는 그녀는 자라 키즈에서 가끔 옷을 산다. 일주일 전 팔리를 만났는데, 남색 블레이저를 입어 프레피룩을 연출해 젊고 스타일리시해 보였다. 팔리는 그 옷을 자라 키즈 남아 코너에서 샀다고 했다. 나는 자라 키즈가 있는 층으로 갔다. 아니나 다를까, 내가 좋아하는 스타일의 자수가 놓인 재킷을 발견했다. 나는 가장 큰 사이즈(13-14세용)를 집어 들고 그 자리에서 입어보기로 했다. 한쪽 팔은 소매에 간신히 들어갔지만 반대편 팔이 팔꿈치에 걸렸다. 폐소공포증이 덮치듯 옴짝달싹 못 하는 공포에 사로잡힌 채 팔을 빼려고 온몸을 비틀다가 그만 안감이 북 찢어지는 소리가 났다. 나의 이런 작태에 직원이 잔뜩 지친 표정으로 달려와서 무슨 일이냐고 물었다.

"안감이 살짝 찢어진 것 같아요." 나는 팔을 빼려고 계속 버둥거리면서 변명하듯 말했다. "이건 제가 살게요."

"여성복은 다른 층에 있어요."

"알아요."

"그런데 왜 입어보셨어요?"

"맞을 줄 알았어요."

"여긴 아동용 코너라고요." 남자 직원이 따졌다.

"내가 이거 산다고 했잖아요!" 나는 씩씩대며 따지면서도 그에게 내 얼굴 속에 찌든 신경증적 붕괴에 대해 설명하지 않았다. 이 옷을 사서 아이에게 입히려고 입어봤다고 둘러대서 상황을 순간 모면할 수도 있었는데 말이다.

"말해봐, 무슨 일인데?" 그날 저녁 펍에서 만난 인디아가 물었다. "뭐가 그리 고민인지 다 털어놔."

"스물한 살로 돌아갔으면 좋겠어."

"안 되는 거 알지?"

"알아. 그래도 스물하나였으면."

"왜?"

"스물한 살 때의 뇌는 싫어. 충동도 싫고 지랄 같은 가슴앓이도 싫어. 지금 내가 아는 걸 고스란히 간직한 채, 직접 겪어서 터득한 교훈과 내가 아는 모든 것을 지닌 상태로 내 몸만 스물하나로 영영 돌아갔으면 좋겠어. 앞날이 창창했던 그 시절로."

"좋지."

320

✦

"사실, 머리하고 영혼은 계속 나이 들어도 몸은 조금도 늙지도, 시들지도 않으면 얼마나 좋을까." 나는 남은 로제 와인을 잔에 따르며 말했다. "나이가 들어 현명해질 때 청춘을 누려야 하는 거 아니야?" 나는 와인병 바닥을 톡톡 두드렸다. "무슨 말인지 알지? 다들 그렇게 생각하지?"

"아니, 아니. 그거 완전히 새로운 생각인걸." 인디아가 영혼 없는 투로 대답했다. "젊은이들이 청춘을 낭비한다니. 세상에서 그 사실을 깨달은 건 네가 처음일 거야, 돌리."

＊

나의 서른 번째 생일이 있던 주말에 우리는 데본 해안가에 있는 집을 한 채 빌렸다. 우리가 도착한 날, 차에서 짐을 내리며 가방을 안으로 옮기는데 머리가 허연 60대 여성이 목에 스카프를 두르고 코커스패니얼 세 마리와 함께 지나가고 있었다.

"처녀 파티하러 온 건가요?" 여자가 미소를 머금은 채 떨리는 목소리로 물으며 말의 고삐를 당기듯 신나서 날뛰는 개들을 잡아당겼다.

"아뇨." 팔리가 턱으로 날 가리키며 대답했다. "쟤 서른 살 생일이라서요."

"어머나! 서른이구나! 최악의 생일이겠네요. 인생이 끝난 것 같을 텐데. 더는 살 이유도 없는 것 같고. 밤에 얼마나 끔찍할까. 두 번 다시 겪고 싶지 않을 텐데요. 아무튼," 그녀가 계속 걸어가며 말했다. "또 봐요, 큰 잔에 따라 마셔요!"

그날 밤, 그러니까 내 20대의 마지막 날 밤, 펍에서 저녁 식사를 느긋하게 한 다음 우리는 오락가락하는 달빛을 맞으며 데크에 앉아 있었다. 담수 진주처럼 통통하게 반짝거리는 달빛을 맞으며 크레망(30대의 프레세코, 맛은 조금 더 낫지만 4파운드나 더 비싸다)을 마셨다.

"내 청춘이 15분 남았네." 내가 한숨을 쉬었다.

"이상하게 굴지 마, 별거 아냐." 소피가 달랬다.

"새로운 10년이 펼쳐지는 들판으로 새로 내달리는 거라니까. 얼마나 신나!" 로렌이 말했다.

"그러게." 나는 마지못해 대답했다.

"이렇게 생각해봐." 로렌이 담배 연기를 허공에 내뿜었다. "넌 늘 어른이 되는 게 소원이었어. 10대 때 우린 모두 어른이 되고 싶었어. 온갖 경험을 하고, 나만의 친구, 내 집이 갖고 싶었잖아. 그런데 봐! 어른이 됐어! 성공했다니까. 10대 때 우리가 바라던 모습이 마침내 된 거야. 지금 이 순간이 황금빛으로 빛나네!"

로렌과 나는 열일곱 살 때 한 코미디 연극을 예매하고 겪은 당황스러운 경험을 종종 얘기하곤 했다. 인기 있는 토크쇼를 연극으로 각색해 여자 코미디언이 빈정대며 삶의 지혜를 나누는 내용이었다. 우리는 관객 중 최연소였고 나이 차이만 해도 무려 스물다섯 살은 났을 것이다. 희극 배우가 이해하지 못하는 농담을 던졌다. 멀티 오르가슴, 담보 대출, 골반 기저부, 폐경기 전후 증후군 등등. 얼마나 웃기던지! 그때 우리의 모습을 봤어야 했다. 변두리에 사는 얼굴이 벌건 처녀 둘이 가짜 히스테리를 부리듯 깔깔대며 자지러졌다. 그래야 관객의 일원이 된 듯한 기분이 들었다. 겁 없고, 재미있고, 눈곱만큼도 신경 쓰지 않는 찬란한 여성들의 일원이 되고 싶었다.

내가 원한 건 그게 다였다. 유머 넘치고 성격 좋은 친구들. 지혜로움과 겸손함. 자신감과 용기. 자아를 자연스레 받아들인 모습. 그렇다면 마침내 이런 것들을 현실로 만들어가기 시작한 지금 나는 왜 기겁하는 것일까? 성인으로 발을 막 내딛던 시기에는 '나'라는 시스템에서 가장 신성하게 철통 경계하던 부분에 가부장적인 스나이퍼가 나도 모르게 사이 잠입해 날 고쳐 쓰려고 한 게 분명했다. 인생은 그저 의미가 있으며, 20대이니 그저 힘이 솟을 거라고 믿게 하려고 한 것 같았다.

나는 그 어느 때보다 힘이 솟는다. 마음도 평화롭다. 어느 때보다 가장 진실되게 살고 있다. 내가 10대 때 상상한 여성의 모습과 정확히 일치하지 않을지도 모른다(세련되고 날씬한 몸매에 검은 원피스를 입고 마티니를 마시며 출판 발표회와 전시회 개막식에서 남자들을 만나는 모습). 서른이 되면 갖게 되리라 상상한 걸 모두 소유하진 못했을지 모른다. 그럼에도 마음만큼은 풍요롭다. 매일 아침 눈을 뜨는 게 고맙고, 선행을 하고 기분이 좋아져서 타인에게 좋은 기운을 전파할 기회를 다시 얻게 돼서 고마울 따름이다.

동네 교회 종이 자정을 알렸다.

"쉬, 들려?" 로렌이 말했다. 나는 저 아래 해변에서 파도가 밀려왔다 밀려가는 소리에 귀를 기울였다.

"무슨 소리?" 내가 물었다.

"죽음의 신이 널 데려가려고 지하 세계에서 강어귀를 건너 패들보드를 타고 오는 소리!"

다음 날, 눈을 뜨니 구름 한 점 없는 하늘이 펼쳐졌다. 로드 스튜어트 풍선에 둘러싸인 채 분홍색 생일 케이크를 아침으로 먹은 다음 우리는 가운을 입고 해변으로 내려가 날카로운 비명을 지르며 차가운 물 속에 몸을 던졌다.

나는 짤짤하고 청명한 바다 저 멀리 헤엄쳤다. 불협화음을 내는 완벽한 인어들 무리에 둘러싸이자 지난 10년간 내 마음속에 맺힌 응어리가 풀어지는 것 같았다. 나는 중요하고 새로운 숫자에 다다랐다. 그리 나쁘지만은 않았다. 열일곱 살 때 내 앞에 한계 없는 인생이 펼쳐졌듯 동일한 미래가 보장된 것 같았다. 늘 그럴 것이다. 경이로움이 가득했으나 경험에 굶주리고 지혜가 지나치게 부족한 채 지내던 장소. 실수도 했지만 그만큼 좋은 선택도 하고 계속 배워나가던 장소. 내게 허락된 장소. 다시 사랑에 빠질 용기를 찾은 장소.

옛 친구에게 하듯 지난 10년에 작별 인사를 고했다. 내가 웃자라 드디어 맞지 않게 된 세월, 그럼에도 영원히 기억될 세월. 제멋대로 행동하고 무모하게 비틀거리며 방랑하고 뾰족하게 반항하던 세월. 내가 노를 저어가던 세월, 20대여 안녕.

정서적 붕괴를 표현한
생일 케이크

[8-10인분]

케이크 재료

- 정제당 225g

- 무염 버터 225g

- 베이킹파우더가 든 밀가루 225g

- 베이킹파우더 1테이블스푼

- 달걀 큰 거 4개

- 바닐라빈 페이스트. 혹은 식용 장미수 혹은 둘 다 1테이블스푼

- 소금 약간

- 우유 약간(있으면)

버터크림 재료

- 부드러운 무염부터 75g

- 아이싱 설탕 150g

- 바닐라 추출물 몇 방울, 혹은 장미수, 혹은 둘 다
- 우유 약간(있으면)
- 라즈베리 잼(너무 단단하지 않은 제형이 펼치기가 더 쉽다)
  3-4 테이블스푼

아이싱 재료
- 아이싱 설탕 110g
- 끓는 물 1-2테이블스푼
- 바닐라 추출물 몇 방울, 혹은 장미수, 혹은 둘 다
- 분홍색 식용 염료 몇 방울(있으면)
- 설탕 절임한 장미 꽃잎이나 설탕 가루(있으면)

오븐을 미리 180도로 예열한다. 지름 20, 높이 2센티미터 크기의
케이크 틀에 기름을 바른다.

케이크 반죽 만들기
우유를 제외한 모든 재료를 큼직한 믹싱 볼에 넣고 핸드믹서로
섞어 부드럽게 풀어놓는다. 반죽이 너무 되면 우유를 살짝 섞는다.
너무 오래 치대지 말고 부드럽고 보송보송해질 때까지 젓는다.
반죽을 준비해놓은 케이크 틀에 붓고 팔레트 나이프로 위를
평평하게 깎은 다음 오븐에서 20-25분 정도 굽는다. 또는, 꼬챙이로
찔러봤을 때 아무것도 묻어 나오지 않을 때까지 굽는다. 구운
케이크를 틀째 5-10분 정도 식혔다가 꺼내서 완전히 식힌다.

◆

버터크림 만들기

버터를 믹싱 볼에 넣고 핸드믹서로 부드러워질 때까지 젓는다.
아이싱 설탕을 채에 쳐서 넣고 다시 섞는다(한꺼번에 섞으면
사방으로 튄다). 남은 아이싱 설탕을 체에 쳐서 부드러운 크림
상태가 될 때까지 젓는다. 버터크림을 살짝 묽게 하려면 우유를
소량 넣는다. 마지막으로 바닐라와 장미수를 넣고 섞은 다음 맛을
본 후 필요할 경우 몇 방울 조금 더 넣는다.

케이스 스탠드 위에 케이크 틀을 올려놓고 붓거나, 접시에 올린
다음 위에 버터크림을 고루 편다. 숟가락으로 잼을 떠서 맨 위에
올리고 팔레트 나이프로 편다. 두 번째 샌드위치 케이크를 그 위에
올린다.

흘러내린 느낌을 내려면 믹싱 볼 위에 체를 놓고 아이싱 설탕을 체
쳐서 섞는다. 나무 주걱으로 장미수와 바닐라를 섞고 분홍색 식용
색소를 몇 방을 떨어뜨리고 물을 넣어 단단하면서도 흐르는 느낌의
아이싱을 만든다. 뻑뻑한 크림 정도로 농도를 맞추면 된다. 케이크
위에 아이싱을 고르게 펴서 옆으로 흘러내리게 둔다. 맨 위 설탕
조림으로 만든 장미 꽃잎이나 설탕 가루를 뿌려서 장식한다.

신파극을 곁들이면 효과 만점이다.

서른,
사랑에 대해
내가 아는 모든 것

나이를 먹을수록 가방이 점점 커진다. 스물다섯 살에 데이트하러 갈 때는 가뿐한 가방 하나만 달랑 들면 됐다. 바에서 전 남자 친구 커플을 만날 수도 있고, 가벼운 오이디푸스 콤플렉스를 앓는 남자를 만날 수도 있다. 한 사람만 바라본다는 게 갑자기 두려워질 수도 있다. 서른이 넘어 데이트를 하면 등에 250킬로그램짜리 배낭을 짊어진 상대를 만날 각오를 해야 한다. 사연과 복잡한 상황과 요구사항이 덕지덕지 들러붙은 배낭. 시술을 하느라 진이 빠진 부부도 있으며, 중독으로 몇 년째 치료를 받고 있는 사람도 있다. 일에 시간을 모조리 바치는 사람, 강아지 소유권 때문에 일주일에 한 번은 얼굴을 봐야 하는 헤어진 커플. 버겁고 심각하고 진지한 어른들의 일이라 별로 재미가 없다.

나이가 들면 들수록 짐을 더 많이 지게 된다. 그럴수록 다들 더 솔직하게 털어놓게 되는데, 상처도 더 많이 받게 된다.

이 글을 쓰던 2018년, 나는 현실에서 로맨틱한 상대를 만나는 게 거의 불가능하다고 공식 선언한다. 이 선언에 공감한다고 해서 당신이 범접하기 어려운 사람이거나 바람직하지 않은 사람인 것은 아니다. 당신이 무슨 잘못을 한 것도 아니다. 그걸 깨닫는 게 중요하다.

연애를 하면서 반복하는 나쁜 행동 패턴을 발견하고, 그런 패턴이 어떤 모습으로 발전하는지 분석할 수도 있다. 그런 식의 행동은 두 번 다시 하지 않겠다고 선을 그을 수도 있다. 이런 건 당신이 모두 통제할 수 있는 것들이다. 그러나 연애를 할 때 상대방이 어떻게 나올지는 예측이 불가하다. 당신은 위기를 판단하고, 누구를 믿고, 믿지 않고, 인생에 누구를 들여놓을지 신중하고 현명하게 판단할 수 있다. 그러나 숨을 쉬고 살아가는 타인이라는 통제 불가능한 변수는 당신이 제어할 수 없다. 사랑하겠다고 마음을 먹는 건 위험을 감수하겠다는 뜻이기에, 우리는 늘 사랑에 '빠진다'라고 얘기한다. 나침반과 정확한 지도를 들고 사랑에 빠질 수는 없다.

사람들은 자신이 어떤 아픔을 품고 있는지 모르는 채 누군가를 만난다. 그래서 똑같이 귀신을 믿거나, 비슷한 어린 시절을 보냈거나, 엇비슷한 집안에서 자란 사람들끼리 사귀게 된다. 가슴 깊은 곳에 숨은 감정이라는 지문이 손을 뻗어 무의식 상태에서 서로를 건드리는데, 그건 좋기도 하고 나쁘기도 하다. 이로 인해 친밀한 관계가 형성되고 서로 의지하는 드라마가 쓰인다.

혼자 나이가 들면서 직면하는 가장 큰 어려움은 냉소주의를 이겨내는 일이다. 사랑 때문에 배신감이나 실망감을 느끼지 않기란 정말 어렵다. 나중엔 허무주의, 회의주의, 분노로 바뀐다. 자기방어적으로 냉소적 태도를 보이는 건 무척이나 쉬운 일이다. 하지만 진정으로 어렵고 아름다운 일은 희망하기를 멈추지 않는 일이다.

나이 들어서 사랑에 빠질 때 가장 어려운 점은 '그저 현실'임을 인지하고 너무 애쓰지 않아야 한다는 것이다. 사랑이란 조용하나 즐거운, 그럼에도 종종 버거운 장기전이자 골칫거리임을 인정하면서 본능의 날을 아주 예리하게 세워야 한다.

연애에 만성 피로를 느낀다면, 연애를 끊자. 데이트 앱을 삭제하고 지나간 연인들에게 보내는 문자를 중단하고, 모르는 이들과 시시덕거리지 말고, 섹스를 접어라. 마음과 스케줄에 어느 정도 여백을 두고 연애하지 않는 삶이 어떤지 파악하겠다고 스스로 다짐하라. 1개월만 해보자. 6주, 아니 1년만 해보자.

금욕하면 섹스의 의미를 급진적으로 재평가하게 된다는 점에 유의하라. 섹스라는 육체적 행위를 생각하고, 별나면서도 마법 같은, 그러나 역겨울 정도로 친근한 그것을 재평가하라. 밤에 침대에 누워서 그 생각을 하면서 타인과 그렇게 가까이 있을 때 기분이 정확히 어땠는지 떠올리면 이런 생각이 들 것이다. 세상에, 내가 영국 노신사처럼 파스텔 색상의 스웨터를 목에 걸치고 보험 일을 하던 이름 모를 남자와 잠자리를 했다니 믿기지 않아!

금욕을 하면 속이 편해서 연애의 땅으로 귀환하려는 생각조차 불가능해질 수 있음에 유념하라. 누군가를 가슴에 들였다가 사랑이 끝나버릴까 봐 두려울 수 있다.

공통의 관심사는 연애 상대를 고를 때 착각을 가장 많이 유발하는 요소다. 조지 해리슨의 음악을 둘 다 좋아한다고 해서 누군가를 좋은 사람이라고 하거나, 소울메이트라고 인정하거나, 당신과 똑같은 사람이라고 생각하는 것은 어리석다. 같은 작가의 전집을 갖고 있다거나, 시골의 어느 지방에서 똑같이 휴가를 보낸 적이 있다고 해서 둘이 같이 살 때 닥치는 온갖 폭풍우를 견디는 데에 도움이 되는 것은 아니다.

연애 상대를 고를 때 가장 저평가되지만 놀랄 만큼 간단한 판단 기준은 당신이 그들과 같이 있는 걸 얼마나 좋아하느냐. 친구들이 엄마가 되면서부터 나는 부부라는 관계가 어찌 돌아가는지 지켜보게 됐다. 보면 볼수록 관계에서 가장 중요한 것은 한 팀으로서 두 사람이 얼마나 협조적이냐는 것이다. 여기에는 부부가 진심으로 좋은 친구여야만 한다는 진부한 진리가 따라붙는다.

서른이 다가오면 결혼한 친구들은 싱글일 때 어땠는지 까먹는 기억상실증에 걸린다. 그들은 《오만과 편견》의 베넷 부인을 각자 마음속에 품은 채 모든 걸 지나치게 까탈스러운 당신 탓으로 돌린다. 당신은 연분홍 벨벳 왕좌에 앉아서 진주가 박힌 부채를 들고 다가오는 남자들을 죄다 쫓아버리는 마리 앙투와네트로 변한다.

아무리 분별 있고 현명하다 해도, 우리는 여전히 동물이다. 나는 우리가 아찔한, 오감을 총동원한 청소년기의 로맨스에 충분히 면역됐다고 생각하지 않는다. 욕망은 욕망이 주는 극심한 고통에 빠진 이들만이 즐기는 묵언의 디스코다. 남들 귀엔 들리지 않는 음악에 맞춰서 춤을 추다가 넋을 놓는다. 좋은 건, 나이가 들수록 거기에서 언제 빠져나와야 하는지를 더욱 확실히 안다는 점이다.

당신을 늘 열심히 챙기려 드는 사람을 조심하라.

당신이 늘 챙겨야 하는 사람을 조심하라.

당신이 진정으로 원하는 게 연애라고 판단했다면, 연애를 가능케 할 선택을 내리는 게 좋다. 데이트 사이트에 가입하고 친구들에게 소개팅을 부탁하고, 새로운 관계에 대한 가능성을 최대한 열어두도록. 이런다고 페미니스트답지 않은 것도 아니고, 자기 일을 혼자서 하지 못한다는 뜻도 아니다. 사랑을 찾는 일이 당신의 모든 선택을 쥐고 흔들면 당황스럽고 비참해진다.

타인의 연애와 연애 스타일을 절대로 판단하지 않도록 최선을 다하라. 오래 연애하는 것 자체가 업적이다. 자신에게 딱 맞는 방식으로 연애해야 한다. 남들이 보면 말이 안 될지언정.

나이가 들면 사랑이라는 추상적인 개념이 더는 짜릿하지 않다. 이건 좋은 일이다. 끝없는 이야기 속에서 가상의 남자 친구가 지녀야 할 세부 조건을 까다롭게 따졌기에 현실에서 늘 실망할 수밖에 없었다. 머릿속에서 벌어지는 로맨스의 내러티브는 절대로 손에 쥘수 없는 것. 사랑은 반드시 타인과 당신의 삶을 조율해야 한다. 삶이란 늘 들떠서 도피하는 가상의 장소가 아니며, 무턱대고 우러러보는 쇼의 주인공이 등장하는 장소도 아니다.

그럼에도 당신은 열정을 기다린다. 열정도 당신을 기다린다. 만일 사랑을 찾고 있다면 말이다. 얼마나 나이를 먹었든, 미지근하게 사랑했든 미치도록 사랑했든, 실연을 당했든, 우리는 모두 가스레인지 위에 올린 냄비 속 수프를 저을 때 누군가 우리의 허리를 감싸주는 포옹을 받을 자격이 있다. 이게 가능하지 않을 거라고 느껴서는 안 된다.

"마음속에서 우리는 모두 붉은 입술을 한 열일곱 살이다." 로렌스 올리비에가 이런 말을 한 적이 있다. 나는 진심으로 그의 말에 동의한다.

사랑을 찾아 헤매고 있으나, 영영 찾지 못할 것 같은 기분이 들 수도 있다. 그럴 땐 내가 이미 넘치는 사랑을 받고 있을지도 모른다는 걸 기억해보자. 로맨틱한 사랑은 아닐지도 모른다. 빗속에서 입을 맞추거나, 결혼하자고 프로포즈를 하는 모습은 아닐지도 모른다. 그러나 당신의 말에 귀를 기울이고, 영감을 주고, 기운을 차리게 해줄 것이다. 당신이 울면 안아주고, 행복해하면 축하해주고, 취하면 같이 노래를 불러줄 것이다. 이런 사랑에서 우리는 많은 것을 얻고 배운다. 이런 사랑은 당신 곁에 영원히 머물 것이다. 최대한 이런 사랑과 가까이 있기를 바란다.

지은이 돌리 앨더튼 Dolly Alderton

1988년에 태어난 영국의 작가이자 에세이스트. 런던 엑서터대학교에서 영문학을, 세인트조지 런던대학교에서 저널리즘 석사 과정을 공부했다. 저자의 데뷔작인 『사랑에 대해 내가 아는 모든 것』은 출간 즉시 폭발적인 호응을 얻었고 21개국에 번역 출간되며 세계적인 베스트셀러가 되었다. 저자가 직접 각본을 쓴 동명의 드라마가 BBC에서 제작되기도 했다.

『고스트Ghosts』, 『굿 매테리얼Good Material』 등 두 편의 소설을 발표하며 소설가로도 큰 사랑을 받은 돌리 앨더튼은 《GQ》《코스모폴리탄》《에스콰이어》 등에 기고하고 있으며, 단편영화를 만들고 팟캐스트를 제작하는 등 왕성한 창작 활동을 펼치고 있다.

옮긴이 김미정

서울여자대학교 영문학과를 졸업하고 동 대학원 박사과정을 수료했다. 한세대학교 영어통번역학과와 고려대학교 외국어센터 전문 번역가 과정에서 강의했다. 옮긴 책으로는 『크래시』『테러 호의 악몽』『캐롤』『칼리의 노래』『아내를 죽였습니까』『이토록 달콤한 고통』『어둠을 먹는 사람들』『사람은 어떻게 나이 드는가』『서른 살의 여자를 옹호함』『나를 위해 산다는 것』 등이 있다.

사랑에 대해 내가 아는 모든 것

펴낸날 초판 1쇄 2019년 12월 1일
　　　　신판 5쇄 2025년 3월 20일
지은이 돌리 앨더튼
옮긴이 김미정
펴낸이 이주애, 홍영완
편집장 최혜리
편집2팀 홍은비, 박효주, 송현근
편집 김하영, 강민우, 한수정, 김혜원, 최서영, 이소연, 이은일
디자인 김주연, 기조숙, 윤소정, 박정원, 박소현
마케팅 김태윤, 정혜인, 김민준
홍보 김준영, 백지혜
콘텐츠 양혜영, 이태은, 조유진
해외기획 정미현, 정수림
펴낸곳 (주)윌북 **출판등록** 제2006-000017호
주소 10881 경기도 파주시 광인사길 217
홈페이지 willbookspub.com
전화 031-955-3777 **팩스** 031-955-3778
블로그 blog.naver.com/willbooks
트위터 @onwillbooks **인스타그램** @willbook_pub
ISBN 979-11-5581-765-0 (03840)